沒有神的國度

楓雨 著

WHEN BLESSINGS ARE GONE...

「這是關於一個男孩遇見女孩的故事，但是話說在前頭，這不是一個愛情故事。」

——《戀夏五百日》

楔子　我們的青春

他們所做的一切都是徒勞的。

第一波驅離行動在午夜十二點展開。警察向群眾喊著「你們的行為已經違法」，群眾也拿著擴音器向警方喊話，兩方人馬不斷提高著自己的音量，誰也沒認真聽進對方說的話，任何交流都沒法好好傳達。

楊曉薇站在人群相對不那麼擁擠的地方，高舉著攝影機，自高而下越過萬頭攢動的人群，拍攝著對峙的兩方人馬，錄下那無法完全聽清的聲音。

在鏡頭之下，黑壓壓一片，只能見到聚光燈照著一名手持擴音器的警官。他站在一張小凳子上，在渲開的光暈之外，勉強能見到他身後站著一排年輕刑警。在更後頭的地方，似乎還站著更多人，整齊一致地戴著藏青色鴨舌帽。

戴著藏青色鴨舌帽的分局員警慢慢退到後面，頭戴白色頭盔、手持方形盾牌的鎮暴警察井然有序地趨前。他們先是抵著群眾的最前線，然後踏著整齊劃一的步伐，一步步往前推，沒有一絲憐憫、沒有任何情緒，就像不斷緊咬的液壓機。隨著節奏逐漸推進，無情地推擠。群眾開始四散、開始分崩離析，前排有幾個人倒了，很快就被盾牌剷到警隊後方，被後援的警察往後抬，人群也在推擠中漸漸崩解。

鏡頭忽上忽下地晃著，就像汪洋中的一條小船，在人海中起起落落，偶爾還會望向天空，但是那樣黑的夜空無法在感光元件上留下一點蹤跡，只記錄下純黑的布景。

過了凌晨一點，警方已經清掃了近三分之一的人群，也在此刻陷入了瓶頸。面對警隊的推擠，一群人坐了下來，手勾著手，以肉身築成堅固的長城，很快暫緩了警方的推進。如同推土機推到一塊平坦的大石，盾牌構成的方陣頓時找不到著力點，一時不知該進還是該退，只能在原地僵持著，偶爾徒勞地往前撞一撞，就像忽然短路的電動馬達。

楊曉薇的攝影機不需要再高舉，她站在一個稍遠的距離，把攝影機端在胸前，俯視著坐在地上的人們，還有前方無能為力的警隊方陣。畫面終於顯得穩定了些，同樣是在人海之上，不過不再有那樣的漂泊感，就像一艘終於入港的小船，這樣的穩定讓人心安，只見到遠處的警隊方陣不時的徒勞撞擊，但是那起不了太大的波瀾，就像海浪輕輕拍打著沙灘，悄聲地化成一片浮沫。

凌晨一點半，警方才終於找出應對的策略。他們打散了陣形，收起了方盾，卻拿出了警棍，化整為零地滲透進群眾的隊形裡，拆解開互相緊勾著的手，逐漸瓦解一道道肉身所築成的城，抬走一個又一個人，人群又開始分崩離析。

警察如同食著桑葉的蠶，緩慢而堅定地侵蝕著人群。畫面也因此晃動了起來，卻不像一開始那樣劇烈，不過那細微的顫動還是讓人感到不安，總覺得是某種預兆，災難即將緊接而來。

凌晨兩點半，警方終於清走大半群眾。可是被抬走的人們，很快又在會場外圍聚集起來，手拉著手靜坐下來，在四周形成幾個大小不一的方隊，警方很快就發現這件事，也意識到這樣的清場是徒勞的，他們的人數終究不及群眾的規模。

楊曉薇拿著攝影機在周圍走動，拍下了那一張張堅定的面孔。這時候，攝影機已經開始發出嗶嗶響聲，那是電量即將用罄的提示。可是楊曉薇沒有理會那樣的警告，她還是繼續拍著，想要拍到最後一刻。

凌晨四點多，一臺灑水車開進會場，開啟強力水柱沖向靜坐的人群，在巨大的衝擊力下，緊密的方陣開始鬆動，侵蝕出一道又一道的缺口。然後更多的灑水車開進來了，瞄準了周圍其他的方陣，清除掉一片又一片固著的斑塊。

楊曉薇保護著攝影機，避免被濺濕，她躲進了一旁的騎樓，遠遠拍攝著灑水車對這座城市的清掃。拍攝著天漸漸亮了，拍攝著街道漸漸空了，拍攝著警察與群眾都累了，拍攝著怒吼轉為零星的喧囂，拍攝著街道重新恢復往常的運作。

在拍攝過程之中，電源警示的嗶嗶聲響一直持續響著，到後來，楊曉薇甚至都遺忘了它的存在。直到這個聲音終於消失時，才發現這聲音其實一直都在，攝影機的小視窗也在此刻轉為全黑。

而正是在那一刻，楊曉薇才終於意識到，她的青春結束了。

第一章　橋上魅影

暑假的大學校園總是顯得特別熱鬧，從女生宿舍走到法律系館的路上，就能遇上五個不同的攤位在吆喝著，兩旁還插著各色的宣傳旗幟。道路中央站著青春的男男女女，熱情地向路人遞傳單，地上還貼著各式的腳印和箭號，引領著人群走向各個活動現場。大量的信息填充了整個道路，像是在向世界大聲宣喊著青春的存在，整條街溢滿著盛夏的氣息。

可是就在這樣充滿陽光的道路上，楊曉薇正陰鬱地匆匆走著。從女生宿舍到法律系館的這段路上，她一直沒有抬起頭過，和周遭的氛圍顯得格格不入。

「同學，可以借我三分鐘嗎？」一名發傳單的男同學攔住了楊曉薇。

「不好意思，我有事。」楊曉薇連看都沒看一眼，就抬手制止了對方，又匆匆地繼續朝法律系館走去。

「三分鐘就好，」男同學堅持著：「不會耽誤妳太多時間。」

「我現在真的沒有時間。」楊曉薇這才終於抬起頭，那是一名身穿黑色T恤的男大學生，胸口印著白色的「野風」行草書法字。那人身高和楊曉薇差不多高，以男生來說算矮了，但是這並不影響他滿溢的熱情。

「我是野風社的李仁傑，」男同學伸出手：「請問同學叫什麼名字呢？」

「不好意思，我真的沒空。」

楊曉薇忽略了那隻伸出的手，立刻轉身往一旁的法律系館快速走去，那位名叫李仁傑的學生只追了幾步，很快就放棄追逐。不過楊曉薇沒因此停下步伐，繞過法律系館的側牆，走進系館後的草坪。

一名女孩子正坐在草坪的長椅上，女孩察覺到楊曉薇的到來，立刻站起身迎了上去，並有些擔憂地喊：「曉薇！」

「小戴。」楊曉薇立刻上前抱住了對方，眼淚也頓時潰堤。此刻的她只想好好哭一場，把心中的慌亂、委屈、無助都化成淚水，擠搾得一點也不剩。

那女孩叫戴佩芸，天生就有一雙無辜的眼睛，有種出淤泥而不染的氣質，看起來就不像這個世界的。她輕柔地撫著楊曉薇的背，等楊曉薇的情緒稍微緩和過來，才輕聲問：「發生什麼事了？我看到訊息都快擔心死了。」

楊曉薇這時才終於放開她，用手稍稍抹了抹眼淚，緩了緩自己的氣息，但是當她要開口時，眼淚又禁不住流了下來，喉嚨的話像在舌後翻攪著。最後她只能邊啜泣著邊說：「我哥哥……被起訴了。」

「被起訴了？妳上次不是說不起訴嗎？」戴佩芸驚訝地瞪大了雙眼，不過就算是單純如她，也能立刻明白事有蹊蹺，於是她的目光也很快黯淡了下來，垂著眼低聲問道：「難道是別的事？」

「是同一件事，可是證人翻供了。」楊曉薇把焦躁的情緒化作話語，一股腦地倒了出來：「原本就像我跟妳說的，我哥約他女朋友在橋上談判，結果他女朋友情緒失控就跳下橋……那時候橋下有個目擊者，目擊者先前供稱什麼都沒看到，可是最近改口了，說看見我哥把人推下去。」

「怎麼會這樣？」戴佩芸的臉糾結在一塊，此刻的她應該感到相當兩難，因為她既不想把楊曉薇的哥哥視作凶手，又不想認定那名證人的偽證別有用心，這讓她的性善論受到了嚴重挑戰：「那個目擊者有說為什麼要翻供嗎？」

楊曉薇雙手交抱在胸前，交互搓著另一邊的臂膀，只有這樣能讓她帶來少許的安全感。

「他說一開始是怕被我哥的朋友找麻煩，不過後來想想良心過不去，所以又把真相說出來了。」

「妳哥的朋友？不是看起來都很親切嗎？」戴佩芸又瞪大她那無辜澄澈的大眼，這眼神真的很要命，能讓任何一個好男人深深陷入而無法自拔，而對於壞男人來說，這汪汪大眼就像一頭待宰的肥羊，敞開大門歡迎即將光臨的大野狼。關於楊曉薇的哥哥，第一眼看過都不會覺得他是好人，如果更進一步認識，更是不會把他當作好人，因為他就是個道上的小混混，專幹一些見不得光的事，而他身邊圍繞的那些人，與其說是朋友，更應該說是「兄弟」。

「這可能和妳理解的狀況有些不同……」楊曉薇不知道該怎麼跟她說明白，而且就算跟她說明白了，她也會曲解成自己相信的那樣，不過儘管如此，至少她們在一件事情上是有共識的，那就是：「我哥不會是殺人凶手。」

「沒錯，我也是這麼想的。」戴佩芸無可救藥地附和。

楊曉薇確信哥哥不會是殺人凶手，是因為她知道在那壞透的表象底下，哥哥其實還是有極為溫柔的一面，對他的女朋友更是無微不至，甚至他的兄弟們都說他變溫柔了。不過楊曉薇確信，溫柔才是他本來的樣子，因為她看著這樣的哥哥看了快二十年，那些逞凶鬥狠的場面，反而更像他所偽裝出的假面，他是為了支撐妹妹的夢想，才把自己活成一個連自己都認不得的樣子。

戴佩芸見楊曉薇望著遠方出神，擔憂地關心道：「妳還好吧？」

「我還好……其實也不怎麼好。」

楊曉薇從回憶中抽離，她從來就只想記住那些好的事。或許在這麼長的歲月裡，她沒看出哥哥的轉變；或許他的溫柔和無微不至，正是隱藏的殺機，她最不願意面對的，可能就是事情的真相。

「要不要試試看野風社？」戴佩芸沒看出她的心思，冷不防地就蹦出一句。

「野風社？那個傳銷組織嗎？」楊曉薇不敢相信自己的耳朵，腦海立刻浮現剛剛被男孩攀談的畫面：「妳是說那個四處騷擾學生的野風社？」

「那不是傳銷組織啦！是我們學校的社團，一個幫忙解決煩惱的社團。」戴佩芸一臉天真無邪地說著，一點也沒注意到楊曉薇防備的表情，繼續熱情地說著：「他們也不是在騷擾學生，他們只是比較熱情，想找大家聊聊天而已。」

「那可不是普通的聊天，只要不明確拒絕，他們一聊就是兩三個小時。」楊曉薇搖搖頭，為戴佩芸的天真感到不可思議：「妳知道他們還會跑到宿舍裡面嗎？簡直就像是傳教士，大家看到了就想逃跑。」

「會嗎？我覺得他們很親切耶！」

「只有妳覺得親切，也只有妳覺得他們在幫忙解決煩惱。」楊曉薇嘆了口氣，但是想了想，忽然又擔憂起來：「妳該不會加入他們了吧？」

楊曉薇雖然說的是問句，不過她心裡卻十分確信，戴佩芸就是那種會加入奇怪社團的人，而那些被視為困擾的招生手段，戴佩芸可能都會視為熱情跟友善，甚至愉快地跟那些人聊起來。

「是啊！他們是很有趣的人呢！」戴佩芸果不其然地點了點頭。

「佩芸，妳這樣不行啦！」忽然之間，楊曉薇心裡的所有陰霾都一掃而空，取而代之的是對好朋友的擔憂。如果這樣繼續下去，都不知道她之後會有什麼驚人之舉，如果她是頭肥羊，甚至會直接跳到火爐裡把自己變成一隻烤全羊。

「怎麼不行了？真的不需要覺得不好意思，他們都很樂意幫忙的。」戴佩芸看來又誤解了楊曉薇的話。她現在似乎就是全心全意的認定，那個傳銷組織有辦法解決楊曉薇的問題，至於她自己個人的安危，她似乎還毫無概念。

「我不是這個意思……」

「那我現在就聯絡他們，跟他們約個時間。」戴佩芸興沖沖地立刻拿出手機。

「等……」楊曉薇想阻止，但是她知道說什麼都沒用了。當戴佩芸有這個想法時，無論如何都已經來不及了，因為她會義無反顧地完成她想要做的事，無論跟她爭論多久，楊曉薇都會屈服，而且屢試不爽，這也算戴佩芸少有的強項。

同為法律系的學生，楊曉薇忍不住想著她與戴佩芸的未來。她們倆都立志成為律師，不過楊曉薇是嚮往著律師的生活與自由，而戴佩芸不同，她有她的理想、她的夢，楊曉薇想到這裡，忍不住嘆一口氣：「好吧！就照妳的意思吧！」

楊曉薇雖然仍舊不相信野風社，但是她也沒有其他辦法了，而且至少戴佩芸不會害她。

「太好了，我立刻安排。」戴佩芸拿著手機繼續打字。

野風社的社團辦公室在社團大樓的三樓。社團大樓是由舊教室改建，所以沒有設置電梯，對於平時缺少運動的楊曉薇來說，爬上三樓還是相當吃力的。在七月的酷暑，她很快就大汗淋漓，而且不斷大聲喘氣。

現在正值暑假，許多社團都正準備著迎新的展演，野風社在長廊盡頭，所以楊曉薇和戴佩芸得穿過重重人牆，並小心不要踢到走廊邊的道具，又或者是平鋪在地面的海報，每一步都走得險象環生。每個社團的辦公室都有一間教室的大小，這對於學生社團來說是很大的空間了，不過好像還是沒法完全容納學生溢滿的精力，走廊上還是站著許多人，還擺放著各種各樣的雜物。

好不容易走到野風社前，忽然有種踏入另一個空間的感覺。因為這個邊緣的區域顯得異常寂靜，除了隔壁社團溢滿過來的一點東西之外，走廊上就沒再堆放其他東西了，另外也沒有吵雜的人聲，門窗緊閉著，甚至不知道有沒有人。

「他們到了嗎？」楊曉薇在門前猶豫著。

「沒問題，直接進去就可以了。」戴佩芸還是一如既往地樂觀，也不管眼前是不是陷阱，連門都不敲一下，就轉了把手推開門，並大步走進。

沒有一點心理準備，楊曉薇就被迫面對她所不熟悉的野風社，開門的瞬間，楊曉薇先感受到的是一股冷風襲來，顯然辦公室正開著冷氣。接著，最先映入眼簾的是中間擺放的大會議桌，會議桌周圍擺著十多張摺疊椅，在辦公室前方有個投影幕，投影幕上面有一面裱框的書法字，用行草寫著「野風」兩個字，投影幕旁邊的小桌上放了臺桌上型電腦。除此之外，辦公室的側邊還立了一架可移動的白板，上面寫著幾個楊曉薇熟悉的名字。

會議桌前坐著一名女性，她剪著一頭俐落的短髮，臉上戴著一副有些過大的黑框眼鏡，埋首在眼前的一臺銀灰色筆記型電腦，雙手劈啪地在敲打著鍵盤。意識到兩人進來後，她抬頭分別向戴佩芸和楊曉薇點頭致意。

「妳就是曉薇吧！」那名女性最後將目光鎖定在曉薇身上，並接著站起身，伸出手自我介紹：「我是謝怡婷，野風社的社長。」

「社長妳好。」楊曉薇有些侷促地回握了謝怡婷的手，並瞄了戴佩芸一眼。

「怡婷姊，曉薇現在真的非常煩惱，所以就拜託妳了。」戴佩芸說著，異常隆重地深深一鞠躬，鬧得一旁的楊曉薇更加尷尬了。

「沒問題，我還怕會幫不上忙呢！」謝怡婷似乎對這種場面見怪不怪了，只是揮了揮手，然後繞回剛才那張椅子前坐下，並拉開了左右兩邊的兩張椅子，用手勢邀請兩人：「妳們先坐吧！」

「謝謝。」楊曉薇說完，選了謝怡婷右手邊的椅子坐下，她這時才終於能看清謝怡婷電腦螢幕上的畫面，那是一個投影片的文件檔。看來謝怡婷已經事先整理過許多資料，其中一張相片便是案發現場的那座橋。

「我們開始吧！」戴佩芸也匆匆坐下，迫不及待地催促著。

「別急，先讓她喘口氣。」謝怡婷微笑著望向楊曉薇，眼神給予人一種安定感，把外頭的燥熱驅除乾淨，讓楊曉薇忽然有一種錯覺，感覺自己能把所有心事都交付給眼前的這個人。儘管她之前對野風社有過許多成見，在此刻都一掃而空——不過這又讓她隱隱感到有些不安，因為傳銷組織總是這樣開始的，他們總是能看清人們心底的想望，將獵物一步步導引靠近，然後越陷越深。

因為還有這一層顧慮，楊曉薇決定不要先攤牌，而是探探對方的底。「我看妳查了不少資料，不然妳先說說看查到了些什麼吧！」

「好啊！這樣或許妳也會輕鬆一些。」沒想到謝怡婷爽快答應，她很快將螢幕上的投影片往前翻，翻到檔案的第一頁：「那我就先說了，中間如果有漏掉的地方，歡迎妳隨時補充。」

「好的，謝謝妳。」

「首先，妳哥哥的名字是楊康弘吧！」謝怡婷毫不意外地指了指螢幕上的那個名字，接著帶著探詢的眼神轉頭問：「我能叫他康弘嗎？」

「沒問題，就看妳方便吧！」楊曉薇一下子不知道該說些什麼，只能讓謝怡婷繼續。她原本以為，經過了這麼長的時間，自己的情緒應該不會這麼激動了，沒想到光是看見哥哥的名字，就讓心頭揪了起來。

「康弘的前女友叫徐芳羽，那我就叫她芳羽吧！」這次謝怡婷沒有再詢問楊曉薇的意見，而是很快跳到下一頁投影片。「康弘和芳羽是交往三年的男女朋友，不過農曆年後因為不明原因時常爭吵，兩人陷入冷戰的狀態。」

「這個原因我倒是了解一點，主要是因為芳羽姊的爸媽對我哥有意見。」儘管一開始帶著點防備心，在進入主題後，楊曉薇還是不自覺地開始傾訴：「畢竟我哥在混幫派，又長得一副凶相，她的家人不接受也是自然的。」

「妳哥哥不願意離開幫派嗎？」謝怡婷神情關切地問。不像是偵探或是警察在梳理案情，反而像一個老朋友在認真的關心，就如同戴佩芸一樣。想到這裡，楊曉薇瞄了一眼戴佩芸的表情，她的神情看來相當迷茫，儘管楊曉薇肯定自己說過許多次幫派的事，但是戴佩芸總是這樣茫然地睜著雙眼，不確定她是選擇不相信，還是不了解幫派背後所代表的事情。

「對，雖然交往後他變了很多，但是他還是不願意離開那群兄弟。」楊曉薇毫不保留地回答。此刻她才終於卸下心防，所以即使這句證詞對哥哥可能造成不利的第一印象，她還是選擇說出口。

「那妳知道康弘平常在做些什麼嗎？」

「主要就是討債、圍事之類的吧！」儘管楊康弘總是避免讓楊曉薇接觸道上的事，不過楊曉薇曾幾次偶然在路上撞見，也曾聽到一些流言蜚語，所以大概也知道哥哥的「業務」有哪些。至於那些她沒見到、沒聽到的，她就不確定了。

「他有過前科嗎？」謝怡婷又問，仍舊是帶著關切的神情。

「沒有，哥哥沒有坐牢過。」這點楊曉薇非常肯定，這也是為什麼儘管她不是完全了解那個世界，她也相信哥哥沒有做出太過分的事情，因為兄妹倆是一起長大的，她很確定哥哥不可能殺人。

「那我大概了解了，回到四月十三日那個晚上的情況，也就是案發當天。」謝怡婷稍稍點了點頭，把投影片換到下一頁，出現了案發現場的那座橋的相片，旁邊還註明了橋的名字「港溪大橋」，還有日期和時間，是四月十三日的晚上十二點。謝怡婷接著說：「那一天，康宏本來在夜市跟朋友吃飯，中途接到電話，是芳羽把康弘約出來談判，地點就在港溪大橋。」

「那天一起去的還有孝莊哥，因為我哥喝了點酒，所以讓孝莊哥開車載他過去。」楊曉薇利用謝怡婷停頓的空檔，做了一點補充。

「孝莊哥嗎？他也是個很溫柔的大哥哥。」戴佩芸在一旁大夢初醒般地應和著，彷彿小孩子終於從大人的言談中找到突破口，滔滔不絕地說：「我們去年新生入學的時候，就是他開車送曉薇來學校喔！那時候還幫曉薇搬行李……」

「那是因為我哥前一天晚上又喝酒了，所以才拜託孝莊哥載我到學校。」楊曉薇有些難為情地解釋著。

「孝莊哥應該就是陳孝莊吧！」謝怡婷翻著後面幾頁的投影片，她的投影片上也記錄了陳孝莊的名字，同樣沒有附上相片，只有一些新聞片段的敘述，接著她又問：

「這樣聽起來，孝莊是個不太喝酒的人？」

「對，主要是他的肝不太好，所以我哥的朋友也不會逼他喝。」楊曉薇點頭回應，除了不喝酒之外，陳孝莊在幾個兄弟間算是比較老實的人。楊曉薇甚至還曾仰慕過他，不過因為哥哥的關係，男方也不敢有什麼回應，這份感情便隨著時間慢慢變淡了。

「看來那天晚上他也沒有喝酒，所以才讓他載康弘去跟芳羽見面。」謝怡婷做了個小結，然後接著說：「到現場的時候，芳羽已經開車在橋上等了。孝莊因為不方便在場，再加上輪胎沒氣，所以就放下康弘，去找找看附近有沒有車行還在營業。」

「沒錯。」楊曉薇點頭附和，她沒說出口的是，這同時也是她心底最大的疙瘩。如果孝莊哥當時也在現場的話，她就更能確信芳羽姊是自殺，因為以她對孝莊哥的了解，他不會參與謀殺，也不會坐視不管。

謝怡婷沒察覺到楊曉薇的心理活動，翻到了下一張投影片，那是一個概略的時間軸，上面沒有標明精準的時間，只有報案時間和警察抵達現場的時間是明確的：「接下來，根據康弘的證詞，兩人吵了一會兒，最後康弘提議，由他開芳羽的車載她回家。康弘拿了鑰匙之後，站在車邊看孝莊回來了沒，可是就在這個時候，他發現芳羽遲遲沒有上車。」

「芳羽姊已經打算尋死了」楊曉薇幽幽地接了下去。

「根據康弘的說法，他看到芳羽一腳跨上了護欄，康弘想跑過去拉住，可是已經來不及，芳羽就這樣跳了下去。」謝怡婷繼續說著：「不久後，孝莊也回來了，他幫忙叫了救護車，兩人看到橋下有燈光，便一起喊救命。」

「沒錯，這就是事情的經過。」楊曉薇點點頭，對於這起案件、對於法官來說，這就是對事情完整的陳述了，不過對她而言不只是如此，因為在那之後，才是惡夢的開始。她永遠記得那天晚上她是多麼害怕，多麼慌張、無助。因為哥哥的身分，警察對他們並不友善，每個提問、每個調查總感覺暗藏玄機，只要一不小心就會落入陷阱，本來以為終於熬到一個不起訴的結果，最後卻又因為證人翻供，再次進入噩夢的輪迴。

「還有一件事，就是當時證人的證詞。」謝怡婷又跳到下一頁，接著補充道：「康弘和孝莊當時見到的橋下燈光，是漁夫吳泰安在溪邊炒米糠、引誘魚蝦時所用的照明設備，他也是這起案件的證人，而他當時的證詞，是沒看清楚橋上的事。」

「對，可是他最近翻供了。」楊曉薇說到這裡有些激動，畢竟這件事差點要把她的家給毀了，而這一切就只在證人吳泰安的一念之間。「這部分我就沒有資料了，吳泰安究竟說了什麼？」謝怡婷的手離開螢幕鍵盤，稍稍側過身面向楊曉薇，誠懇地向楊曉薇問道。

「他說芳羽姊不是自己跳下去的，而是被我哥和孝莊哥合力扔下去的。」楊曉薇咬著牙回答。

「孝莊當時不是去幫輪胎打氣嗎？應該有不在場證明。」

「當時附近的車行都已經關了，另外那附近的道路也都沒有監視器，所以他沒有辦法證明自己當時不在橋上。」楊曉薇有些苦惱地說著：「另外那時候時間很晚了，橋上也很少有車經過。」

「的確，這聽起來有些棘手。」謝怡婷也有些困擾地搔了搔頭，想了一會兒才又問：「不過證人的證詞應該不會是案情翻轉的唯一因素，檢方一定還要有其他新證據才有辦法起訴，這部分妳了解多少？」

「老實說，我了解的不算太多。」楊曉薇坦誠地搖搖頭：「我只知道法醫那邊也有新的說法，他們重新分析過現場後，認為吳泰安的說法比較符合事實。」

「法醫這部分的確會是關鍵，不過要制定對策的話，還得先知道他們的說法。」謝怡婷點頭沉思著，接著望向楊曉薇，誠懇地說：「法醫這邊的東西我們比較難接觸到，可能就要請妳幫我們蒐集資料了。」

「沒問題，我一定全力配合。」楊曉薇熱切地點著頭，經過前面這段談話之後，她對野風社的疑慮已經減少了大半。

「不過，我還得問妳一個問題。」然而謝怡婷這時卻突然板起臉孔。

「什麼問題？」

楊曉薇感到不安，剛才的樂觀瞬間一掃而空，彷彿剛才的一切都是假象，現在才真的要摘下面具，如同傳銷組織或黑心店家一樣，先前的友善只是手段，最後還是要從她身上剝一層皮下來。

「妳真的相信妳哥哥是無罪的嗎？」謝怡婷接著幽幽地問。

「當然！他肯定是無罪的！」雖然對方不是對她獅子大開口，這個問題卻讓楊曉薇更加憤慨與激動，這就好比是對她的人格提出質疑。

「我知道妳相信他，可是連法醫都站在另一邊，實在讓我有點擔心。」謝怡婷試著安撫。「我想跟妳說的是，我們不是律師，我們要的只是真相。所以最後如果調查結果發現康弘真的是凶手，我們不僅不會幫他，而且還會揭發他。」

「我……」楊曉薇一時之間不知道該說些什麼，因為她自己並不是沒有懷疑過另一種可能，她為這樣的想法感到羞愧，卻又無可奈何。

「康弘哥絕對不會是凶手——！」

突然的喊聲讓楊曉薇和謝怡婷都嚇了一跳，有一瞬間，楊曉薇以為是自己內心的大喊具象化了，不過轉頭一看。才發現聲音是來自一旁沉靜已久的戴佩芸，她正堅定地望著謝怡婷。

「對，我也相信我哥哥。」楊曉薇這時才下定決心，既然一個無親無故的人都這麼相信了——就算是那個無可救藥的戴佩芸。但是身為一同成長近二十年的妹妹，不是應該更加堅定立場嗎？「我會毫不保留地把我所知道的提供給你們，所以請你們也不要有任何顧忌，儘管去追尋真相吧！」

「沒問題，我們會盡百分之兩百的力氣幫妳的。」謝怡婷這時才完全收起先前的嚴肅表情，微微一笑：「等妳把資料蒐集好了，就交給我們，我們這邊也會很快擬定好調查計畫，之後就多多幫忙了，希望合作愉快。」

「我應該要謝謝你們幫忙才是。」楊曉薇有些激動地抓握住謝怡婷的手，彷彿那是汪洋中的一塊漂流木，接著她轉過身，指著投影幕上方那塊寫著「野風」兩個字的匾，問道：「我有點好奇，『野風社』這個名字是怎麼來的？」

謝怡婷很快唸出一句詩：「野火燒不盡，春風吹又生。」

「那代表什麼？」

「希望。」謝怡婷淡淡地說出這兩個字，並若有所思地仰頭望向那塊匾，像信徒望著自己信仰的神，那表情顯得莊嚴又虔誠。如果仔細看的話，會發現那裱框的宣紙已經微微泛黃，顯現出歲月的痕跡。

第二章　野風

楊曉薇搭乘的公車，在橋頭的加油站前停下。一下車就能望見一旁的港溪大橋，以及港溪大橋橫跨的大港溪，她對這座大橋不算不熟悉，因為以前上學時經常經過這裡，這算是她記憶中的風景之一。她曾經相當懷念這裡，這裡澎湃的河水總是讓人覺得心曠神怡，煩悶的時候只要來這邊繞繞，雜念似乎就會隨著河水一掃而空，被河水帶起的微風也同樣解人煩憂。

可是這樣美好的印象都被那件事給破壞了，只要想起哥哥因為這座橋所經歷的那些困擾，楊曉薇就沒辦法對這座橋和這條溪抱有同樣的好感。

她看了下錶，現在時間是六點四十三分，雖然算是有點早，不過因為夏天日出也比較早的關係，現在天色已經大亮，然而也還沒到十分熾熱的程度。左右望了望，她與野風社約的時間是七點，所以現在還沒看見他們的人。

可是楊曉薇想到這裡又自己笑出來了，要說野風社的話，她認識的也只有謝怡婷和戴佩芸，要真的有一個不認識的野風社成員站在自己面前，她也未必能認出，所以她決定不再找尋，而是直接往橋的方向走。

離開加油站後，她經過了一座停車場，眼角餘光瞄到一臺銀色休旅車旁聚集了幾個黑衣人，她很快低頭走避。「曉薇，我們在這！」聽到這聲喊，讓楊曉薇差點跑起來，不過她很快發現那是戴佩芸的聲音，轉頭一看，戴佩芸正是其中一名黑衣人，而眼前三名黑衣人的衣服胸口上，都印著兩個白字——「野風」。

「哈囉……」楊曉薇有些難為情地對戴佩芸揮手。因為現在時候尚早，楊曉薇真怕這麼大的嗓門會嚇醒還在睡夢中的居民，只能壓低身子快步走向前，並對另外兩個男學生點頭致意。

而那兩位男學生正好一高一矮，高的那個身材修長，感覺只要踮個腳尖就能搆著籃球框。矮的那個則身材精實，像是爆發力強的短跑健將，楊曉薇立刻想起，矮的那位那就是先前向她攀談的男孩，可是對方似乎沒認出她來。

相反地，兩人都不約而同地回以友善的笑容，維持著目前野風社一致的成員特色，其中，那高瘦的男學生先伸出手：「妳好，我叫高天宇。」

「我是楊曉薇。」楊曉薇也擠出微笑回握，像在努力融入異地文化。

「別見到美女就這麼主動。」那個像短跑員的男孩拍了高天宇的肩膀一下，卻也向楊曉薇伸出手，以同樣的語調說出名字：「妳好，我叫李仁傑。」

「你們兩個都別鬧，會嚇到曉薇的。」

戴佩芸適時把兩人推開，用肉身阻隔在兩人和楊曉薇之間，遮住了楊曉薇尷尬的臉。雖然平常都說她是一隻小綿羊，遇到她固執的時候，任何人都別想踰越她劃下的那條線，就如此刻的高天宇和李仁傑，就被死死地阻隔在外。雖然兩位大男孩都沒想挑戰的意思，卻也能感受到他們明顯的失落，只能聽著戴佩芸跟楊曉薇介紹：「這個高天宇是我們的美宣組長，而這個矮矮的李仁傑，是我們的行動組長。」

「為什麼要特別加個『矮矮的』。」李仁傑在一旁抗議道，並挺起他厚實的胸膛。不過就算他的胸肌練得有多健壯，都無法遮掩他身高不高的事實，和其他人對比更是明顯。

「一個大男生跟我差不多高，還不算矮嗎？」戴佩芸說著，一邊用手刀比劃著自己的頭頂，幾乎分毫不差地對齊了李仁傑的頭：「作為招募組的組長，我看了一整個校園，這麼矮的男生還真的沒幾個。」

「剩下的人都還沒到嗎？」楊曉薇探頭往他們身後四處望望，一方面是避免李仁傑和戴佩芸可能的爭執，另一方面她也聽說野風社今天是全員出動，可是這停車場就這臺銀色休旅車，算上自己也只有四個人，怎麼說都不夠數。

「喔，他們晚點才會到，我們先搬道具。」戴佩芸這才如大夢初醒，轉身繞到休旅車後方的後車廂。

「道具？」楊曉薇陷入一頭霧水，只能跟著繞到休旅車後。

「我沒跟妳說過嗎？今天我們要做現場模擬，所以我們需要一個假人道具。」戴佩芸邊說邊打開後車廂，等廂門緩緩往上打開後，她獻寶似地雙手往內一指：「這就是我們做的假人道具，很精緻吧！」

楊曉薇隨著戴佩芸的手勢方向往前看去，

「這是……假人嗎？」無論怎麼看，那都只是個用報紙和膠帶包裹的長形物體，無論再多想像力都無法想像出人形。第一次，楊曉薇對野風社的執行能力感到擔心。

「雖然醜了一點點，不過其實挺實用的。」戴佩芸又是那樣無可救藥的樂觀態度，楊曉薇不相信地又看了「假人」一眼，那何止是「醜了一點點」，那幾乎連被斷定美醜的資格都沒有，因為那根本就不像一個人。

「這就得怪我們的美宣組長了。」李仁傑一副看戲的表情，並對高天宇指了指。高天宇就像一株楊柳樹一樣晃呀晃的，也沒表現出特別羞愧的模樣。

「總之，我們先把這東西搬到橋上吧！」此刻戴佩芸已經一個人趴到那長型物上頭，抱著想往後拉，那東西卻一動也不動。

「我來吧！」短小精悍的李仁傑大步跨前，矮小的身子展現出懾人的氣勢。他先是讓戴佩芸站到一旁，然後自己一個人拖著長型物的一端，前臂的肌肉微微隆起，稍一使勁就把長型物拖出了大半。

「我來抓另一頭。」一旁的高天宇說著也加入搬運的行列。他先是把上半身探進後車廂，毫不費力就搆著長型物的另一端。可是雖然穩穩抓住了另一頭，卻怎樣也沒法拽出來，一時之間也弄不明白是什麼情況。

「別逞英雄了，讓我來拉吧！」李仁傑得意地笑了笑，使勁拉了他拽著的那一頭，才把整個長型物給拖出來。

李仁傑和高天宇各抬一端，橫著把那長型物體給抬出來。在外頭陽光的照耀下，楊曉薇更加確信那不是個假人……就是用報紙包著的不明長條物體。

他們就這樣一高一低地抬著往橋走去。由於港溪大橋沒有人行道，所以他們只能走在兩旁的路肩，並不時有機車汽車在他們身旁呼嘯而過，吹起陣陣的風，讓他們的黑色社團T恤在風中顫抖。楊曉薇就在後頭望著他們的背影，「野風」兩個白色大字忽然變得很應景，除了車流激起的旋風，橋上還有河水帶來的陣陣微風，並夾雜著山林潮濕的氣息，楊曉薇忍不住拿出背包裡的攝影機，從後頭記錄下這一切。

「曉薇，妳又在拍電影啦！」戴佩芸注意到楊曉薇的攝影機，興奮地湊向鏡頭燦笑：「把我們拍好看一點，這會是紀錄片，說不定能去威尼斯參加影展。」

「小戴，妳湊太近了，臉都拍腫了。」楊曉薇把攝影機往後退。不過她其實很喜歡這樣的感覺，每次看著回放影片中的戴佩芸，就感覺這支影片多了一股生命力，她隨手拍下的影片忽然也多了一層意義。

「拍什麼電影，我也要入鏡！」李仁傑背對著鏡頭，走在前頭，在吵雜的風聲和車流聲中嘶吼著。

「都拍了，都拍了，你們快點走！」戴佩芸也喊了回去，並拍著肩催促著。

「對啊！快點走，我快撐不住了……」遠處傳來高天宇微弱的聲音，雖然僅隔著一個假人的距離，他的聲音卻像是要散在風裡。

楊曉薇用攝影機記錄下了這三人的打鬧，忍不住從心底浮現微微一笑，她開始明白野風社的人為什麼時常掛著笑臉，她把攝影機移開，轉去拍攝橋下的河水，這河水仍舊沒有辜負她的期望，把憂傷沖走，只留下笑容。儘管她還是不禁想起哥哥楊康弘，忍不住去想像最壞的情況，不過此刻她多了份信心，她覺得自己什麼都不怕，野火燒不盡，春風吹又生，野風社此刻就是她的希望。

好不容易，一行人走到了橋的三分之一處，那也是事件發生的地方。高天宇和李仁傑雙雙鬆手，放下那個他們抬了許久的假人，高天宇搓揉著雙掌、鬆了鬆臂膀，李仁傑則是輕鬆地把身體靠向橋邊護欄，望著橋下的河水。

「其他人也差不多該到了吧！」戴佩芸看了看手錶說。

楊曉薇繼續拍著野風社的三人，正當她想關上攝影機時，發現鏡頭下的戴佩芸漸漸露出笑容，楊曉薇便下意識往戴佩芸望著的方向拍去。起初楊曉薇沒發覺什麼異常，接著她看見有三個人騎著自行車正往這邊快速靠近，一共是一男兩女，然後她認出了其中一名女孩，那是她曾見過的面孔，野風社的社長謝怡婷。

三臺自行車在他們身邊停下，謝怡婷先下了車，並對楊曉薇點頭致意，她今天也穿著野風社的社服，搭配淡藍色的牛仔褲，頭上還戴著一頂深駝色的貝雷帽，最大的差別，是她沒有戴上先前的粗框眼鏡。

後面也穿著社服的一男一女隨後下車，其中那位男同學戴著銀邊眼鏡，穿著鐵灰色西裝褲，一副書生的派頭。另一位女同學的長髮往後紮著馬尾，戴著火紅色的自行車安全帽，手腳還綁上護腕和護踝，一副就是運動員的氣質。

「這就是楊曉薇。」謝怡婷向那兩位同學介紹：「你們認識一下吧！」

「妳好，我是何弘正。」那名男同學向楊曉薇點頭行禮，雙手交握在身前，顯得有些拘謹。

「我是黃妍萱。」女同學也接著介紹，並熱情地拍了拍楊曉薇的肩。

「你們好，我是楊曉薇。」楊曉薇面對著一冷一熱的兩人，一時也不知道該怎麼做，只能分別向兩人點頭致意。

「弘正是我們的總務組長，負責管錢的。黃妍萱是我們的調查組長，大部分的資料都是她負責整理的，她也會實際到現場做一些初步勘查。」謝怡婷介紹完，接著望向戴佩芸一行人問：「你們應該也都互相認識過了吧！」

「認識了，我們都快成好朋友了。」李仁傑搶著回答。

「什麼好朋友，別嚇到人家好嗎？」戴佩芸又站到楊曉薇身前，一副李仁傑隨時會撲過來的樣子。楊曉薇見到這情況，又忍不住笑了，想到手上的攝影機還沒關，便拿了起來。

「咦?妳有帶攝影機啊!」謝怡婷注意到楊曉薇的攝影機。

「喔，這是她的習慣。」戴佩芸搶在楊曉薇之前說:「她出門喜歡帶著攝影機，拍了好多好多，可是總不讓我看。」

楊曉薇有些難為情地放下攝影機。「因為沒什麼好看的啊!」

「不過我看妳姿勢挺專業的，正好我們缺少一個專門攝影的人，妳今天就幫我們補一些畫面吧!」謝怡婷真誠地說著，她的眼神、語調很難讓人拒絕。

「我盡力。」楊曉薇儘管沒有自信，不過還是答應了這個邀約。

「既然所有人都到齊了，我們就開始吧!」

謝怡婷拍一下手示意大家集合。

「所有人都到了嗎?」楊曉薇站到戴佩芸身邊，湊在她耳邊壓低聲音問。如果不把自己算進去的話，現在一共有六個人。

「對啊!怎麼了嗎?」戴佩芸一臉疑惑地反問。

「不是說今天全社團的人都會來嗎?」楊曉薇說著，又點了一次人頭。野風社一共六個人，分別是社長、招募組長、美宣組長、行動組長，調查組長、總務組長，總覺得缺了什麼。

「少了誰嗎?」戴佩芸再一次反問。

「這裡只有社長和組長，」楊曉薇終於找出問題點:「妳們的組員呢?」

「喔！原來是個問題，不過我們所有人都是組員喔！」戴佩芸愉快地替楊曉薇解答：「組長是負責統籌和規劃，當一個組長在執行計畫時，其他人就是組員，要聽組長的工作分配，然後各自去執行。」

「啊！這真的有點……」楊曉薇不忍心說出「寒酸」這兩個字，也難怪謝怡婷說他們缺一個專門攝影的人，看來是缺了一個「攝影組長」。

「曉薇，妳就在這裡幫我們錄影。」一時之間，謝怡婷已經分配完其他人的工作，轉向在一旁竊竊私語的楊曉薇和戴佩芸：「小戴，妳現在是我們的安全官，幫我們注意旁邊的車子。」

「沒問題。」楊曉薇和戴佩芸先後對謝怡婷做了回應。

戴佩芸看著另外五人，除了謝怡婷之外，原則上就是照先前來時的分組，李仁傑和高天宇蹲在假人旁邊，隨時準備將假人扛起。而何弘正和黃妍萱則是重新跨上腳踏車，往來時的方向騎回去。

「他們要去哪裡？」楊曉薇不好意思問剛剛認真分配工作的謝怡婷，於是又低聲問了戴佩芸。

「他們要去橋下，等等要看假人落下的位置和狀態。」戴佩芸回答。

楊曉薇望著何弘正和黃妍萱沿著路肩騎到橋頭，接著左轉彎沿著河堤上的道路騎去，騎到一個有階梯可以下去的地方，便在人行道上停妥了腳踏車，兩人雙雙往下走去。黃姸萱從運動背包裡拿出了一臺攝影機，大概是準備要錄影。

謝怡婷讓楊曉薇站近一點，接著她轉頭對蹲在地上的李仁傑和高天宇說：「你們準備一下，等等聽我口令，把假人丟下去。」

楊曉薇站到護欄邊，鏡頭對著蹲著的李仁傑和高天宇，還有橫臥在地上的假人——儘管那還是一個報紙包著的不明長條物，不過隨著氣氛漸漸嚴肅起來，楊曉薇也逐漸能接受那就是個假人，也比較不覺得尷尬了。

「曉薇，我跟妳確認一下。」謝怡婷盯著攝影機上的小螢幕說：「根據法醫和證人的說法，檢察官認為芳羽是先被妳哥哥康弘抱住，接著孝莊過來抱住芳羽的腿，兩人就這樣把芳羽橫著抬起來，然後抬到護欄外，芳羽的身體和橋的方向平行，接著因為康弘比較高，所以康弘先鬆手，孝莊隨後才又鬆手，由於擺錘效應的關係，才會讓芳羽以頭朝下的姿勢著地。」

「沒錯。」雖然這節奏看起來好像有點倉促，不過楊曉薇和謝怡婷其實在之前，已經透過網路通訊確認了無數遍，所以被問到的當下儘管有些緊張，深怕自己遺漏了什麼，楊曉薇還是很快給出了肯定的回覆。

「你們就照先前說的。」謝怡婷轉頭又向李仁傑和高天宇下了指示：「天宇抱住肩膀的地方，仁傑抱住腳，等下一起把假人抬到護欄外面。等我下口令之後，天宇先放手，放手完喊一聲，仁傑再跟著放手。」

「了解。」李仁傑和高天宇不約而同地回答。

楊曉薇這才瞭解，讓這一高一矮的兩人抬假人是有用意的，不過這時又升起另一個疑惑，那就是謝怡婷說的腳和肩膀到底是什麼。因為這東西看起來就是一個不明所以的長形物，連頭和腳都分不出來了，又要怎麼找出肩膀的位置。

不過此時戴佩芸正在注意著交通，楊曉薇也不好讓她分心，因此只能自己琢磨著，楊曉薇仔細向假人又瞧了瞧，才終於瞧出一點端倪。其實那並不是一個均勻的長條物，還是有粗細的分別的，就如同人體一樣，最粗的地方就是軀幹，所以如果仔細看看，還是能分出假人的肩膀和臀部。

「預備！」就在楊曉薇這麼想著的同時，謝怡婷高聲下達第一個口令。

楊曉薇往護欄外望去，何弘正和黃妍萱已經在橋下就定位。因為現在不是雨季，河水量不算太多，下面還是一片能夠站人的乾地，兩人就站在一個相對安全的位置，黃妍萱拿著攝影機朝上拍著，何弘正手裡則拿著捲尺。

「八月三日，早上七點三十三分，第一次試驗開始。」謝怡婷看著手機螢幕大聲喊，接著望著蹲在地上就定位的李仁傑和高天宇又喊道：「一人抱著假人的肩膀，一人抱著假人的雙腳，把假人抬出護欄外。」

口令下達完畢，兩人便迅速確實地開始動作，很快合力把假人抬出護欄，楊曉薇的鏡頭也跟了上去。李仁傑看來還算從容，高天宇雖然也流暢地完成動作，卻顯得有些吃力，接著，謝怡婷喊出下個口令：「預備，一二三，放手！」

「放手！」李仁傑首先把手鬆開，並覆述了口令，高天宇才又隨後把手鬆開，所有事情都在一瞬間完成，對於攝影的楊曉薇來說，沒有所謂的慢動作可言，假人幾乎是在放手的瞬間就落到橋下，鏡頭甚至還來不及追上。楊曉薇有些懊惱，不過她只能繼續拍攝，現在不是看回放的好時機，而且她也幾乎能確定會見到什麼畫面，肯定是快速移動導致的模糊畫面。

橋下的兩人此刻則在收拾善後，何弘正用捲尺量著假人與橋墩的距離，黃妍萱則在繼續拍攝。等兩人弄得差不多了，楊曉薇才關閉攝影，叫出了先前的回放，並鬱悶地自言自語：「我好像沒拍到整個落下的過程。」

「是嗎？」謝怡婷雖然有些驚訝，不過也沒露出責備的表情，而是接著安慰道：「沒事，我們本來就不會只做一次。」

「不好意思。」楊曉薇又內疚地道歉。

「沒關係，這是實驗，既然是實驗總是會有意外。」謝怡婷很快收拾好心情，先打個手勢要李仁傑和高天宇去把假人搬回來，才又回頭繼續說：「我們的關注點永遠是在下一次，妳再幫我想想要怎麼改進這次的攝影。」

「主要是因為假人掉得太快。」楊曉薇一邊想著，一邊看著影片回放，鏡頭果然沒追到假人落下的過程，從橋上到橋下中間的過程，都是搖晃導致的模糊畫面：「鏡頭肯定追不上這個過程，解決的辦法就是要把取景擴大。」

「如果要拍落下的全景，好像妍萱那邊才是比較好的位置。」謝怡婷雖然正望著李仁傑和高天宇的背影，腦子卻跟著楊曉薇的思緒：「我等等跟妍萱說。」

「不，她的位置沒辦法拍到橋上的狀況，這樣我們橋上和橋下會被分成兩個獨立的鏡頭，這樣就算是用剪輯的，也會讓影像有斷裂感。」楊曉薇感覺自己的腦子動了起來，這讓她感到興奮：「我想到辦法了。」

「什麼辦法？」謝怡婷似乎也被楊曉薇提起了興致，便轉過頭問。

「我往後退吧！」楊曉薇說著，手捧著攝影機往後退了幾步，退後的同時並盯著攝影機上的小螢幕，到差不多五公尺遠的地方停下。她先是把鏡頭向著橋上，接著再往外照向橋外，剛好能照到落下的全景，然後她朝謝怡婷喊道：「我就站在這裡，一開始先拍橋上，他們把假人搬出去的時候，我就讓鏡頭跟著出去，這樣就能把整個過程都照到了。」

「那就交給妳了！」謝怡婷對楊曉薇豎起大拇指，才又轉頭關心李仁傑和高天宇一行人。

楊曉薇也把鏡頭追上去，因為這邊只剩下一輛車，所以由李仁傑載著高天宇騎過去，這時的他們已經騎到了河堤上的道路，正要接近下河堤的階梯。另一方面，河堤下的黃妍萱和何弘正則正合力搬著假人，黃妍萱看來游刃有餘，何弘正則需要費點勁才能跟上黃妍萱的腳步，黃妍萱就像在前頭拉著何弘正走，好不容易也走到了河堤下的階梯前。

兩組人在河堤的階梯上碰頭，李仁傑和高天宇接過假人，黃妍萱和何弘正騎上他們兩人騎來的腳踏車，原路返回到謝怡婷和戴佩芸身旁，下車點了下頭，又很快小跑步往原路跑回去。等他們沿著河畔再次到橋下就定位，李仁傑和高天宇也差不多回到原位就緒。

「先喘一下吧！」謝怡婷看李仁傑和高天宇都有些疲倦了，便讓他們兩人先休息，並對橋下比了個暫停的手勢，然後走到假人旁邊，打量著假人的情況。雖然外頭的報紙有些破損和髒汙，不過大體上沒有造成結構性的破壞。

「我覺得差不多了，我們再來一次吧！」李仁傑首先直起身子。

「天宇呢？還行嗎？」謝怡婷有些擔憂地望著高天宇。

「沒事，就開始吧！」高天宇也直起他的身子，雖然他比李仁傑高出了整整兩個頭，不過此刻的他卻顯得比矮小的李仁傑更加虛弱。

「那就開始了。」隨著謝怡婷的口令，李仁傑和高天宇立刻蹲到假人旁邊就定位，楊曉薇也按下了錄影鍵，重新穩住雙手，戴佩芸則繼續在一旁注意交通。謝怡婷向橋下打了手勢，橋下的兩人也很快就位。

「預備！」隨著幾聲口令和應答，野風社一行人完成第二次試驗，這次楊曉薇順利拍下了落下的過程，橋下的兩人如上次那般收拾善後，橋上的兩人還是共騎著一輛腳踏車前往河堤，準備將假人接回來。整個過程就像錄影帶回放。

「有拍到吧！」在那四人忙活的過程中，謝怡婷湊到楊曉薇身旁問。

「有，很清楚。」楊曉薇讓她看了影像回放，鏡頭順利跟到整個過程，也拍下了假人落下的軌跡：「這樣算成功了嗎？」

「至少方法是對的，但是沒有任何實驗是一次就成功的。」謝怡婷望了望眼前的四個人，一臉認真：「應該這麼說，實驗沒有所謂成不成功，只有能不能得到結果。實驗就應該重複很多次，然後統計最後的結果，才能知道答案。」

「那還要重複幾次啊？」楊曉薇望著高天宇和李仁傑的背影，顯得有些擔憂。尤其是高天宇，剛剛那次實驗當中，他的手其實就已經有點抖了。

「好不容易來了，當然是盡可能重複越多次越好，這樣到法庭上比較有說服力。」謝怡婷倒是顯得冷靜：「這個假人看來還能撐上幾回撞擊，兩個大男生應該也還行，就看哪一邊先投降吧！」

「預備！」高天宇的手這次顯得更抖了，不過大體上還是沒影響試驗，兩人這回各騎一臺腳踏車前往河堤，四人在河堤交會的時候，停留了一段時間，不知道在討論些什麼，最後是由黃妍萱和李仁傑抬著假人回來，高天宇和何弘正則騎單車。楊曉薇覺得疑惑，看著一旁剛確認完畫面的謝怡婷，謝怡婷遠遠看著這一幕，卻沒多說什麼，表情也沒有驚訝的樣子。

「看來天宇是真的累了。」楊曉薇試探地問。

「所以他們換班了，換妍萱接替他。」謝怡婷回答。

「你們早就排好班表了嗎？」楊曉薇對謝怡婷的淡然有些驚訝。

「不，」謝怡婷回答：「這是我們的默契。」

「什麼默契？」楊曉薇有些不明白。

「一個人累了，就換另個人頂替上去，直到我們沒有人為止。」謝怡婷眼神堅定地回答：「野火燒不盡，春風吹又生。」

楊曉薇拍下了剛剛四人交頭接耳的畫面，或許謝怡婷的那句話也錄進去了。謝怡婷見他們要回來，便離開了楊曉薇，回到了剛剛的位置上去，她看著高天宇和何弘正騎車回來，也沒多問什麼，兩人也只點一下頭，又原路走回去。

接著李仁傑和黃妍萱也回來了，兩人稍微休息了一會兒，謝怡婷又上去關心了假人的狀況，似乎還是沒太嚴重的結構損壞，試驗可以繼續下去。

不過很快他們就發現另一個問題，李仁傑和黃妍萱身高差不多，沒辦法還原一高一矮的案發情況。不過他們也沒有延宕太久，黃妍萱索性把頭上的安全帽解下來擺到地上，踏到安全帽上比了下高度，才解決了高度的問題。

在這段小插曲過後，第四場試驗便開始了。

接著，又做了第五場試驗後，李仁傑也終於撐不下去了，換成他與高天宇在橋下，由何弘正和黃妍萱繼續第六場，調整高度差後，又完成了兩次試驗。只是第七場試驗過後，何弘正也不太行了，由謝怡婷接力。

第八場試驗完成後，時間已經過了中午。楊曉薇光是站著就覺得有些累了，再加上夏天的太陽是會咬人的，皮膚已經被晒到有些微微發燙，更別說橋上橋下一直忙活的幾個人。連體力比較好的李仁傑和黃妍萱，雙眼都開始有些恍惚。

參與試驗的四人在河堤邊碰頭，這回又交頭接耳了一陣，最後由李仁傑和高天宇抬著假人，謝怡婷和黃妍萱則騎上腳踏車。但是謝怡婷沒有馬上走，反而拿出了手機摁了摁，過不了多久，楊曉薇就聽見一旁的戴佩芸的手機響了。

「喂，社長。」就算是戴佩芸這樣過分樂觀的人，被太陽晒了一整個上午，也顯得筋疲力盡了。她接起電話後也沒說過幾個字，說幾聲「好」之後，就掛上了電話，對著楊曉薇和一旁的何弘正說：「社長說去停車場集合吃飯。」

「好啊！」何弘正本來是靠著護欄，聽到這句話後，爽快地直起身子，但是看到眼前只剩下一臺腳踏車，便開始發愁，隨後說：「我用走的吧！」

「沒關係，你騎腳踏車吧！我可以和小戴一起走。」楊曉薇連忙擺了擺手，一方面她是不太習慣這種禮讓的戲碼，另一方面，她不覺得自己有辦法騎車載戴佩芸，又或者是讓戴佩芸騎車載她。

「好，那我先走了。」何弘正倒也不是一個扭捏的人，他很快跨上腳踏車，蹬一下就往前騎得老遠。

「他就這麼把腳踏車騎走啦！」戴佩芸在一旁抗議。

「沒事，妳不喜歡跟我走路嗎？」楊曉薇在一旁安慰道。

「不是，那後面不是還有座位嗎？至少也載個人嘛！」戴佩芸鼓著腮幫子抱怨，不過還是跟上了楊曉薇的腳步。

「怎樣？妳想被人家載嗎？」楊曉薇半逗半哄地說。

「怎麼可能，我才不想要被那種男生載呢！」戴佩芸笨拙地翻了個白眼，不過心情也好上了許多，蹦蹦跳跳地走到楊曉薇的前頭。

楊曉薇忍不住拿出了攝影機，拍下了戴佩芸蹦跳的背影，戴佩芸在前頭聊著野風社的每個人，楊曉薇也不時應和著，可是她一點也不記得自己聽見了什麼，不過這也不要緊，因為攝影機替她留下了回憶。

又一次，楊曉薇讓這座橋、這條河洗滌了她鬱悶的心情。

第三章　英雄

因為影片過曝的關係，畫面的那座橋、那條河，顯得相當地蒼白。

畫面是港溪大橋的空景，搭配懸疑低迴的的背景音樂，和謝怡婷的旁白，以案件簡介作為開場。接著用手作圖卡呈現案件的前因後果，先是楊康弘的說詞，再來是檢察官認定的事實，影片顯得相當樸實青澀。

之後，是楊曉薇拍攝的實驗畫面。影片以快速剪接的方式帶過八場試驗，呈現出八次實驗的數據，並做了平均，結果發現假人相對橋面的水平位移約三十三公分。同時旁白解釋，此案的法醫紀錄，屍體的水平位移是兩公尺，而根據目前的研究資料，他殺、意外墜樓的水平位移平均是零點三公尺，自殺墜樓的水平位移是一點二公尺。

也就是說，兩公尺的水平位移，更有可能是自殺事件。

揭露這段重要訊息後，謝怡婷在氣勢磅礡的背景音樂中做總結。並在畫面上留下野風社的聯絡資料，誠懇地徵求目擊者證詞，或是行車紀錄器。

影片就在這裡結束了，畫面在轉黑之後，跳出了推薦影片的九宮格，播放影片的筆電就放在野風社辦公室的會議桌上，何弘正上前關掉全螢幕。在這個過程中，辦公室裡沒有人說過一句話，籠罩著一股沉悶的低氣壓。

「這支影片有七千個觀看數了耶！」戴佩芸興奮地叫喊打破了沉默，她指著影片右下角的觀看次數，又喊著：「七千人看過我們的影片，真了不起！」

可是這樣的叫喊，得到的回應是一段不算短的沉默。

「七千不算多，而且不要被數字迷惑了。」何弘正又把身子探到電腦前，在上面敲了幾個按鍵後，進入了後臺的數據分析：「雖然有七千多個觀看數，但是只有三百多人看超過一半，更只有四十一個人把影片看完。」

「也就是說，實際有效的觀看數不到一百人，沒幾人看到我們最後要大家幫忙的話。」謝怡婷也是喪氣地搖搖頭：「目前也的確沒有人寄行車紀錄器給我們，甚至連一點關心的回應都沒有。」

「那怎麼辦？」雖然於事無補，不過這就是楊曉薇腦中不斷重複的話。儘管知道說出來會給大家添麻煩，但是不說出口就沒辦法止住心中的焦躁。

「只能回歸最傳統的方法了。」這回換黃妍萱說話了。雖然現在是在室內，也不用穿著集體的野風社團服，不過黃妍萱還是一身運動風的打扮，手肘還能見到一圈護肘造成的晒斑：「大家想想，如果今天家裡有人在偏遠的道路出車禍了，那你們會怎麼做？在那個網路不發達的年代，最簡單的方法，不就是在那個路段貼公告、發傳單嗎？這應該是最直覺，也最有效的方法了吧！」

「的確，雖然我們有七千多個觀看數，可是在這群人當中，現實生活會經過那座橋的人，或許還不到一個。」何弘正附和了黃妍萱的話：「如果直接在當地發傳單，雖然接觸到的人變少了，不過有效受眾的比例卻能夠大幅增加。」

「有效受眾是什麼？」楊曉薇低聲問了身旁的戴佩芸。

「何同學又在炫耀了啦！」沒想到戴佩芸的回答意外大聲：「受眾就是我們想要傳達訊息的目標。比如現在，我們希望有人提供證據，因此就要找到能夠提供證據的人，也就是當晚經過那個路段的路人或駕駛。」

「反過來說，如果他是一個住在臺北的網友，只是因為好奇而點進這支影片，那他就不是我們的有效受眾，他所貢獻的觀看數對我們來說沒有太大的價值。」謝怡婷接著補充，然後她轉頭點名李仁傑：「你有沒有在聽我們討論啊！」

楊曉薇跟著看向李仁傑，李仁傑此刻剛把手機放下，有些迷茫地望了望大家：

「有啊！不是在說有效受眾之類的東西嗎？」

「那你知道我們的下一步了嗎？」謝怡婷又問。

「唉，我其實有點受夠這些東西了。」李仁傑嘆口氣，把桌上的手機推開，可是想了想改變主意，又把手機拿了回來，手指在上面點了了點，在謝怡婷再次質問前，他把手機推到會議桌中間：「你們看看這個吧！」

李仁傑的手機螢幕正播放著影片，那是一個新聞畫面，可以明顯看出是一個拆遷的現場，和平常不同的是，挖土機的前面站了一名男性的身影。他雙手張開，阻擋了挖土機的前進，在挖土機停下後，他一個箭步衝上前，打開挖土機車門，把裡面的司機給拉出來，接著可以看見有兩方人馬衝上前去，現場頓時亂了一團，畫面也很快切到記者播報的畫面。

在畫面下方，斗大的藍底白字標題寫著：「呂俊生肉身阻擋怪手拆遷。」

「你想表達什麼意思？」謝怡婷沒好氣地回應，眼裡有著防備心。

「我想說的是，我們野風社怎麼就不學學人家呢！」李仁傑站起身，手指著桌上的手機說：「我們費了那麼大的勁，做了那麼多事情，換來的是不到一百個有效的點擊率，而這個叫呂俊生的人，只要出來擋個怪手，全國上下都知道了。」

「你要的是名氣嗎？」黃妍萱也站起身，與李仁傑對壘：「那我們這邊不適合你，你應該去跟人家搞樂團或是拍電影。」

戴佩芸也在一旁幫腔：「對啊！我們不是要來幫曉薇的嗎？」

「對，我是要幫曉薇，別把我想得那麼壞。」李仁傑無奈地擺擺手：「但是要幫也要找對方法，像呂俊生那樣，一個動作，就讓大家關注到土地正義的問題，那我們呢？人家只關注那該死的假人，那東西真的簡陋到我都看不下去了。」

「可是挺實用的吧……」高天宇在一旁無力地替自己辯護。

「的確，從橋上摔了八次都沒壞，在結構上沒有什麼問題。」何弘正也幫著高天宇說話，他說話的表情還比較有自信和說服力。

「這不是結構的問題，是形象的問題，就和我們現在的情況一樣。」李仁傑揮舞著雙手，繼續他的演說：「沒錯，我們很認真，做了很多調查，我也承認我們的結論是對的，楊康弘是清白的，可是那又怎樣呢？沒有人知道！如果沒有人知道，我們所做的一切就都是徒勞的，大眾不知道、檢察官不知道、法官不知道，這一切就都是個屁，楊康弘還是會被定罪，我們還是救不了他。」

「我可以把這段影片拿給律師，讓他呈到法庭上，或許還是能幫到我哥。」楊曉薇出聲解圍。

「如果這就能幫到妳哥，我們還在糾結什麼？」李仁傑刻薄地說著，露出楊曉薇從沒見過的可怕表情：「因為我們知道重點不在這裡，重點不在法醫的說法，法醫只是輔助，這起案件的重點在證人，所以我們才會需要更直接的證據。」

「好，就算我同意你說的，照呂俊生那樣的路線走。」謝怡婷仍舊是坐著，但是她的語氣和眼神，自然就給出了能讓人安靜的氣勢：「那你的怪手呢？你想要去阻擋怪手，可是這起案件中沒有任何怪手能讓你阻擋。」

「我不是說了嗎？」李仁傑苦笑著，對謝怡婷搖搖頭：「這件案件的關鍵是證人，一直都是證人。」

「你想要去對證人抗議嗎？」黃妍萱有些驚訝地問道。

「對。」李仁傑毫不遲疑地點了點頭。

「你知道這是不對的，我們不該這麼做。」謝怡婷倒吸一口氣，她顯然也沒想到李仁傑會說出這種話：「這是在威脅證人，這樣做不僅倫理上不會接受，法庭也不會接受。」

「別把證人說得那麼可憐，他不是無辜的，我從來都不覺得他是。」李仁傑又激動地揮著手：「一個人不可能忽然就改變自己的證詞，一定是受到外力的影響，或者是另有所圖，你們只是假裝沒看見，這是偽善！」

謝怡婷搖搖頭，卻不知道該怎麼反駁。

「還有另外一種可能。」這時換何弘正說話了：「證人的記憶有可能會受到外界的影響而改變，不一定是有意識的，有可能受到潛意識影響，或者是媒體的報導，這裡面不一定帶有惡意。」

「那如果他是呢？」李仁傑繼續質問：「自殺和他殺是兩個完全不同的事情，要因為潛意識曲解，根本是不可能的事，在這起案件當中，證人更有可能是抱有惡意的！」

「錯了，自殺和他殺，有時候並不是那麼容易區別。」何弘正倒是沒被嚇著，還是不慍不火地分析著：「這起案件的證人，漁夫吳泰安說自己看見死者喊了救命，對照楊康弘的證詞，在林芳羽跳下橋之後，他的確也曾和陳孝莊一起對橋下喊救命，這麼一來，很有可能是吳泰安誤解了這一聲救命，以為是林芳羽所喊的，因此認為楊康弘和陳孝莊把林芳羽扔了下去。」

「那他又是怎麼把過程說得那麼清楚的？」李仁傑步步進逼，心裡的激動並沒有被何弘正的冷靜給澆熄：「難道因為那聲救命，就編出了一大段故事。」

「還記得林芳羽跳下去之後，楊康弘和陳孝莊曾經趴在護欄上，一起看著橋下的情況嗎？」何弘正還是不疾不徐地說著：「這個畫面可能也讓吳泰安產生了誤解，以為他們那時正合力抬著林芳羽，而林芳羽正喊著救命。」

何弘正說完這話後，其他人明顯露出恍然大悟的表情，即使是剛剛質問的李仁傑，臉上也產生了猶疑，最後是謝怡婷首先開口：「這樣的理論，為什麼之前沒聽你提過？」

「因為這只是假設，假設本來就能有許多種，怎樣都講不完。」

「既然這樣，我們就更不能去找吳泰安麻煩了。」謝怡婷做了結論：「所以還是按照妍萱的提案，我們到現場去貼告示和發傳單，文宣的部分就拜託天宇負責，路線規劃和交通，就交給……」

謝怡婷說到這裡打住了，因為這種工作，通常是交給行動組的李仁傑，但是因為剛剛的插曲，讓李仁傑來規劃這個他不贊成的提案，還是有些彆扭和不近人情，所以謝怡婷一時也不知道該怎麼開口。

「讓我來吧！」黃妍萱這時自告奮勇。

「不用，該我做的我還是會做。」李仁傑擺擺手，收回了桌上的手機，並坐了下來：「我們不是一直都這樣的嗎？討論過程可以有各自的意見，一旦決定了，我們就是一個整體，所以我會做好我的部分，請不用擔心。」

「謝謝，就交給你了。」謝怡婷誠懇地說，李仁傑又對她擺了擺手。

於是，他們又來到了港溪大橋，他們同樣大清早就來到了現場，不過這次不是為了避開毒辣的陽光，而是要趁著城鎮的居民甦醒之前，先站好定點，才能趕在上班和上課的尖峰時刻，對廣大的通勤族展開宣傳攻勢。

野風社的六人加上楊曉薇，七人一共分成了三組，大致還是如同上次的分組，高天宇和李仁傑在橋的一端，黃妍萱和何弘正在另一端，戴佩芸、謝怡婷和楊曉薇則在橋上的路肩，做非定點式的宣傳。

三組人馬都配有一支擴音器和一面海報，兩人輪流廣播和展示海報，橋上三人組餘下的一人有不同任務，那就是注意交通，畢竟路肩的寬度和安全性還是不比一般的人行道，稍一分神就會誤入車陣，或是有搶快的汽機車迎面而來。

他們的這場活動發布到網路上了，得到幾個零星的點讚，現場沒有任何人前來應援，不過他們也沒因此感到氣餒，畢竟還是得到了幾個路人友善的回應，一些人儘管正趕著上班上學，還是停下來聽他們說話，並提供一些可能的線索。楊曉薇在橋上看著這一切，心裡覺得十分溫暖，她感激這些人，也感激野風社，偶爾她會拿出攝影機，讓鏡頭記住這些友善的面孔。

隨著太陽日漸高掛，通勤的車潮也逐漸少了，謝怡婷再次用手機聯絡了大家，讓大家往停車場的方向集合，準備先吃午餐，並稍作休息。

就在楊曉薇跟著謝怡婷和戴佩芸前往橋頭時，迎面走來了兩名年輕男性，其中一個比另一個還要更年輕一些，嚴格來說應該是個男孩，視覺年齡介於高中和大學生中間的模糊地帶，加上他穿著運動衣褲，顯得更加青春；另一個人則比較像出社會的青壯年，他穿著襯衫和西裝褲，一隻手還掛著西裝外套，另隻手提著公事包，一副上班族的模樣。

楊曉薇會注意到這兩人，除了他們正微笑迎面而來之外，她總覺得，在哪裡見過那個穿運動衣的男孩，只是一時想不起來。

那名男孩先對他們打招呼。

「你們就是野風社嗎？」

「是的，請問你們是？」謝怡婷也回應了對方，雖然是生面孔，但是兩人看起來面相不惡，所以謝怡婷不算太過提防，按照原定的步伐繼續往前，不算是刻意接近，也沒有要刻意遠離。

「我是呂俊生。」男孩伸出手，露出燦爛的笑容：「我就住在這附近，聽說你們需要幫忙。」

「你好，我是社長謝怡婷。」謝怡婷作為代表回握了呂俊生的手。

戴佩芸這時才反應過來：「你就是那個擋怪手的呂俊生？」

呂俊生淺淺笑著，似乎已經習慣了這樣的場面，並沒有顯得太過驚訝。

「對，我就是那個呂俊生。」

「不會吧！你是呂俊生。」李仁傑不知道什麼時候出現在他們背後，李仁傑和高天宇是從橋的另一端過來的，因為要去停車場那端會合，所以他們一直走在楊曉薇她們後面，或許是遠遠見到了呂俊生，李仁傑跑得有些喘。

「沒錯，你們都是野風社的人吧！」呂俊生也向李仁傑點頭致意。

「是……」楊曉薇本來想解釋，不過後來想想還是算了。

「曉薇現在還不是，她是我們的委託人。」倒是戴佩芸搶一步幫她說了。

楊曉薇迫不得已只好自我介紹：「你好，我是楊曉薇。」

「妳好，網路上的影片是妳拍的吧？」呂俊生指了指他們海報上的二維碼。

「你怎麼知道？」楊曉薇驚訝地反問。

「因為妳是在場唯一沒入鏡的人，」呂俊生對著野風社一行人比劃了一圈，才又望著楊曉薇說：「影片拍得不錯，角度取得挺專業的。」

楊曉薇忽然被這麼一誇，顯得有些羞澀。

「那這位同學，是叫謝怡婷吧！妳剛剛說妳是社長？」呂俊生也沒有多做停留，把目光轉回謝怡婷身上：「剛剛聽了妳的聲音，旁白應該是妳錄的吧？」

「對。」謝怡婷點點頭，顯得落落大方。

「聲音很好聽，不過這不是重點。」呂俊生手指著謝怡婷，不過好一陣子都沒說話，像是在尋找著措辭，又像是沒特別為什麼，就只是單純地望著她，過了一會兒，才終於開口：「妳很漂亮，當旁白太可惜了，妳應該多上鏡頭。」

「我錯過了什麼嗎？」高天宇這時才慢悠悠地走到他們身後，顯然對這段突然的對話弄迷糊了。

「什麼意思？」戴佩芸困惑地轉著眼睛，楊曉薇則是驚訝得說不出話。

「你是來幫助我們的嗎？」這時李仁傑先開口了：「你是想要我們重拍這支影片吧！同樣是讓曉薇攝影，然後要讓社長多點畫面，接著應該還有很多東西要改進，比如說那個簡陋的假人，我們應該要重新做一個比較上相的。」

「聰明。」呂俊生對李仁傑豎起大拇指：「忘了問你叫什麼名字？」

「李仁傑，」李仁傑愉快地對呂俊生伸出手：「野風社的行動組長。」

「管行動的嗎？我最喜歡行動了，很高興認識你。」呂俊生熱情地回握李仁傑的手，然後把他拉到身邊，對他眨眨眼：「既然有緣，方便說個悄悄話嗎？」

「當然。」李仁傑綻出笑容，立刻把耳朵湊上前去，於是李仁傑和呂俊生就在眾目睽睽之下，兩人耳語了將近一分鐘多，李仁傑先是露出驚訝的表情，接著又笑著點點頭，當兩人再度退開後，不約而同露出了詭異的微笑。

「說了什麼啊？」高天宇好奇地向李仁傑問，李仁傑只是笑著搖搖頭。

「總之，我是來助你們一臂之力的，而且我今天還帶了另一位朋友。」呂俊生說著，稍稍退到一邊，雙手比向那個像是上班族的男性：「這位是鼎鼎大名的人權律師，曾逸軒。」

「沒有到鼎鼎大名啦！」曾逸軒笑鬧地撞了一下呂俊生的肩膀，雖然他的臉看起來比呂俊生要老成，但是開口時充滿了年輕的朝氣，他對野風社一行人稍稍點頭行禮：「我是曾逸軒，希望未來合作愉快。」

「謝謝你們，我們剛好也要去吃午餐了，不如邊吃邊聊吧！」謝怡婷望了望遠方的橋頭，在橋那一端的黃妍萱和何弘正大概是因為等得太久，所以正好奇地望著這邊的情況。

「不過，在這之前，我還有一件事情要確認。」呂俊生舉手示意他們暫停，接著他站到楊曉薇面前，一臉嚴肅地問：「妳願意為了哥哥，犧牲到什麼程度？」

「我？」楊曉薇沒料到焦點會忽然轉向自己，不過想想自己也覺得可笑，說實話，這件事從頭到尾的焦點就是她，野風社是為了她、為了她的哥哥楊康弘在奔走，如果焦點不在她身上，才顯得奇怪。思考完這一層之後，她才開始認真思考呂俊生提的問題。

「我說得更明確一點好了。」彷彿是感受到楊曉薇內心的煎熬，呂俊生換了個說法：「妳願意為了救妳哥哥，而不惜粉身碎骨嗎？」

「會。」不知怎地，楊曉薇很快就給出了答案。

而正當楊曉薇堅定地抬起頭時，她見到呂俊生對李仁傑點了點頭，然後把楊曉薇手上的攝影機接了過來，放到戴佩芸的手上。

然後，接下來的事情只發生在一瞬間。

呂俊生忽然抱住楊曉薇，楊曉薇想大叫，卻叫不出聲，想掙扎，肩膀卻被牢牢地捆住。接著她感覺到自己的腳被抬起，透過眼角餘光，她驚訝地發現是李仁傑正拖著自己的腳。

高天宇、戴佩芸、謝怡婷想上前阻止，但是被曾逸軒擋在前方制止，楊曉薇頓時感到絕望，在知道只能靠自己逃脫之後，她擠榨出體內擁有的每一絲力氣，全身每一吋肌肉如同癲癇發作那樣大力扭動，才終於掙脫開來。

楊曉薇、呂俊生、李仁傑三人癱倒在地上，高天宇、戴佩芸、謝怡婷也突破了曾逸軒的阻攔，圍到楊曉薇的身邊，保護楊曉薇免於再次被襲擊，曾逸軒倒是不緊張，仍舊站在原地，看著地上癱倒的三人，和站著的三人。

「怎麼回事？」黃妍萱氣喘吁吁地跑來，大概是遠遠看見了他們的情況。

「這得問那兩個神經病！」謝怡婷難得發了脾氣：「你們是怎麼回事！」

沒想到，回應謝怡婷的卻是一陣爽朗的笑聲。楊曉薇循著笑聲看過去，驚訝地發現是呂俊生正笑著，見到所有人都正望著他，邊笑邊上氣不接下氣地說：「你們發現問題了嗎？」

「有，我發現你有毛病。」戴佩芸也難得生氣地罵道。

「不對，你們真的都沒看出來嗎？」呂俊生依舊笑著，甚至情不自禁地用手拍著滾燙的柏油路地面，接著他轉向李仁傑：「你跟他們說說吧！」

「仁傑，你怎麼可以當他的共犯？」戴佩芸又罵。

「不是，不是這樣的。」雖然沒有像呂俊生那樣歇斯底里，李仁傑的確也在笑著，只不過此刻已經可以平靜地站起身解釋：「你們有沒有發現，我們剛剛是在模擬案發現場，不是死氣沉沉的假人，而是個活人，結果完全不一樣。」

「對，因為你還沒把曉薇扔下去。」黃妍萱沒好氣地回應。

「這就是重點了，我們沒扔下去。」李仁傑重重地點點頭，又對黃妍萱眨眨眼：「知道為什麼我們沒扔下去嗎？」

「因為你們還有一點良心？」黃妍萱氣還沒消。

「不是，是因為推不下去。」謝怡婷這時倒是已經恢復冷靜，她轉身望了望地上的呂俊生，和已經站好的李仁傑：「就算兩個男人的力量再大，也沒辦法把活人扔下去，因為活人會掙扎，不像假人只能任人宰割。」

「所以，我哥和孝莊哥是清白的。」楊曉薇終於有辦法坐起身子說話。

「還不完全，我們需要更多證據。」呂俊生終於收住笑臉，搖了搖頭站起身：「我們需要一個有足夠破壞力的證據。」

「破壞力，剛剛那不夠……」黃妍萱本來還想繼續揶揄，不過看了看呂俊生的表情，又看了看楊曉薇和謝怡婷，才終於放下先前的敵對，認真參與到討論之中：「怎樣才算是有破壞力。」

「行車紀錄器。」謝怡婷回答。

「不對，行車紀錄器可遇不可求，我說的是我們還能再努力的部分。」呂俊生又搖了搖頭。

「那是什麼？」何弘正不知什麼時候加入了他們，竟然還能跟上討論。

「我倒是問問你們，」呂俊生又露出陽光的燦笑，望著野風社一行人問：「在這起案件當中，最關鍵的是什麼？」

「是證人！」李仁傑搶著回答，就像搶著答題的小學生。

「就說你是個聰明人。」呂俊生又對他豎起了大拇指：「在這起案件當中，最關鍵的就是證人，只要證人不翻供，就不會有後面這些事，所以我們要還原的，並不是只有案發現場，還要還原證人的現場。」

「證人的現場嗎？」

何弘正又丟了個問句，然後就自個兒陷入沉思。

「知道今天幾號嗎？」呂俊生掃視一圈，最後把目光停留在謝怡婷身上。

「八月十一日。」謝怡婷看了下手機後回答。

「那還記得案件是幾號發生的嗎？」呂俊生又問。

「四月十三日。」謝怡婷想也沒想就回答。

「剛好一百二十天，這是一個難得的機會。」呂俊生拍了下手，然後右手朝上指著天空：「月亮是三十天一輪，今天正好是四個三十天，月亮正好會是案發當天的模樣，也就是說，今天晚上是還原現場的最好機會。」

楊曉薇望著呂俊生指著天空的手，接著望向了天空，她好想用攝影機拍下這一刻，只可惜攝影機在戴佩芸手中，而且就算有了攝影機，她又能拍下什麼？她沒辦法拍下自己此刻的想法，沒辦法拍下這片天空對她所代表的意義。

攝影機沒辦法拍下的，是希望。

午餐過後，一行人在附近的幾個景點消磨了點時間，不過很快就沒什麼新鮮事了，接近傍晚時李仁傑想起呂俊生的家就在這附近，於是起鬨著要去參觀，呂俊生拗不過這群人，只能帶著他們過去。

在呂俊生的引領下，野風社一行人走進一家快炒店，入口處的招牌以黃底紅字寫著「長生百元快炒」。面向門的左側是櫃檯，站著一名短髮及肩的年輕女性，身上套著一條墨綠色圍裙，胸口也同樣繡著「長生百元快炒」幾個字。

因為接近用餐時間了，裡頭已經有了幾個客人，一名中年大叔在裡頭賣力地揮動鍋鏟，從門口就可以聞見強烈的香氣。店裡的一角擺著放有調料和餐具的小桌，旁邊還有一座冷飲櫃。

「爸，我帶一些朋友進來坐坐。」

呂俊生一進門就對那位中年大叔喊，那位中年大叔抬眼看了一下這樣的大陣仗，在煙霧中似乎是嘆了口氣，搖了搖頭，又低頭繼續專心炒料，不是很想搭理。

「伯父好！」謝怡婷率先代表大家打了招呼。

「今天有大客戶要來，沒有酒菜可以招待你們！」呂俊生的爸爸終於做出了回應，但是語氣顯得不近人情，而且頭也沒再抬過一下，在翻炒聲中高聲吼著：「沒什麼事就別待下來了！」

「我只是請他們進來坐一下，等等晚餐我們會自己想辦法。」呂俊生收到父親這樣的回應，也顯得有些不開心，語氣也跟著彆扭起來：「他們晃一下就走，不打擾你的生意。」

「那就好！」呂爸爸又在翻炒聲中毫無表情地喊了一聲。

呂俊生被鬧得有些不愉快，打了個手勢，就領著大家往快炒店裡邊走。店面底部有一道小門，推開門之後，是一個類似客廳的空間，幾張椅子圍著一張方桌，牆邊還有一臺電視。

「我們來這裡，會不會太打擾？」謝怡婷進門後便小聲問道。

「不會，我爸就是這種性子。」呂俊生煩悶地擺擺手，然後把頭撇向身後的曾逸軒：「別說你們了，曾逸軒跟我認識這麼多年，我爸也沒給過他好臉色。」

「為什麼啊？」戴佩芸想都沒想便問，曾逸軒趕忙在旁邊使眼色。

「說來話長。」不過呂俊生也只嘆了口氣，沒打算多說，往客廳旁的樓梯指了指，沒精打采地說：「走吧！帶你們參觀一下我的房間。」

不過楊曉薇沒有立刻跟著走，而是被客廳牆上的一張相片吸引住。那是一張年輕女性的半身像，背景看來相當熟悉，楊曉薇想了想，發現正是快炒店的一角。相片中的女性就坐在一張大紅桌前，散發出幸福的微笑。

「那是誰？」黃妍萱注意到楊曉薇的視線，便好奇問道。

呂俊生只簡短地回答一句「那是我媽」，便要走上樓梯，隨後又補了一句。

「她在我很小的時候就離開了。」

「離開……」李仁傑還要繼續追問，就被其他人聯手制止住，呂俊生沒有回頭，所以沒看到這一幕。大家紛紛把疑問的眼神拋向曾逸軒，曾逸軒只搖搖頭，沒多說什麼，於是大家就在詭異的沉默中走上了樓梯。

走上樓梯後，是一段窄小的走廊，走廊右側有著兩扇門，盡頭有著另一扇門。呂俊生很快轉進最近的那扇門，一群人儘管好奇著另外兩扇門有些什麼，還是跟著走了進去。

那顯然是屬於一個孩子的房間，在房間裡面有一套樸素的桌椅，牆邊立著一座書櫃，牆角塞著一張單人床，旁邊還有一座組合式簡易帆布櫃，而讓這間房間充滿孩子氣的，是散落在桌上和書櫃上的超級英雄公仔。

「哇！是超人和蝙蝠俠！」李仁傑很自然地驚呼出聲。

「對啊！我蒐集了好久。」呂俊生有些驕傲卻羞赧地展示著，像回到了純真的童年時代，引領著玩伴參觀自己的收藏。

黃妍萱四處望著說：「沒想到你這麼有童心。」

「大家就隨意坐一下吧！」呂俊生搔搔頭，招呼著大家：「距離晚餐還有一點時間，沒什麼可以招待大家的，大家先將就一下。」

「哇！這也是超人的周邊嗎？」李仁傑一點都沒有搭理呂俊生，直接當成自己家參觀了起來。他此刻正看著桌上的一臺攝影機，和一般攝影機不同的是，上面有著超人的S型標誌。

「啊！對了！」但是在李仁傑要伸手探去的同時，呂俊生搶先一步把攝影機拿起來，轉身遞向楊曉薇：「上次妳拍攝用的攝影機，顏色好像不是那麼飽和吧！我這邊有一臺比較專業的，既然要重拍，就用這臺吧！」

「真的嗎？可是這看起來好貴。」楊曉薇猶豫著要不要接過來。

「不用擔心，這也是別人送我的，而且已經用了很多次了，就算摔壞了，我也不會心疼。」呂俊生像是看出了楊曉薇的擔憂，把攝影機推到她手中：「我們別推來推去了，等下真的摔壞了。」

「好……謝謝你。」聽到後一句話，楊曉薇趕忙把攝影機接了過來。

李仁傑戀戀不捨地繼續追問：「那個S是本來就在上面了嗎？」

「沒有，是我貼上去的。」

李仁傑頓時有些失望。「喔，我以為是之前超人的周邊。」

「而且，那不是S。」

李仁傑顯得相當迷惑。

「只是看起來像，但是那並不是S，記得嗎？超人來自別的星球，語言自然和我們不同。」呂俊生一臉認真地說：「在他們的星球，那代表希望。」

「說起來，野風社也是代表希望呢！」戴佩芸突如其來地加入了話題。

「這麼說來，野風社也是超人囉！」李仁傑說著，轉頭看向呂俊生：「不過真正的超人，應該是像俊生哥這樣，更確切地說，不僅僅是超人，還是我們的神。」

「這麼快就開始拜神啦！」黃妍萱在一旁調侃。

「差不多該吃晚餐了，晚餐後趕快準備一下晚上的模擬吧！」許久沒說話的何弘正開口：「今天是難得的機會，錯過就可惜了，在這之前，應該要先把環境都準備好，包括證人吳泰安當晚的照明設備……」

「還有炒米糠！」李仁傑忽然激動地喊。

「炒米糠？」謝怡婷有些不能理解。

「忘了嗎？證人吳泰安那天晚上，正在溪邊炒米糠。」李仁傑一副理所當然地說：「而且，那些米糠預計是用來抓溪蝦的。」

「你只是想抓蝦子吧？」謝怡婷一臉不以為然地回應。

「抓蝦子挺有趣的。」

沒想到黃妍萱這時跟著附和道。

「我覺得，充分還原現場是好事。」曾逸軒出面打圓場：「有時候，一些看似無關的細節，有可能是破案的關鍵。不過也不能光顧著玩，就耽誤了正事。」

「當然不會，我們是為了工作。」李仁傑理直氣壯地說。

「是啊！是工作。」黃妍萱也跟著附和。

「也好，我們先找個地方吃晚餐，我知道有個不錯的地方。」呂俊生拍了一下手，然後望向身旁的曾逸軒，意味深長地說：「趁晚餐的時候討論一下，希望能在十一點前把東西準備齊全。」

午夜，一行人又聚集在港溪大橋，只不過這次不是在橋上，也不是在橋的兩端，而是橋下。晚上不像白天那樣熾熱難耐，河畔的微風也更解人鬱悶，他們一如先前所約定的，十一點整準時聚集在這裡，也就是實際案發時間的一個小時前，李仁傑真的借了炊具，在河邊炒起了米糠。

「月亮在哪裡？」戴佩芸坐在一顆大石頭上，抬頭仰望著天，雖然萬里無雲，卻見不到月亮的蹤影，倒是能見到幾顆星星，讓人有置身荒野的錯覺，橋上的車流聲也幾乎聽不見，只聽見河水拍打石頭的聲音，以及風吹過草地的沙沙響。

「今天是農曆七月十一日，現在月亮已經下山了。」何弘正回答。

「為什麼？」戴佩芸又問。

「這有點難跟妳解釋，只能請妳去複習國中地科了。」何弘正似乎沒有很想解釋：「妳只要記住一件事，下弦月以後到上弦月之前，半夜都見不到月亮。」

「我把高中以前的東西都忘光了。」戴佩芸懊惱地說。

「沒關係，妳是讀法律的，只要把法條背熟就好了。」楊曉薇出聲安慰道，坐到大石頭旁邊的一點點小空位，輕輕摟了摟戴佩芸的肩。

曾逸軒聽見了，好奇地湊過來問：「學妹也是學法的啊！」

「對啊！我們兩個都是。」楊曉薇指著自己和戴佩芸，接著她起身問：「學長，你當人權律師，是專攻刑法嗎？」

「對，我現在大部分是跟廢死聯盟合作。」曾逸軒點點頭，蹲坐到戴佩芸旁邊的碎石地，撿起地上的石頭，漫無目的地扔進河裡。「學妹對這塊有興趣嗎？」

「滿有趣的耶！我以後也想成為這樣的人。」

「不要把話說得太早喔！」曾逸軒被戴佩芸的純真給逗笑了，不再向河裡扔石頭，轉過身說：「當人權律師很苦的，又累、又賺不到錢，想想，那些需要妳辯護的人都已經那麼可憐了，妳還捨得讓他們掏錢嗎？」

「當然不會！」戴佩芸堅定地說。

「那誰養妳？」曾逸軒很快問一句。

「我……」戴佩芸猶豫了：「我不知道。」

「是啊！這就是問題了。」曾逸軒說完，沒再說話，又開始扔石頭。

「學長，」楊曉薇小心地問：「那誰養你啊？」

「我爸呀！」曾逸軒苦笑著說，又往河裡扔了一塊石頭：「雖然我爸不支持這樣的夢想，畢竟我還是他兒子，我現在住的房子是他買的，事務所是他朋友便宜租的，我只需要負擔家裡的生活費，所以才能活到現在。」

「那其他人呢？不是所有人都有個富爸爸吧！」楊曉薇又問。

「也是，不是所有人都像我那樣沒出息。」曾逸軒又露出苦澀的笑容：「其實人權律師還是有點酬勞可以賺的，有些人就是過得苦一點，有些人則是還有兼差其他案件，又或者是乾脆年輕先賺飽了，老了再來全心做公益。」

「聽起來有點苦啊！」楊曉薇感嘆道，也蹲坐在碎石地上。

「不苦，至少對我來說不會。」曾逸軒不扔石頭了，抬頭望著夜空：「不過其他人就不一定了，所以我不會去批評別的律師勢利，因為他們沒有我這樣的家庭背景，我很慚愧，總覺得應該再做更多一些。」

楊曉薇隨著曾逸軒的視線望向夜空，明明是同樣的一片天空，現在曾逸軒和楊曉薇望著的，卻和早上呂俊生指著的那片天空有很大的不同，不是白天與黑夜那樣的區別，而是隱藏在那片帷幕之後的希望與哀愁。

「啊！他們開始了。」戴佩芸突兀地喊了一聲，順著她的視線望過去，橋上似乎有些動靜，不過因為距離太過遙遠，再加上這是一個沒有月亮的夜晚，僅憑著橋上的路燈，只能勉強看出橋上的護欄邊出現兩個黑影。

「誰上去了？」曾逸軒也轉頭看向橋面。

「應該是天宇和仁傑。」楊曉薇掃視了周遭一眼，驚訝地發現自己竟然能快速分辨出誰不在場。

「高的是天宇，矮的是仁傑。」戴佩芸在一旁接著補充。

不過老實說，在這樣惡劣的條件下，很難看清橋上的黑影誰高誰矮，儘管高天宇和李仁傑的身高有著不小的差距，但是這樣遠的距離、貧乏的照明條件，高天宇和李仁傑只剩下兩個黑點。

楊曉薇回頭看向自己的身邊，謝怡婷正拿著手機說話，大概是在跟橋上的兩人聯絡，呂俊生站在一旁，遠遠望著橋面，此外又稍稍將身子側向謝怡婷，大概是在留意她說了些什麼。另一邊，因為李仁傑此刻在橋上，原本炒米糠的空缺，換成黃妍萱接手，她似乎也樂在其中。何弘正站在一旁，和其他人一樣遠遠望著橋面，卻不時被炒米糠的香氣和聲響給吸引，顯得很難專心。

「你們有聽見什麼嗎？」呂俊生不知道什麼時候走到了楊曉薇身邊。

「什麼？」楊曉薇一時沒明白過來，只能尷尬地反問，此刻她腦子裡想的是炒米糠的聲音，不過這顯然不是呂俊生要的答案，可是楊曉薇也想不到其她回答了，反倒想起早上發生的事，想到呂俊生那時抱住了自己，竟有些羞赧地低下頭。

「沒聽見嗎？橋上的聲音。」呂俊生指著橋上那兩個黑影，狐疑地又問。接著他望向戴佩芸，又望向曾逸軒，前者和楊曉薇一樣一頭霧水，而後者只是聳聳肩，呂俊生又喃喃唸了一句：「真奇怪。」

「橋上應該有什麼聲音嗎？」楊曉薇好奇地問。

「李仁傑他們喊了這麼大聲，你們都沒聽見嗎？」呂俊生又是一副不可置信的表情，彷彿他們是最莫名其妙的人：「真奇怪。」

「那他們喊了什麼？」戴佩芸也好奇地問。

「我不知道，」沒想到呂俊生這麼回答：「因為我也沒聽到。」

「咦？」楊曉薇現在不只懷疑自己的耳朵有問題，還開始懷疑自己是不是也有理解障礙，甚至整個腦子都壞了：「那你為什麼問我們有沒有聽見？」

「因為他們真的有在喊啊！可是我們都沒聽見，不覺得很奇怪嗎？」呂俊生指了指橋上，接著又指了指一旁在炒米糠的黃妍萱：「既然我們都聽不見，為什麼那天吳泰安卻聽見了？」

「啊！原來如此。」楊曉薇終於恍然大悟。

「然後，現在請你們仔細看。」

呂俊生又指向橋面，那兩個黑影晃動了幾下，隱約能看見一個小點從橋上落下，隨著小點落到地平線，伴隨而來的是一道水花和劇烈的聲響，腳底還傳來微微的震動，抬頭往上看那兩道黑影，似乎定格不動了。

「他們把什麼丟下來了？」楊曉薇不安地問，因為她記得野風社這次沒帶假人出門，畢竟今天原本的目的是宣傳，是因為遇到了呂俊生，才會突然改變計畫，而想到呂俊生白天做出的事情，楊曉薇就禁不住打了個寒顫。

「不如我們去看看吧！」在燈火闌珊的河畔，呂俊生露出詭異的笑容。

「我們的人應該沒有少吧？」原本在炒米糠的黃妍萱，也被那聲巨響吸引。聽見楊曉薇和呂俊生的對話後，也同樣感到不安，點算了下人數。

「不要在晚上點人頭啦！很嚇人耶！」戴佩芸害怕地搓了搓雙臂。

「還是算一下吧！」何弘正也加入了談話，或許是因為氣氛的關係，他的語調顯得異常森冷，在這幾乎伸手不見五指的夜裡，聽來就像是鬼魅的氣息：「如果真的出事的話，這會是重要的線索。」

「為什麼需要線索啦！」戴佩芸又大聲抱怨道。

「我們的人沒少。」黃妍萱這時已經算完了人數。

「那我們要出發了嗎？」呂俊生冷不防地插了一句，聽起來像是鬼差在替亡魂引路，看眾人沒有反對意見，呂俊生轉頭對剛掛上電話的謝怡婷說：「我們走吧！」

「走。」謝怡婷只簡單回了一個字，轉身就往大橋的方向走去。

一行人懷抱著各樣的想法往前走著，沿路只聽見流水聲、車流聲，和石頭被踩踏而互相碰撞的聲響。黃妍萱已經把炒米糠的火弄熄了，空氣中瀰漫著米糠的香味和木炭的煙燻味，構成一股異常詭異的氛圍。明明是近在眼前的大橋，這段路卻走得異常的久，大橋就在視野中不斷放大再放大，直到只能抬頭仰望，走到大橋橫在他們的頭頂上，才終於停了下來。

楊曉薇望著橋下，心裡害怕著會見到什麼，所以極不願意仔細去審視這片區域，等她的情緒漸漸平復下來，眼睛也逐漸適應橋下陰暗的環境，才開始認真搜索。儘管瞳孔稍微能分辨橋下的事物，不過那也只是亮暗的區別而已，眼前就像是一片灰階畫面，河水也是一片黑，只有一些深灰的反光線。

楊曉薇抬頭看著橋面，腦中模擬著八次假人試驗，在心中描摹假人落下的軌跡，往下延伸到記憶中的落點，可是那裡什麼都沒有，只有黑色的河水，和偶爾閃爍的灰黑色波光，楊曉薇感到氣餒，卻也無法可想。

「找到了！」忽然傳來一聲叫喊，不過不是在楊曉薇的周圍，而是在更遠的地方，在橋的另一側，謝怡婷正遠遠向他們招手。

「怎麼會在那個位置？」黃妍萱覺得疑惑，不過還是走了過去。

「就算被河水沖走，也應該是另一個方向才對。」何弘正也喃喃道。

戴佩芸則是沉默著不說話，楊曉薇上前去搭了搭她的肩，擁著她一起往橋的另一側走去。遠方，謝怡婷打開了手機的手電筒，照向一旁的河面，原本漆黑的河水瞬間變成一片死白，光圈中心有一坨黑糊糊的東西。

楊曉薇下意識地偏過頭，這時聽見一聲落水的聲響。她往聲音的來源望去，發現是呂俊生跳進了河裡，水面差不多在他腰部的位置，他甚至沒有把外衣脫去，就這樣走向光圈投射的地方，然後他抓起那團黑糊糊的東西，回頭往岸上的方向走去，楊曉薇一行人趕快跑了過去，想看清楚那究竟是什麼。

「這東西真的太重了。」呂俊生把那東西拖上河岸，便攤坐到碎石地上。透過謝怡婷的手機打光，一行人才終於看明白，那是一個黑色垃圾袋。

黃妍萱一箭步上前，把垃圾袋給解開，往袋裡看了看，立刻就鬆了口氣。她提起袋子的一角，把袋裡的東西全散落出來，從袋口滾出了大小形狀不一的東西，在碎石地上敲出熟悉的聲響，那不過就是尋常的石頭而已。

「你們看出了什麼嗎？」呂俊生雖然攤坐在地上，卻還是露出作弄的笑容。

「他們剛剛就從橋上扔了這個下來嗎？」黃妍萱踢了踢地上的石頭說。

「妳同意嗎？」呂俊生沒回答，反倒望向楊曉薇問。

「應該沒錯吧……」楊曉薇不確定地回答。

「可是落點不對，應該是要在橋的另一側。」何弘正說出大家心中的疑惑。

「沒錯，你抓到重點了。」呂俊生對何弘正豎起大拇指：「既然證據和我們預想的不一樣，那一定有個地方出錯了，那會是什麼？」

楊曉薇望著一直沒說話的謝怡婷和曾逸軒，雖然看不清那兩人的表情，卻總感覺他們早就知道答案了，謝怡婷尤其明顯，否則她不會去注意到一個完全相反的地方，可是楊曉薇又摸不清他們正盤算著什麼。

「其中一個可能，這個東西不是橋上那兩人扔下來的。」何弘正回答。

「聰明。」呂俊生又豎起大拇指，接下來他再次把焦點放到楊曉薇身上：「不過妳看見他們扔下來了，不是嗎？」

「我……」楊曉薇這回不確定了。的確，她只見到了橋上出現騷動，然後有東西落下來，她沒看見扔下東西的細節。她望著其他人想求救，但是黃妍萱和何弘正都是聽到聲響後才轉頭的，她能求助的只有一起看著整個過程的戴佩芸。

「我也不確定了。」看到楊曉薇求救的目光後，戴佩芸沒有自信地回答。

「沒錯，這東西不是仁傑和天宇扔下來的，而是我另外找人從橋的另一側扔下來的。」呂俊生看答案呼之欲出了，便公布了解答：「既然他們沒有扔東西，為什麼妳們會以為是他們扔的呢？那是因為人腦會自動補足遺失的片段。」

「這就是案發當晚的情況，吳泰安站在那個位置，不可能看清橋上發生什麼事。」謝怡婷接著說：「他只看見橋上有騷亂，然後有東西掉下來，細節都是後來自動補上的，也就是說，證人的證詞未必就是事實。」

「逸軒哥，這樣夠了嗎？」呂俊生轉頭看向曾逸軒。

「夠了，很夠了。」曾逸軒笑了笑，顯得像個孩子：「我從來沒碰過這麼毫無懸念的案子，要是每件案子你都來幫我這樣查，我會輕鬆很多。」

「剩下的，就是一個好的宣傳片了。」呂俊生跳著站起身，拍了拍褲子，不過因為已經濕透，那上面的泥濘怎樣都拍不清，不過他倒也不十分在意：「我們需要輿論的壓力，也需要關鍵的證據，最好是來個行車紀錄器。」

「謝謝你，這真的幫了我們很大的忙。」謝怡婷對呂俊生點頭行禮。

「不用太客氣，反正之後都是自己人了。」曾逸軒對謝怡婷微微一笑，看後者露出疑惑的表情，於是轉頭對呂俊生說：「還不告訴他們嗎？」

「告訴我們什麼？」黃妍萱敏銳地追問：「為什麼是自己人？」

「其實，我考上中部大學的研究所了。」呂俊生像個大男孩一樣爽朗地笑：「我會找到你們，其實就是好奇學校有什麼社團活動，結果發現還不錯。」

「你該不會要加入吧！」戴佩芸興奮地說。

「對，之後就請你們多多照顧了。」呂俊生異常隆重地深深一鞠躬。

一行人於是都笑了，有開懷大笑的，有呵呵笑著的，也有淺淺的微笑，楊曉薇看著這群人，她好想拍下每一個笑臉，可是天太黑、燈太暗，她也明白不能拍得清楚，只能仔細記住每個人開心的樣子，透過記憶好好珍藏。

第四章　後巷殺人事件

野風社的社辦裡，空蕩蕩的只坐了四個人，謝怡婷坐在會議桌的一側，楊曉薇、何弘正、李仁傑坐在另一側，謝怡婷輪流望了望對面的三個人，不時無奈地搖搖頭，偶爾還忍不住嘆了口氣，好像面試官正看著素質參差的面試者。

「我再確認一次，戴佩芸呢？」

謝怡婷首先望向楊曉薇。

「她在宿舍跟大一新生聊天，暫時走不開。」楊曉薇心虛地低聲回答。

「黃妍萱呢？」

「她去跑鐵人三項。」何弘正倒是沒有任何害臊的理由。

「該死，我也好想參加。」李仁傑聽到黃妍萱的去向之後，顯得相當懊惱。

「高天宇呢？」

謝怡婷把聲音稍稍提高，臉上罕見地浮現了慍怒的表情。

「他失戀了，抱著馬桶醉了一個晚上，現在還沒醒。」李仁傑也是一點都不心虛，反而讓人感到有些炫耀的成份。

「你怎麼會知道這種事？」謝怡婷終於問了個不一樣的問題。

「因為被其他人拍下來放到網路上，而且還標註了他。」李仁傑有些興奮地說著，拿出手機開始搜索：「妳要看嗎？我把圖片備份了……」

「不用！」謝怡婷略為激動地大喊，在這之前，楊曉薇一直以為謝怡婷是個處變不驚的人，她從來沒想過謝怡婷能有這麼大的反應。謝怡婷大概也被自己嚇到了，很快收拾了表情說：「呂俊生說他拉肚子，希望他跟高天宇共用一個馬桶。」

「那一定是個有趣的畫面。」李仁傑像不嫌事大似的，又輕浮地補一句。

「我想，」楊曉薇急著出來打圓場，她可不想再讓謝怡婷繼續挑戰情緒極限：「我們有四個人，應該今天還是能繼續吧！」

「的確，又不是要大隊接力。」謝怡婷的話語中還是有餘火。

「如果要大隊接力的話，我可以自己跑完全程。」李仁傑又不識相地說。

「好，我昨天發的資料大家都看了吧！」謝怡婷掐滅了心中的那把火，沒理會李仁傑，接著說：「等等有兩個委託人來找我們，是一起殺人事件。兩個委託人分別是死者家屬和被告家屬，他們都認為這是起冤案。」

「死者和被告家屬都認為是冤案，這可有趣了。」李仁傑煞有介事地說。

「你是不是根本沒看？」

何弘正不留情面地掀了李仁傑的底子。

「我知道，死者是張耀德，是一家雜貨店老闆。」趁謝怡婷又要發火之前，楊曉薇趕忙背誦著昨天看到的資料：「他因為雜貨店經營不善，土地又要被徵收，所以經常酗酒，某天晚上喝酒後，被人發現死在後巷的垃圾集中區。」

「很好，只要有個概念就好。」謝怡婷說話的同時，不忘斜眼瞟了李仁傑一眼，彷彿在說他就是那個連概念都沒有的人。

「那為什麼死者和被告家屬都覺得是冤案？」李仁傑還是不放棄地追問。

「現場沒有監視器，作為凶器的酒瓶也沒有指紋，檢方只透過現場留下的一截菸蒂上的唾液，和證人模糊的犯人樣貌描述，還有犯罪動機，就斷定犯人是張耀德的雜貨店員工許子淵。」這次換何弘正補充道。

「喔！又是不可靠的證人。」李仁傑聽到這裡，露出燦爛的笑容：「這我們專業的！曉薇，這妳應該最清楚了。」

「對，」楊曉薇有些尷尬地點點頭：「謝謝。」

「不用跟他謝謝，那不是他一個人的功勞。」謝怡婷又白了李仁傑一眼：「在委託人來之前，楊曉薇，妳先架好攝影機吧！」

楊曉薇乖順地從背包裡拿出一臺攝影機。

「咦？妳還沒把攝影機還給人家嗎？」李仁傑看到攝影機驚訝地問。因為那不是楊曉薇一直以來使用的銀灰小型家用攝影機，而是後來為了拍攝宣傳片，呂俊生借給她的，是一個稍微大臺一點的黑色專業型攝影機。

在機身的側邊，黏了一塊超人的S型標誌。

「喔，他只是要我幫忙保管。」不知道為什麼，楊曉薇覺得自己的臉頰紅燙燙的，手上的攝影機忽然成了不可見光的東西，而她快速說出的語句，也像是在爭辯什麼。

「俊生哥人真好，他真的是我的神！」李仁傑倒是沒發現楊曉薇的異樣，他伸手跨過隔在中間的何弘正，神往地摸了下上面的S型標誌：「有這臺攝影機在就好，它真的是我們的幸運神，上次的影片點閱數輕輕鬆鬆就破了二十萬。」

「這也不完全是攝影機的功勞啦！」楊曉薇雙手捧著攝影機，不知為什麼就謙虛了起來，輕輕撫摩著攝影機的機身，像在抱著寵物一樣，溫柔地對待著它，像是在替自己的孩子謙虛著。

「對了，它不是還能接一個話筒嗎？」李仁傑又興奮地說。

「嗯，我把它分開放了。」楊曉薇放下攝影機，小心翼翼地從背包裡拿出一個話筒，接到攝影機上放的接孔，整體質量和專業度又提升了許多。

「還是先把它架起來吧！等等人家就要來了。」謝怡婷沒有隨著兩人的興奮起舞，不過也沒有責罵的意思，只是恢復往常那種冷靜幹練。

楊曉薇把攝影機安置到腳架上鎖緊，然後開機，調整好角度，將鏡頭對準社團辦公室的前門。

就在一切就緒之後，社團辦公室的前門傳來兩聲敲門的聲響，謝怡婷立刻站起身，迎到門前把門拉開，楊曉薇也在這時按下錄影鍵。隨後走進了一男一女，男的稍年輕些，像個大學生，女的看來有一定的社會歷練。

「你們好，我是野風社的社長謝怡婷。」謝怡婷首先向他們欠身介紹，接著伸手比向其他野風社成員：「這是我們的夥伴，還有，先前跟你們提過，談話的過程會全程錄影，如果你們想暫停，我們也會隨時配合。」

「沒問題，就配合你們。」首先說話的是那位比較年長的女性，她看來差不多三十多歲，或許和曾逸軒年紀相當，身上穿著輕盈卻不失端整的夏裝，流露出成熟穩重的氣息：「同學們好，我叫張文芳，可以叫我芳姊。」

站在一旁的那位年輕男性，似乎不太適應這樣的場面，只僵硬地對謝怡婷和野風社一行人分別點了下頭，點頭致意一輪之後，似乎不知道該怎麼辦，又重新對謝怡婷點了點頭，張文芳於是笑著拍了一下他的肩膀：「介紹一下自己吧！」

「大家好，我是許子謙。」被點到名後，年輕男子生澀地對大家自我介紹，就像個剛入學的大一新生一樣，他尷尬地微微一笑，才又接著說：「我是許子淵的弟弟，許子淵就是這起案件的被告，我哥他……」

「我們先坐下來再聊吧！」謝怡婷看許子謙就要開始長篇大論，趕忙說。

張文芳笑著輕拍一下許子謙的肩膀，推著他坐下，自己才拉著旁邊的一張椅子坐定後看向眾人：「不好意思，這個弟弟有點怕生，大家對他溫柔點。」

楊曉薇透過攝影機的畫面看著兩人。根據張文芳的姓氏和昨天收到的資料，眼前的女人應該就是死者張耀德的女兒，可是眼前的這名女性，卻沒有一點死者家屬的哀戚氣息。雖然案件距離現在也已經三年了，但是時間真的治癒了一切嗎？看著她和許子謙的互動，也是有種不協調感，死者家屬和嫌疑犯家屬，雖然不一定要勢同水火，不過看著剛剛的情景，更像是一個大姊姊在帶著小弟弟。

「先跟你們介紹一下，幫我們攝影的是楊曉薇，她是我們的攝影組長。」謝怡婷的話打斷了楊曉薇的思緒，眾人的目光也一下都匯聚到楊曉薇身上。

「你們好。」楊曉薇避開攝影話筒，對他們點頭致意。

「我知道妳的事情，我就是看到影片，才會委託你們幫忙。」張文芳對楊曉薇微微一笑道：「後來新聞就沒報導了，妳哥哥還好嗎？」

「有人提供行車紀錄器了，目前都很順利。」

「希望大家也能幫子淵的哥哥度過難關。」張文芳誠懇地對大家說。

「沒問題，我們會盡最大的努力。」謝怡婷堅決地回應，接著看向另外兩名夥伴：「你們也跟人家自我介紹吧！」

「我是何弘正。」何弘正嫌麻煩似的，很簡短地說了幾個字。

「我是李仁傑，野風社的行動組長，野風社的任何行動都是歸我管。」李仁傑倒是熱情地站起身向兩人握手。

「副組長。」謝怡婷輕咳了一聲後補充。

「對，現在是副組長。」李仁傑沒有被冒犯的意思，反而更顯得意了：「我們現在的行動組長，是大名鼎鼎的呂俊生，相信你們都有聽過，我們上次也是因為他的幫忙，才會那麼順利。」

「不好意思，他今天身體不太舒服，所以沒來。」謝怡婷趕緊向兩位訪客道歉：「不過我們會把你們的事情轉告他，他現在是社團成員，野風社會以團隊的形式運作。」

「其實，他在不在都無所謂。」張文芳忽然臉色一沉：「我們想找的是你們，跟他沒關係，請你們不要誤會了。」

「是嗎？」聽到這句話，連謝怡婷也尷尬得不知道該說些什麼。

「我們曾經找過他，畢竟他從很久以前就在反抗土地徵收的事，而且我爸的店也離他老家也不遠。」張文芳面色凝重，和先前的友善大不相同：「他也有來幫我們抗爭過，可是對於這件案子，他總是很冷漠。」

「你們住附近嗎？」楊曉薇有些驚訝，沒拿攝影機的手開始翻找手機，輸入關鍵字查詢抗爭的地點，看了地圖上的位置，果然就在呂俊生家附近。

「對，雖然不是很熟，但是從小時候就有打過照面。」張文芳點點頭，提到小時候，她的臉色稍微和緩了些：「我爸時不時就會去光顧他們家的快炒店，有時是自己喝酒，有時是和朋友一起，有時也會帶著我。」

「那一天，也是喝完酒之後發生的事吧？」何弘正冷不防地問。

「對，就是在他爸的店喝完酒後才出事的。」張文芳點頭回應。

「會不會是怕牽連到爸爸的店，所以才不想太深入這件事？」楊曉薇不知怎地就替呂俊生辯護了起來。

「可是我沒有怪他爸爸啊！」張文芳顯得難以苟同：「我爸喝醉酒，本來就是他自己的事，跟在哪裡喝醉沒有關係，而且他也不是因為喝醉才死的，他是被人謀殺，被另一個不知道是誰的人殺死的。」

「俊生哥不會是這麼冷漠的人，他一定有他的苦衷。」李仁傑肯定地說。

「在經驗上來說，那些對公眾事務熱心的人，可能是對身邊事物最冷漠的。」何弘正持著相反意見，語調冷然地反駁。

「我想，呂俊生不是我們今天討論的重點，重點應該是這起案件才對。」謝怡婷輕咳了幾聲，試圖把討論拉回主題：「我們就先從既有的證據和檢察官的觀點講起，再請文芳姊和子謙隨時補充。」

「好呀！這也是我和子謙此刻最想解決的事。」張文芳調整坐姿和表情，一改先前對立的態度，語調和緩地說：「那我們就開始吧！」

「這件案子發生在三年前的晚上。」謝怡婷將自己的電腦螢幕轉過來，如同第一次和楊曉薇見面時那樣，她為這起案件也做了一個投影片檔案，檔案上寫著事發時間和地點，還有一張街區的平面圖：「張耀德那天晚上最後一次被目擊，是在『長生百元快炒』，他和往常一樣喝了酒，雖然爛醉如泥，不過並沒有跟其他顧客起太大的爭執。關於這點，當晚所有顧客的證詞是一致的。」

「沒錯，我爸爸雖然愛喝酒，酒量也差，不過醉了就是胡言亂語，不太會跟人家發生肢體衝突。」張文芳點著頭補充道。

「快炒店也是張耀德最後被清楚留下印象的時間點，之後雖然有路人目擊醉漢在路上走動，不過都沒辦法描述出具體的細節。」謝怡婷在地圖上指著幾個被目擊的地點，那幾個小點有著隱約的方向性，逐漸指向某條小巷，一個更大的紅色圓點，謝怡婷最後也把游標停在那裡：「最後，張耀德走向了這條巷子裡，也就是案發現場。」

謝怡婷在這裡稍稍停頓了一下，看張文芳和許子謙都沒有要補充的，才切換到下一張投影片——那是一張小弄的相片，不算大的區塊內擺置了幾臺大型的綠色垃圾子母車，子母車旁還堆放著各式雜物，有廢棄的家具，還有幾綑摺疊成堆的紙箱：「這條巷子並不是正式的道路，只是隱藏在建築背後的後巷，巷子底有一塊垃圾集中區，張耀德當晚便是在這裡，被人用酒瓶敲擊頭部殺害。」

「酒瓶敲頭會死人嗎？」李仁傑聽到這裡，顯得有些驚訝。

「只要力道正確，敲到頭還是會死人的。」何弘正很快回答。

「張耀德的死因是硬腦膜上出血，」謝怡婷跳到下一張投影片，上面出現了一個大多數人都會覺得陌生的名詞：「如果及時發現的話，或許還不一定會死，但是因為案發現場在後巷，再加上張耀德喝醉酒，所以才會錯過搶救時間。」

「硬腦膜上出血？」李仁傑重複了投影片上的字，似乎不是很明白。

「硬腦膜上出血通常是頭部外傷造成的，特色是會有一段『清明期』。」何弘正知道李仁傑不明白，又接著說：「腦出血的壓力是慢慢累積的，一開始壓力不高的時候，病患還能有清楚的意識，但是隨著壓力逐漸增加，症狀就會越來越嚴重，甚至會造成死亡。所以張耀德今天如果是在大街上被人打，又或者沒喝醉酒，能自己走去醫院就醫，搶救的時間都很充裕，不一定會死。」

「也就是說，犯人算準了這件事嗎？」楊曉薇總覺得有些不可思議。

「聽起來，張耀德喝醉酒並不是一件多罕見的事情，所以要算準這件事並不難。」何弘正推了推他那副銀邊眼鏡，忽然有種名偵探的感覺：「難的是讓張耀德走到後巷裡，那不是一個醉漢一定會去的地方。」

「我爸通常酒醒後就會自己走回家，所以我也不確定他都去了哪裡。」張文芳聳聳肩說：「他回到家後，身上的味道都會很重，可能是酒味、嘔吐味或是垃圾集中區的味道，不過這很難區別，我在家的話，都會讓他快點去洗澡。」

「是有一個辦法能保證張耀德走去後巷。」何弘正又推了推眼鏡，鬆了鬆臂膀後說：「只要假借攙扶的名義，有意識地把他領到後巷，這樣不僅僅能達到目的，在路人的眼裡看來，也是正常不過的畫面。」

「可是路人都沒有目擊到這樣的畫面。」謝怡婷切回前兩張投影片：「雖然都只是模糊的目擊證詞，但是所有證詞都只看到張耀德一個人走著，就算考慮到證人記憶模糊，這麼一致的證詞，基本上也能排除這樣的可能性。」

「那還有一個方法。」何弘正倒是沒被這樣的反駁打亂步調，只是不疾不徐地接著說下去：「那就是犯人跟蹤了張耀德很多次，只有在張耀德走到隱蔽的地方時，才會選擇出手，也就是說，犯人不創造機會，而是等待機會。」

「這犯人一定有很深的殺意。」楊曉薇不自覺的毛骨悚然。

「動機決定了犯案手法，這也是檢察官的論點，不過我們先回到現場的證據。」謝怡婷把討論拉回來，切了三張投影片，投影片上有兩張相片，一張是一只綠色的玻璃啤酒瓶，另一張是一截菸蒂，謝怡婷分別指了指兩張相片說：「現場留下了作為凶器的酒瓶，但是因為酒瓶滾到了一旁的水溝裡，所以沒有留下任何指紋和生物跡證；第二件證據，是一截菸蒂，也是檢察官起訴的關鍵證據。」

說到這裡，楊曉薇注意到原本一直沒說話的許子謙，有些僵硬地直起了身子，好像有什麼話想說，但是又不知道該怎麼說出口，他只能雙眼直盯著投影片上的相片，彷彿要用眼睛把螢幕灼穿一般。

「檢察官從菸蒂上採集了唾液，不過因為對犯人毫無頭緒，所以他們也不知道該拿誰的基因來做比對。」謝怡婷也注意到許子謙的神情，所以稍稍放緩了速度：「所以他們回到最原始的辦案手法，就是透過動機和證詞鎖定犯人。」

「繼續說吧！」張文芳察覺到謝怡婷的顧忌，所以鼓勵她說下去。

「他們整理了一串具有殺人動機的嫌犯清單，這包括了張耀德的雜貨店員工許子淵。」謝怡婷又觀察了一下許子謙的表情，才又繼續說：「張耀德因為雜貨店經營不善，再加上土地即將被徵收，所以時常打罵許子淵。」

「如果只是因為這樣，動機也太薄弱了吧！」李仁傑表示不認同。

何弘正也附和道：「如果只是這樣的話，應該很難拿到比對基因的許可。」

「的確，所以不是只有這樣，還有路人的目擊證詞。」謝怡婷面對這樣一波波的質疑聲浪，也難得有些亂了手腳，她的語句變得凌亂起來：「雖然只是模糊的印象，但是有一名目擊者表示，曾經看到一名年輕男性從後巷……」

「不是這樣的。」許子謙這時終於開口說話，相比先前的怕生，他說這段話時顯得相當堅定：「並不是因為有目擊證詞，才會懷疑我哥。」

「那是什麼？」楊曉薇忘了自己正在攝影，在鏡頭後問道。

「因為我哥有前科，械鬥致死的前科。」許子謙回望楊曉薇，眼神十分堅定，看起來並不是為了回應楊曉薇而看向她，而是有其他原因，接著他說：「因為他有前科，檢方才會一口咬定他就是凶手，就和妳哥一樣。」

就和妳哥一樣。

楊曉薇終於明白許子謙為什麼要看向她，也明白那個眼神代表著什麼意思。對於在場的所有人來說，這種感覺只有她懂，哥哥因為不堪的過去被人誤解，被安上了原本不屬於自己的罪，這種痛，只有親身經歷過的人才能真正了解。

「所以那個目擊證詞……」雖然已經知道答案，楊曉薇還是忍不住開口問。

「那只是一個模糊的證詞，一名年輕男性從後巷跑出來，可以有很多種可能，可以有很多種解釋，但是檢方把證詞曲解成他們想要的那樣。」許子謙望著楊曉薇回應，彷彿這空間只有他們兩人：「他們拿了我哥的相片給目擊者看，目擊者說可能是也可能不是。再來就是不在場證明，可是那是大半夜，有誰會有不在場證明？但是每個模稜兩可的線索，只要不是完全排除，都能成為進一步懷疑的依據。最後他們驗了他的唾液，我哥沒辦法拒絕，結果也讓他們賭對了。」

「可是那根菸蒂有可能是任何時候掉在那裡的，不應該成為唯一的證據。」

何弘正搖著頭表示不認同。

「雖然不知道確切的時間，可是鑑識員還是對現場建立了時序性。」謝怡婷把投影片跳到下一張，接著補充說明：「這截菸蒂是被踩熄在一包垃圾的旁邊，垃圾袋上有菸蒂燒出來的破洞，可以合理推斷，那截菸蒂是在那包垃圾之後出現的。鑑識員清查了垃圾袋裡面的東西，找到了附近的一家小吃店。老闆表示垃圾是在晚上打烊之後丟的，差不多是十二點前後，而張耀德預估被襲擊的時間點，差不多是在凌晨一點到兩點之間。」

「為什麼許子淵會在那麼晚的時間，還躲到這麼隱密的地方抽菸？」何弘正望向許子謙問道。

「這我不知道，我真的不知道。」許子謙有些歇斯底里地搖著頭：「我相信我哥是清白的，但是這個問題連我都說不清，我哥他也說不清，他只說自己忘記了，可是這怎麼可能忘記呢？誰會大半夜跑去那種地方抽菸？難道是夢遊？」

「抽菸不犯法，沒人規定大半夜不能抽菸，重點是這起案件始終沒有直接的證據。」張文芳撫了撫許子謙的背，柔聲安慰道：「在沒證據證明一個人有罪之前，所有人都應該是無罪的，這才是法治精神。」

「如果一個人要殺人，會先抽一根菸嗎？」相對於兩位當事人的情感波動，何弘正顯得份外冷靜：「還是說，殺了一個人之後，又留在現場抽了一根菸，無論是哪種狀況，都顯得很不合理。」

「剛剛有提到檢察官的論點，檢察官的論點是什麼？」楊曉薇想起謝怡婷先前說過的話，不確定地說：「動機決定犯罪手法嗎？」

「對，針對抽菸的問題，檢察官有自己的解釋。」謝怡婷又切換了一下投影片：「因為酒瓶不足以致死，而且凶器又被遺留在現場，所以檢察官認為這應該是衝動犯罪，所以檢察官認為，許子淵是抽菸時偶然碰到張耀德，才會犯罪。」

「那酒瓶呢？許子淵不可能隨身帶著酒瓶吧！」楊曉薇又忍不住問。

「因為酒瓶滾到了水溝裡，上面留下的唾液已經被沖乾淨了，可是警方調查後發現，那很有可能是張耀德從快炒店帶出來的。」謝怡婷切換了一下投影片，上面顯示出一面黃底紅字的快炒店招牌，寫著「長生百元快炒」幾個大字：「快炒店前一晚的空酒瓶都還留著，比對了帳目表和酒瓶數量，的確少了幾支酒瓶，其中包含作為凶器的那一支，而快炒店老闆也證實張耀德的確帶了一支酒離開。」

「不過，這代表檢察官認同了那個大前提，許子淵是有可能在大半夜跑出來抽菸的。」何弘正若有所思地點點頭：「他們既然主張兩人偶然相遇才犯罪，那我們也可以主張他們當晚沒有相遇，所以犯罪沒有發生。」

「是因為目擊者的關係吧！」李仁傑如同知道答案的小學生般，激動地說：「因為當晚有路人目擊到，一個年輕男子從後巷跑出來。」

「不是目擊者的關係。」張文芳異常冷漠地回絕，那表情就如同剛剛提到呂俊生時的樣子：「目擊者只說可能是也可能不是，那不是一個有效證詞。這件案子的最大問題，就是檢方和法官對這些模糊證詞的曲解，還有他們這麼做的原因。」

「這麼做的原因？」楊曉薇忍不住重複了張文芳的話。

「妹妹，妳忘了這件事情的背景，就是那起土地徵收案。」張文芳的眼神變得凌厲，頓時沒了鄰家大姊姊的模樣：「我爸爸的雜貨店，在這次土地徵收之前，就經歷過兩次道路拓寬的徵收案，面積大幅減少之後，就成了畸零地。」

「畸零地？」李仁傑不明白地問。

「畸零地指的是土地面積狹小或曲折的土地。」關於這點，身為法律系的楊曉薇倒是可以解答：「面積沒有到達法定的最小面積，或是基地呈現三角形，又或是基地界線與建築界線的斜交角度，不足六十度，或超過一百二十度。」

「這聽起來更複雜了。」李仁傑果然還是沒聽懂。

「簡單來說，就是不適合單獨蓋房子的地方。」謝怡婷做了簡單的總結：「如果畸零地上要蓋建築的話，必須和旁邊的土地整合。相對來說，如果旁邊的土地要進行都市更新，也需要先取得畸零地的地主加入和同意。」

「也就是說，在都市計畫之中，畸零地幾乎擁有了絕對的否決權。」張文芳附和了謝怡婷的說法，接著又說：「不過我爸不是為了取得這樣的否決權，才去持有畸零地，是因為前兩次的道路拓寬，才會造成這樣的結果，我們也是受害者。」

「可是，為什麼不接受都市更新呢？」何弘正直白地問出敏感問題。

「我可以很明白地告訴你，我爸不是要錢，我們從來都不想當釘子戶。」張文芳也坦率地回答：「我爸就是想繼續經營他的小店，可是接受了都市計畫，他就必須搬到高樓大廈裡，儘管房價會比現在高，那也不會是他要的。」

「那金錢補償呢？」何弘正緊接著又問。

「沒錯，這也是很多人給我們的建議。」張文芳的語調裡帶著一點刻薄：「給我們一筆錢，讓我們去其他地方找店面，可是我們上哪找去？我們上哪找一個跟這裡一樣的地方？我們上哪找幾十年來所累積的老主顧？」

「這件事情就像愛情一樣，不是說替代就能替代的。」李仁傑忽然感傷起來。

「雖然不知道為什麼會讓你想到愛情，不過這句話真的說得很對。」張文芳還是接下了這句莫名其妙的話：「很多人都在罵我們現實，不只建商在罵，連附近的鄰居也是酸言酸語，可是恰恰是因為他們的現實，才不能理解我爸的浪漫。」

「這麼說來，所有人都有可能是兇手。」何弘正順勢將討論推回主題：「因為張耀德不願意參與都市更新，影響到的不只有建商，也損害到周遭居民的權益。」

「的確，不過那些街坊只有背後說人的膽子，還沒有直接傷害人的能力。」張文芳的語調酸溜溜的：「那些穿西裝的人，在我爸死後就立刻找上我，一開始來軟的，一邊慰問一邊勸著我把雜貨店賣掉，說什麼遠離傷心地，我爸也會想這麼做之類的鬼話。然後見我沒那個意願，就開始來陰的、來硬的，雜貨店被人家潑漆，半夜被人家砸壞東西，就是想逼我把那家店給賣掉。」

「所以妳認為，背後的兇手是建商？」謝怡婷小心地確認。

「一定是他們派人做的，因為這算盤打得太好了。」張文芳顯得有些激動：「他們認為只有我父親執著那間雜貨店，我是個嫁出去的女兒，什麼都無所謂，再加上又是個女人，必要的時候也能用恐嚇的。」

「可是這沒有證據。」何弘正毫不掩飾地說。

「我知道，可是我已經沒有辦法了……」張文芳忽然低聲啜泣了起來，原本那張善良慈愛的面孔，那張冷酷抵制的面孔，此刻都消失無蹤，剩下的只有脆弱。也只有在這個時候，楊曉薇才意識到，儘管過了三年，她還是那個痛失父親的女兒，時間沒有治癒一切，只是讓她更善於偽裝，更能夠避免在人前崩潰，但是只要情緒到達一個臨界點，那股悲傷還是會如洩洪一樣滾滾而來。

即使是經驗老到的謝怡婷，此刻也不知該說些什麼；即使是不懂人情世故的何弘正，此刻也顯得不知所措；而一向陽光樂觀的李仁傑，此刻也禁不住面露哀傷。至於楊曉薇，她只能偏過頭，擦掉流下的淚水。

「我沒有其他的辦法了，我守不住爸爸的雜貨店，找不到真正的凶手。」張文芳擤了擤鼻子：「這件案子和曉薇那件不一樣，這不可能有什麼行車紀錄器，不會有證人，要讓許子淵能夠脫罪，一定要找到真正的凶手。」

「我們會努力，努力幫你們找到真相。」謝怡婷這話說得有點心虛。因為這件案子實在太難了，不只案發地點隱密，而且還是三年前的事情，就算現場真留下一點什麼，都隨著時間而消失了，一點也都不留。

「關於犯人，你們還有什麼頭緒嗎？」何弘正終於又恢復冷靜的表情。
「如果是建商派的人，那可能跟當地的黑道有關，因為他們之間一直都有糾葛。」張文芳也稍稍沉澱了心情，思索一會兒後說：「還有一個人，你們可以去調查他，國會議員胡正善。」
「胡正善？」謝怡婷也疑惑了，顯然資料中沒提及這個名字。
「他也是一開始來我家慰問的其中一個，一開始我沒想到他們是一夥人，只以為他是在做一般的選民服務。」張文芳解釋著：「所以後來遇到麻煩，我也是先跟他求助，沒想到後來才發現他們是一夥的。」
「民意代表跟建商，很常見的組合。」李仁傑說著彈了個響指。
「不只這樣，我覺得他對這件事情太過熱心了，我嚴重懷疑他本身能從這起建案獲得直接利益。」張文芳接著補充：「他曾經要拉著我辦理土地過戶，甚至用自己的名字開了支票，後來是被銀行擋了下來。」
「為什麼會被擋下來？」謝怡婷好奇地問。
「因為那是張空頭支票。」張文芳回答，眼神中帶著怒光：「那個戶頭裡根本就沒有錢。雖然說這從來不是錢的問題，但是當時我還是執意要先請銀行確認過支票能兌現，結果那張胡正善開的支票，根本就沒辦法兌現。」
「他們連用錢解決問題都不肯嗎？」何弘正若有所思地喃喃自語。

「對，這是最氣人的地方。」張文芳忿忿地說：「雖然說這如果之後打官司，錢還是有機會能夠追回來，不過看許子淵的情形，說不定打官司也沒用。當他們執意要用什麼方式結案的時候，誰也阻止不了。」

「法官真的……」楊曉薇想說些什麼，但是又收住口。雖然她是法律系的，雖然她相信著司法體制，但是她畢竟是個學生，她能知道什麼呢？說不定現實世界就是像張文芳說的那樣，而且哥哥發生的事情已經讓她夠絕望了。

「別說法官，我覺得法院都是他們家開的。」張文芳誤解楊曉薇想說的話，因此繼續說著：「這座城市已經徹底爛掉了，從政府、法院、民意代表，全都是一夥的，像我們這樣沒權沒勢的人家，要想不被人家欺負，能憑什麼呢？」

「野風社、俊生哥。」李仁傑冷不防地接話，就像睡夢中的囈語。

雖然李仁傑的話聽來有些荒謬，他那表情看來也有些不真實，不過不約而同地，所有人都轉頭看向投影布幕上方，那塊用行草寫著「野風」兩個大字的匾。

「『野風』這兩個字代表什麼意思？」張文芳望著那塊匾問。

「野火燒不盡，春風吹又生。」謝怡婷說出上次的回答。

「那代表希望。」楊曉薇接著說。

第五章　心魔

楊曉薇回憶著幾天前說出的句子，現在卻感到有些諷刺。

野風社的四個人聚在圖書館的討論室裡，討論室不如社團辦公室那樣大，差不多就比楊曉薇的房間再大一些而已，不過因為只來了四個人，所以也不算擁擠。

楊曉薇看著眼前的三個人，謝怡婷、黃妍萱和戴佩芸的桌前都擺著一臺筆電，遮住了她們大半張臉，楊曉薇面前也擺著一臺筆電，不同的是，筆電旁邊還擺著那臺呂俊生交給她的攝影機。

攝影機上，有著顯著的S型標誌。

「在他們的星球，那代表希望。」

可是此刻，那個曾經代表希望的人，卻不在這裡，雖然野風社的成員這次也沒有全員到齊，但是和其他人不同，呂俊生最近都沒見到人影。

「呂俊生到底怎麼了？」首先打破沉默的是黃妍萱，她從螢幕上方探出頭。

「對啊！最近都沒見到他。」戴佩芸在一旁跟著附和。

「他才剛入學，可能是在適應新環境吧！」謝怡婷滿不在乎地說。

「可是剛入學的時候，他還有來參加我們的活動啊！」黃妍萱搖頭道。

「會不會是交女朋友啦！」戴佩芸一臉神秘兮兮地說。
「曉薇呢？妳有聽說甚麼嗎？」謝怡婷見楊曉薇許久都不說話，於是就直接點名她：「呂俊生為什麼一直躲著我們？」
「我……我怎麼會知道呢！」楊曉薇把視線從桌上的攝影機移開。
「說起來，那台攝影機是他的呢！」戴佩芸循著楊曉薇的視線望去，把桌上那台臺攝影機端了過來，研究著上面的S型標誌：「說起來，俊生學長真的很喜歡超人呢！他說過這代表希望吧！」
「真可惜，我們的超人在搞自閉。」黃妍萱有些刻薄地回應。
「我不喜歡超級英雄，一直都不喜歡。」謝怡婷也顯得有些不高興：「我們是團隊，我們也還有很多外援，像是那些畢業的學長姊們，我剛聯絡到了一個，侯冠年學長已經回覆我們了，他答應會幫忙。」
「是社長啊！好懷念。」戴佩芸興奮地喊道。
「侯冠年是誰？」楊曉薇顯得有些一頭霧水。
「那是我們上一任社長。」黃妍萱在她旁邊解釋著，黃妍萱看起來總是那麼神采奕奕：「是一個很帥的學長，妳來晚了。」
「曉薇才沒那麼膚淺呢！」戴佩芸在一旁插話：「她是認同我們的理念。」
「對啊！而且我也受到你們很大的幫助嘛！」楊曉薇也趕緊解釋。

「喂！妳們有在聽我講話嗎？」謝怡婷有氣無力地抗議著。

「我們在跟曉薇介紹野風社的歷史嘛！」黃妍萱對謝怡婷吐了吐舌頭：「總之，我們有很多優秀的學長姊都出社會了，侯冠年就在網路媒體『點與線』擔任記者。還有擔任議員助理的，或者是做律師的都有。」

「也有我們系上的學長姊呢！」戴佩芸有些驕傲地對楊曉薇說。

「學長說要幫忙，有說要怎麼幫嗎？」

「他說總編輯同意在他們的電子報上做一個全版的專題，不過有個前提……」謝怡婷說到這裡打住了，似乎有些難為情。她先是望了大家一圈，見大家都等著她回應，才不情願地說：「前提是他們要專訪呂俊生。」

「到頭來，我們還是需要俊生學長。」戴佩芸堅定地說。

「侯冠年學長怎麼能這麼現實呢！」黃妍萱顯得有些氣憤，忍不住就提高了音量：「我們都這麼多年的夥伴了，怎麼還談條件呢！」

「這不是學長提出來的，是他們的總編輯提的。」謝怡婷再次強調，接著又說：「但是也不要怪『點與線』的總編輯現實，如果這件事要炒出熱度的話，讓呂俊生出面或許會好一些。」

「這話怎麼比較像是呂俊生會說的話。」黃妍萱意有所指地對著謝怡婷說。

「我們一直以來都是這樣做事的，讓一個議題的關注最大化，才能夠幫助當事人。」謝怡婷面不改色地說：「只是我一直都有我的原則，不會做得像呂俊生那麼超過，現在也是如此。」

「如果要獲得關注的話，派妳出場不就行了嗎？」黃妍萱促狹地對謝怡婷微笑。楊曉薇明白那笑是什麼意思，因為上次港溪大橋的影片上架後，被呂俊生刻意包裝的謝怡婷立刻竄紅，並在網民之間獲得了一個稱號：「正義女神。」

楊曉薇回想起那天的謝怡婷。其實謝怡婷本來就長得好看，呂俊生不知道從哪裡借來的一件綁帶襯衫，材質輕盈又剪裁得宜，而且是挺明亮的奶油白色，此外，呂俊生又幫她搭配了一件淺杏色的褲裙。那天在陣陣微風的大橋上，鏡頭下的謝怡婷有著不真實的美感，感覺隨時都會有一陣風把她帶走，這原本就不是應該存在於人間的美好事物。

「對，社長那天真的很美。」戴佩芸發自內心地感嘆。

「不好意思，那種事情我不想再經歷第二次了。」謝怡婷卻有些不悅地說：「從那之後，我的社群帳號不知道收到了多少訊息，收到了多少不雅的相片，有些是妳們這輩子都不會想看見的畫面，光是回想起來都會讓我覺得噁心。」

黃妍萱帶著戲弄的語氣拍了拍謝怡婷的肩。「公眾人物嘛！忍一忍。」

「現在的重點是，無論怎樣，我們都必須把呂俊生找出來。」謝怡婷試圖把話題拉回主軸：「現在的重點是，他到底在忙什麼？」

「會是什麼啊？」楊曉薇禁不住問。

「既然曉薇那麼好奇，就讓曉薇幫我們找出答案吧！」沒想到這句話竟然是從戴佩芸口中說出，楊曉薇看著她的臉，她還是那樣的天真無邪：「畢竟人家都借妳攝影機了嘛！如果妳去問的話，至少能比我們多一個藉口。」

「也對，都借了這麼貴的攝影機給我們，還不參加社團活動，這真的有點奇怪，是個很好的切入點。」黃研萱也同意地點點頭，她的表情看來仍是如此陽光正面，一點都沒有刻意算計的感覺。

「那這個任務就交給妳了。」謝怡婷居然也跟著附和。

「那我……」楊曉薇一下不知道該說些什麼，一個是她的死黨，單純得就像小綿羊；一個是陽光少女，基本上與世無爭；最後一個是她的女神，一直以來都眷顧著楊曉薇這樣的凡人，現在一齊都把命運之手指向她，讓她顯得不知所措。

「好，我努力。」楊曉薇最後只能這麼說。

十點多的早晨，如果不是早上有課的話，這通常是大學生剛起床的時間。而楊曉薇之所以會在這個時候出現在研究生男生宿舍門前，並不是因為有課，而是因為先前和野風社女孩們的約定。研究生宿舍門前就是一塊大空地，除了一處明顯是用來裝飾的歐式庭園長椅外，就沒其他可供遮蔽和休息的地方了。

楊曉薇試著坐上了那張長椅，但是那並沒有讓她的存在顯得更自然，反而讓她顯得比花園中的雕塑還要醒目，因此楊曉薇還是索性站著，然後試著不要一直緊盯著宿舍大門，但是又不能錯過每個走出的男性。

「這樣真的很像變態。」當楊曉薇再次背對門口時，她聽見背後傳來了一個聲音。轉頭一看，才發現呂俊生不知道什麼時候已經站到背後，不過他看起來並沒有平常的自信從容，反而有些頹廢狼狽，臉上還留著幾天沒刮的鬍碴。

楊曉薇尷尬地笑笑，並探頭望向宿舍門口。「你什麼時候出來的啊？」

「我在樓上看了半小時了，本來想說妳會放棄的，但是沒有想到妳這麼有毅力。」呂俊生搓了搓臉頰，顯得有些疲憊的樣子：「我可不想要學妹被當成變態抓走，所以就下來了。」

「因為你很久沒來社團了，所以我想來看看。」

「我都還沒問妳幹麼來呢！這麼著急。」呂俊生冷笑一聲，可是又繃不住，眼角閃現笑意：「如果真的關心我，傳個訊息就好，像個糾察隊一樣守在門口要幹麼？」

「因為每次聊到野風社，你就會突然下線。」楊曉薇歪著頭，有些難為情地說：「我也不確定你是真的不高興，還是真的剛好突然有事要忙，我猜不準，也不想猜，所以就想當面來看看。」

「很好，很有求知慾。」呂俊生顯得比剛才還要有精神了一點，表情平和地點點頭：「關於我的事情，請直接來問我，不要猜，不要跟任何人探聽，因為那都不會是真的我。我就是我，只有我知道自己是什麼。」

「對，所以我來了。」楊曉薇順著接話，然而，又忽然不知道該怎麼繼續。

「我很好，所以妳可以走了。」呂俊生說著揮了揮手。

「可是，你還沒告訴我答案。」楊曉薇見呂俊生要趕自己走，急忙地說：「為什麼都不來野風社？」

「我就是累了、倦了，還需要什麼理由嗎？」呂俊生嘆了口氣。

「可是，你的攝影機還在這呢！」楊曉薇說著就要從背包裡掏攝影機。

「很好呀！那我也不是對野風社完全沒貢獻，這臺攝影機就代表我加入你們吧！」呂俊生拍了下手，卻沒有一點興奮的表情。

「不行，你沒對我說實話。」楊曉薇重新揹起背包，可是眼神卻依舊倔強：「你剛剛說了，如果我有什麼問題，就直接來問你。可是那不可能是答案，累了、倦了，這明顯就不是你真實的想法，如果你要我來問你，你就得說實話。」

「真難纏啊！」呂俊生搔了搔頭，顯得莫可奈何的樣子，接著往楊曉薇後頭望了望，不知在找些什麼，想了很久之後才說：「這種事情一下子也說不清楚，不如我們一起去吃個早午餐吧！」

「喔？」楊曉薇對於這樣的回應有些猝不及防，一下不知道該說些什麼。

「不去嗎？」呂俊生又問了一次，挑了挑眉。

「去！」楊曉薇很快回答了一個字，但是又不知道接下來該說什麼，抓著背包肩帶，站著一動也不動，一下子不知道該怎麼做。見呂俊生又露出疑問的表情，才又問：「去哪裡？」

「去吃早午餐，地點看心情。」

呂俊生輕快地回了一句話，就大步往前走，踏上宿舍前那條用地磚鋪成的小徑，兩旁是大草坪，大草坪上就是那座讓楊曉薇一度很尷尬的歐式長椅。呂俊生輕快地沿著小徑走，走到外頭的主要道路。

楊曉薇一直到呂俊生快走到外頭的人行道了，才想到要急忙地跟上去。她禁不住微微一笑，她挺喜歡現在這樣的感覺，這讓她覺得自己像擁有了什麼。儘管其實她什麼也不是，她並不是他的什麼人，只是偶然共享了這個時空。

他們就這樣沿著宿舍外的大街逛，漫無目的地走著。

呂俊生在一家尚未關門的早餐店停下。

「就這家吧！」

「我以為你說早午餐……」這樣的選擇讓楊曉薇有些困惑。

「誰說早午餐一定得是什麼，別讓生活限制了妳的想像。」呂俊生爽朗地笑了笑：「對我來說，只要在這個時段有開張的店，都能算是早午餐。」

楊曉薇說不過呂俊生，也不覺得需要說過他，畢竟早餐跟早午餐的內容也沒有太大區別。確切來說，除了假日睡過頭之外，她還真沒有刻意去吃過一頓早午餐，就算是假日，她也是去便利商店隨便買個麵包果腹。

「同學，要點單快點，我要收攤了！」櫃檯裡傳來老闆的吆喝，老闆是有著啤酒肚的典型中年大叔，油光的前額還有點禿，此刻正甩著剛洗完的鍋鏟，對著他倆皺眉。

「老闆，來一份大份煎餃內用。」呂俊生倒是很從容地說。

「哇！這麼晚了你還敢內用，真當我是做早午餐的啊！」老闆不知道是不是聽見了他們先前的對話，挖苦地說。

「我要一份小份煎餃內用，加一杯冰豆漿。」楊曉薇知道此地不宜久留。

「哇！又是煎餃，又是豆漿的。」老闆看起來更不高興了：「你們幹麼不去四海八方吃就好，來我這邊拖時間。」

「四海八方是什麼？」雖然想快速通關，楊曉薇還是忍不住問。

「煎餃連鎖店。」呂俊生很快回答，就拉開拉門走進店裡的內用區。

跟一般的連鎖店相比，這裡的內用區實在不算大，但是以小本經營來說，也算得上是五臟俱全了，至少有桌子有椅子，有筷子有衛生紙，前面還放著電視，只是電視不像一般的餐飲店放著新聞，而是放著電影。雖然不放新聞能躲過政治立場的爭吵，但是電影也是有著分級的問題，比如現在正放著的《黑色追緝令》，顯然就不是適合闔家觀賞的電影。

故事剛好來到西裝二人組殺了一個人，死者的好友突然跑出來對西裝二人組開槍，但是接連幾槍都沒有打中兩人，西裝二人組隨後殺死了那人，槍的彈孔在牆上呈現一幅詭異的圖景。

「妳相信奇蹟嗎？」呂俊生坐定位後，忽然問了這個問題。

「你是說像那樣的嗎？」楊曉薇指著電視螢幕問。

「是，也不是。」呂俊生忽然辭窮，過了很久才又繼續說：「走到人生的這個階段，我幾乎耗盡了所有的幸運，感覺就只剩下不幸了。」

「只剩下不幸了？」楊曉薇一方面是不懂呂俊生的意思，一方面是有些不諒解，突然就一陣連珠炮似地提問：「怎麼不幸了？是因為加入了野風社嗎？是因為碰到了我哥哥的案子嗎？是因為幫了我嗎？還是因為遇見了我？」

「真不像妳。」面對楊曉薇的激動，呂俊生只淡淡地苦笑：「我以為，妳一直是個話不多的人。」

「對不起。」楊曉薇忽然也覺得有些害臊，那的確不像她。

「十五歲那年，我失去了我的母親。」呂俊生忽然迸出了這句話。

「對不起，我不知道……」楊曉薇更焦急地想道歉。

「那本來是一件很小的事。」呂俊生仍舊沒有回應楊曉薇的道歉，繼續說著自己的故事：「就是一臺跑車擦到我家門前的花盆，車主卻要我們賠錢，我爸跟他打起來。我媽看到了，上來要將爸爸拉開，卻被甩到了馬路上，後面的砂石車一下煞不住，就把我媽輾了過去。」

楊曉薇不知道該說什麼，連一聲驚呼都不敢喊出口。她從沒見過這樣的呂俊生，這樣哀傷的呂俊生，她感覺自己發出的每個聲音，都會褻瀆這樣的一刻，所以她只能緊閉著嘴，靜靜聆聽著後續的故事。

「我媽當場被輾斃，我不知道當時是怎樣的情況，只能從我爸喝醉酒時所說的話，約略推斷當時的情景。」呂俊生說著搖搖頭，像要忘掉那時的記憶似的：「那天晚上，是我爸最後一次喝醉酒，從那之後，他從沒碰過一滴酒，他把自己活成一個好人，比好人更像好人，就像個聖人。」

楊曉薇還是不知道該說些什麼，只能靜靜望著呂俊生。

「從那之後，除了對我社運的朋友給臉色，他從來都不生氣，就算店裡有人喝醉酒鬧事了，他也是笑臉迎人，自己默默收拾殘局。」呂俊生滿臉痛心地說：「他變成一個沒有脾氣的人，變成沒有靈魂的人，就單純是為了活著而活著。」

「他是想保護你，他不想再失去你了。」楊曉薇終於能擠出一句話，但是她不確定這話來得對不對：「或者是讓兒子失去父親。」

「對，他就是這樣的一個人。」呂俊生嘆了口氣。

「你是因為這樣，才不願意介入這件案子的嗎？」楊曉薇望著呂俊生的臉，試圖在那張臉上尋著一點線索：「為了不把爸爸牽涉進來？」

呂俊生又沉默了，楊曉薇不確定這沉默代表著什麼，她如同剛開始聽呂俊生說話時一樣，不敢發出一點聲響，直到他自己娓娓道來：「妳聽過張耀德的故事應該就知道，那些喝醉酒鬧事的，張耀德就算一個……」

「你們的煎餃到了！」老闆很不是時候地打斷了呂俊生的自白，把一大一小的兩份煎餃摔到桌上：「吃完快走，記得付錢！」

「謝謝。」楊曉薇餘悸猶存地低聲答謝。

「妹妹，妳的豆漿自己到冰箱拿，不要什麼都要我自己來！」老闆又喊了一句，才甩著他的啤酒肚離開。

「我先去拿一下我的豆漿。」楊曉薇深怕老闆又來罵人，乖順地跑到牆角的冷飲櫃門前，一點也不敢遲疑地拿了豆漿就離開，回到座位後，先插好了吸管，才端正姿勢問向呂俊生：「剛剛說到哪了？」

「呃，說到張耀德。」就連平常對老闆喝斥處變不驚的呂俊生，也有些受到影響了，說話開始顯得零零落落：「這個張耀德嘛！常常來我爸的快炒店喝酒，然後他常常喝醉酒……」

「然後就把快炒店掀了？」楊曉薇替他梳理著語句。

「也沒這麼糟，不過有時候摔碎幾個盤子，打破幾個酒瓶。」呂俊生慢慢才回到原本情緒：「他把我爸的店弄得一團糟，我爸卻一點都不生氣，只帶著笑臉跟其他人賠不是，帶著笑臉收拾那一地玻璃渣子，然後等著張耀德隔天再度光臨。」

「所以你不幫張文芳，就是因為生氣她爸？」楊曉薇有些不可置信。

「也不完全是這麼回事，我爸也不希望我牽扯進這件事。」呂俊生回答：「他能夠容許我跑到幾公里外的地方擋挖土機，可是牽涉到老家附近的事情，他就會很堅持。」

「他應該是想到不好的回憶了吧？」楊曉薇不敢說得太明白。

「我也不是不知道，他就想保護這個家。」呂俊生嘆了口氣：「不過我也樂得輕鬆，我不討厭張文芳，但是想到她是那討厭的酒鬼的女兒，還是覺得很生氣。說得難聽一點，看她現在那麼累，我是有些幸災樂禍的。」

「可是許子淵呢？許子淵他是無辜的啊！」楊曉薇感覺自己有些生氣了。「還有許子謙，他也擔心著自己的哥哥，他們本來都沒有犯錯啊！」

「我懂，我懂。」呂俊生顯得有些招架不住，舉起雙手讓楊曉薇停下，又一時之間不知道該說什麼，便拿起筷子插起一顆煎餃，嚼了嚼吞下後才說：「就算許子淵是無辜的，那張文芳那個猜想是對的嗎？這不是又害到另一個無辜的人？」

「猜想？」楊曉薇不確定地說：「是關於胡正善議員的那個嗎？」

「原來她講到那麼深入了啊！」呂俊生有些不以為然地冷笑，又插起一顆煎餃塞入嘴中：「所以，她也跟你們講到空頭支票的事情了吧！」

「對。」楊曉薇開始有些遲疑：「那怎麼了嗎？」

「沒什麼，我想說的是，胡正善的確是在幫建商喬事，不過那也不是建商出不起的錢，空頭支票的事情，我想是一個意外。」呂俊生邊說邊把煎餃嚼得喀喀響：「胡正善既然是幫建商喬事，那他用的就不會是自己的錢，但是他不能讓這筆錢明白地出入他的帳戶，所以只能用另外的戶頭辦事，用這個戶頭去開支票，等事情談妥了，建商就會匯錢到這個戶頭，讓張文芳去兌現。」

「所以，你的意思是，張文芳那天領不到錢，只是因為建商還沒把錢匯進去，而不是胡正善想惡意詐欺？」楊曉薇雖然聽得入神，然而還是沒有忘記那個早餐店老闆的告誡，抽空吸了一口冰豆漿。

「沒錯，畢竟錢能解決的事情，就是最簡單的事情。」呂俊生冷著一張臉，又發出一聲冷笑：「當然，對他們這些有錢人來說是如此。」

「可是，這也不能排除他們謀殺張耀德的可能吧？」

「謀殺？我可不這麼認為。」呂俊生搖搖頭，現在他的盤子已經清空大半：「還記得那個犯罪現場嗎？張耀德會死，並不是因為酒瓶造成的致命傷，是因為延遲急救的關係，只要哪怕一個路人走過，張耀德都不會死。」

「如果凶手待在現場，確保沒有其他路人接近呢？」

「為了什麼?為了讓自己更有嫌疑嗎?」呂俊生又搖頭,手裡還不停戳起一顆又一顆的煎餃:「為什麼不要一根鐵棍就把張耀德敲死,而是用這麼複雜的手法?這種手法對凶手沒有好處,如果凶手就是建商,更是沒有好處。」

「這……」楊曉薇無言以對,只能低頭又吸一口冰豆漿。

「而且,無論是團體或組織,他們的行事風格都會有慣性。」呂俊生停下筷子,表情忽然變得陌生:「如果他們能殺張耀德,張文芳為什麼還能活著?」

「啊?」楊曉薇抬頭看見那張臉,差點就把自己嗆著了,那不僅是她從未見過的呂俊生,也是她未曾想像過的。她無法想像呂俊生會有那樣黑暗的想法,也無法想像那樣殘酷陰冷的表情會出現在呂俊生的臉上。

「如果我是建商或是胡正善,張文芳是比張耀德更大的麻煩,因為她會四處找幫手,四處去宣傳,那我就會想除之而後快。」呂俊生還是維持著那樣的表情:「所以張文芳還活著,就證明張耀德那件事很可能不是他們做的。」

「可是,那也不會是許子淵啊!」楊曉薇還是無法完全認同:「就算不懷疑胡正善,我們還是可以努力,去把許子淵營救出來。」

「要怎麼救?那個地方沒有監視器,也不會有行車紀錄器恰巧拍到,我們要把他救出來,就必須先懷疑另外一個人,才能夠讓他脫罪。」呂俊生搖搖頭,又繼續吃著煎餃:「這種事情如果太執著,會傷害到更多無辜的人。」

「這真的很不像你。」楊曉薇喪氣地低下頭：「或許我從來沒了解過你。」

「怎麼說？」呂俊生繼續一顆一顆吃著煎餃，顯出滿不在乎的樣子。

「對我來說，野風社和你一樣，都代表著希望，當一個人走投無路時，只要過來找你們，總是會有辦法的。」楊曉薇低著頭，眼眶泛著淚光：「但是現在卻不一樣，你先說了沒有辦法，這等於扼殺了張文芳心裡最後的希望。」

「她不是還有野風社嗎？」呂俊生雖然還是沒停下筷子的動作，眼神卻明顯有些動搖了。

「你也是野風社啊！如果沒有你，野風社就沒有辦法發揮全部的力量。」楊曉薇抬起頭，眼神堅定地盯著呂俊生：「野風社是一個整體，誰累了就由其他人接棒，直到沒有人為止，野火燒不盡，春風吹又生。」

呂俊生看著楊曉薇，顯得很訝異的樣子，戳著煎餃的筷子懸在半空中，過了許久才搖搖頭，嘆了口氣說：「看來妳真的被那個野風社影響很深啊！」

「我是認真的。」

楊曉薇仍舊雙眼圓睜地盯著呂俊生。

「真拿妳沒辦法。」呂俊生又搖了搖頭，放下了手上的筷子：「看來我今天要是不答應妳，妳真的會像野草和春風一樣沒完沒了。」

「所以你答應回來了嗎？」楊曉薇雙眼一下亮了起來。

「我先看看吧！」呂俊生手肘抵著桌子，又拿著筷子戳起最後一顆餃子：「幫我安排跟許子謙見面，我看有沒有機會能見一見許子淵。」

「太好了！」楊曉薇大力拍了一下手，差點把桌上的豆漿給灑了。

「好什麼好，你們真當是來吃下午茶了！」老闆似乎是聽見楊曉薇的叫喊，便拉開玻璃門進來罵道：「年輕人不好好讀書，在這裡學人家喝下午茶，吃完早餐就給我回學校去！」

「是的，老闆。」呂俊生不慌不忙地回應，然後指著楊曉薇那盤煎餃低聲說：「趕快吃吧！吃完快走，老人家心臟病都要發作了。」

楊曉薇聽了呂俊生的話，才開始專心地吃起煎餃。

楊曉薇和呂俊生一大早就到了看守所，同行的還有許子謙，為的就是和許子淵見面。因為每次接見的上限是三人，所以他們捨棄了原本也應該同行的曾逸軒。至於謝怡婷和野風社的其他夥伴，呂俊生則是沒打算讓他們知道。

許子謙帶著三人的身分證到櫃檯辦理接見申請，因為許子謙和許子淵的關係，承辦人員並沒有太過刁難毫無關係的楊曉薇和呂俊生，很快就讓他們以「友人」的身分通關，並發給他們接見室的座次卡。

整個梯次的接見申請都辦理完成之後，一行人便被領著進入看守所內部。這裡並不如電影所呈現的那樣灰暗，反而刻意呈現出各式的色彩，走廊兩旁的牆壁有著卡通圖畫成的宣導標語，以及一些激勵人心的名言佳句。

他們很快被帶往接見室的門口，那門就如同一般的房門一樣，並不是很大，因此一整梯的接見親友，便魚貫地穿過那道門，進入到接見室裡。這裡才比較有傳統監獄的氛圍，長條狀的房間被透明牆縱切一半，透明牆被膠條劃成一道一道的窗口，牆的兩邊是相連的檯子，每個窗口兩邊的檯子都各放著一具電話，檯子前面還放著椅子，進入的親友便依照座次拉開一張一張椅子坐下。

相較於牆的這一側湧入大量人群，牆的另一側顯得空蕩蕩的，只有一名身穿制服的男性貼著牆站在一旁，表情顯得相當肅穆，但是沒有望著任何一個人，只是雙眼直視著前方，猜不透此刻在想些什麼。

稍等了一會兒，另一側的門才終於開啟，如同剛才的情況一樣，那扇門並沒有很大，所以受刑人便一個個走進來，穿著同樣的制服，臉上帶著各異的表情。有些顯得相當興奮，有些則還壓抑著，又有幾個臉上寫著不甘願。

其中一個人，表情顯得異常冷漠，那人就是許子淵。

許子淵的長相與許子謙相去不遠，雖然不像雙胞胎那樣相像，不過是一眼就能劃成一類的兄弟檔。許子淵比許子謙要老成上許多，而且沒有許子謙那樣的生澀，不過這或許不是歲月的痕跡，而是許子淵已經抹去了臉上可能浮現的任何表情。無論是生澀或是外向，無論是喜悅或是哀傷，都無法從他的臉上看到一點蹤跡，見到許子謙的瞬間也沒有任何表情，更別說對楊曉薇和呂俊生的出現有任何好奇，他就是平靜地走到窗口前，漠然地拉開椅子坐下。

「你要先跟哥哥說話嗎？」呂俊生指著檯子上的電話，對許子謙問道。

「今天就不用了，抓緊時間，你們先聊吧！」許子謙的臉上帶著點落寞，擺著手讓呂俊生先說。

「我怕他不接電話。」呂俊生小聲嘀咕一句，就拿起話筒。在拿起話筒的過程中，他始終望著玻璃牆的另一頭，似乎想用眼神向對方傳遞什麼。在呂俊生拿起話筒的幾秒後，對方才終於把話筒拿起，呂俊生便試探地說了聲：「喂？」

因為是透過電話傳聲，楊曉薇沒辦法聽見許子淵說了什麼。就算玻璃牆能夠透出一點聲響，周遭也因為其他接見家屬的說話而頓時嘈雜起來，如果聲音再更大些，說不定連呂俊生的話也聽不清楚。

不過，對方的嘴型簡單明瞭地回了一個字：「喂？」

「我是呂俊生，你或許不知道我是誰，我是誰也不重要，你只要知道我是你弟弟的朋友，我是來幫他的，也是來幫你的。」

許子淵這次沒有張口，表情一臉木然，甚至不能確定有沒有聽懂。

「你弟弟相信你是無辜的，我也相信你是無辜的，這就是我來的目的，我不能看著一個無辜的人去坐牢，你弟弟也不願意看著哥哥進監獄。」呂俊生沒理會許子淵的反應，強勢地一股腦說了一堆話。

許子淵仍舊沒有張口，愣愣望著前方，不知在想些什麼。

「今天時間有限，我來跟你說這些話，是要讓你有心理準備，因為你弟弟將會委任曾逸軒作為委任律師，他很快就會透過『律見』跟你會面，希望到時候你能配合，這是你弟弟的一片苦心。」

許子淵仍舊不動，像個石蠟雕像一樣，甚至雕像都比他還要生動。

「你可能沒聽過曾逸軒，曾逸軒是全國最好的辯護律師。他絕對不是最貴的，但是他是最好的，只要被告是無辜的，他就算是與全世界對抗，他也會把無辜的人從地獄裡撈出來。」呂俊生此刻就像購物臺主持人一樣，滔滔不絕地說著。

而許子淵就像是對推銷感到疲乏的路人，只靜靜地聽著。

「只要是無辜的人，都有機會得救，這就是曾逸軒的信念。」呂俊生這時突然靜了下來。有一刻楊曉薇以為呂俊生終於被許子淵的毫無反應惹惱了，可是過不了多久，就聽見呂俊生幽幽地說：「所以我想問的是，你是無辜的嗎？」

呂俊生的臉忽然變得陰沉，讓楊曉薇又想起早餐店那時的事，呂俊生當時就是用這樣的表情，質問張文芳為什麼還沒死。楊曉薇禁不住打了個寒顫，她很快望向許子淵，她實在不相信，許子淵在這樣的情況下還能保持漠然。

就在楊曉薇以為許子淵要繼續維持靜默時，許子淵緩緩把身子探向前，把臉貼到距離玻璃牆一個手掌寬的位置，這樣的舉動搭配那樣的表情實在很嚇人，就像恐怖片中的鬼怪緩緩靠近窗前，讓楊曉薇又忍不住打了個哆嗦。幸好他沒有再繼續往前靠，維持在一個不遠不近的距離，接著，楊曉薇看見他緩緩張口，那個瞬間，周遭的吵雜似乎一下靜了下來，玻璃牆也好似忽然沒了隔絕的效果，許子淵就像是和他們面對面，而楊曉薇也能清楚聽見他接下來開口說的話。

「有時候我覺得不是我做的，有時候又覺得是我。」許子淵冷冷地說著：「我有那個動機，也有不堪的過去。我殺過人，雖然是年輕時候的事了，但是張老闆常常打我罵我，難保不會激發出我黑暗的一面。」

呂俊生似乎也被這一幕驚著了，他拿著話筒，許久都說不出一句話，楊曉薇稍稍探出頭，想看清呂俊生的側臉，可是呂俊生察覺到楊曉薇後，又很快撇過臉去，像在掩飾著自己的難堪。

「案發那天晚上，你為什麼會去那裡抽菸？」呂俊生打起精神繼續提問。

「我看過他的屍體。」許子淵冷不防迸出這句話。

「什麼意思？」呂俊生忽然警戒了起來，整個身子往前傾，差點就要趴到玻璃上：「什麼叫你看過他的屍體？」

「那天晚上，我抽著菸，看著他的屍體。」許子淵說著，慢慢牽起嘴角，那表情相當詭異，足以讓看過的人在夢裡驚醒，他就這樣望著對面的三人，陰冷地說著：「我一直有個記憶，就是我站在他的屍體旁邊，一直望著那具屍體。」

「為什麼？」呂俊生看起來慌了：「為什麼會有這樣的記憶？」

「為什麼？你不是說了會相信我嗎？」許子淵冷冷一笑，回復原本的坐姿：「如果相信我的話，那就自己去查，反正我自己是已經不相信了。」

語畢，在對面三人錯愕的目光下，許子淵掛上了電話。

呂俊生望著許子淵轉身離去，轉頭望向許子謙：「你要我怎麼辦？」

許子謙望著哥哥的背影，一句話都沒說，那眼神很難猜出情緒，不是失望、不是憤恨、不是無奈，他就是靜靜地望著自己的哥哥走出房間，一句話都沒有說，好像沒聽見呂俊生剛剛說了什麼。

「這要我怎麼辦？」呂俊生露出苦澀的笑容，低下頭，雙手用力搓了搓自己的臉：「當事人都已經放棄了，我們這樣努力又有什麼意義？」

「他可能只是被悶壞了。」楊曉薇看著呂俊生這樣子，也不自覺地焦急了起來：「你們不是也碰過這樣的事嗎？逸軒學長說過，冤獄的個案被關久了，常常會開始懷疑自己，懷疑真的是自己做的，這也不是第一次發生了吧？」

「以前的個案，都沒像他那麼堅定。」呂俊生側過一邊的臉，有些歇斯底里地望向楊曉薇：「更可悲的是，我們沒有關鍵證據說服他是無罪的，這就是最大的差別。而只要他一認罪，我們所做的所有努力，就前功盡棄了。」

「這不是他的錯，錯的是把他變成這樣的人，還有那個制度。」楊曉薇望著呂俊生顫抖的身體，她探出手，想去拍拍他的肩，想去輕撫他的背，又怕覺得冒失，手在空中游移著，遲遲無法觸及他的身體。

「不管我們怎麼做，都無法扭轉他的結局了。」呂俊生搖搖頭，又把臉埋進雙掌之中：「這次真的辦不到。」

「我們只要努力找到證據就好，總會有證據的。」楊曉薇無力地安撫著，她不知道為什麼呂俊生會變得那樣脆弱，這比他不參與野風社還要更令人失望。

「不會有證據的。」呂俊生的臉龐頓時顯得憔悴，他搖了搖頭說：「能有什麼證據？我說過很多遍了，那裡沒有監視器，也不會有行車紀錄器，要救許子淵，我們只能自己找到凶手。」

「總會有辦法的，就像上次那樣。」楊曉薇把聲音放柔，她不自覺地就想起謝怡婷，在她第一次踏進野風社時，在她對未來不抱有希望的時候，謝怡婷是如何地讓她敞開心扉，讓她的心情沉澱下來，慢慢地讓她重新燃起希望，楊曉薇試著去模仿謝怡婷那時的語氣和表情，卻覺得怎樣都不到位，怎樣都差了一點，但是她也只能硬著頭皮繼續說：「還記得嗎？那時候大家也不相信我哥是無辜的，是你把他救出來的。」

「這次不一樣，那時候，至少妳還願意為了自己的哥哥奮不顧身。」呂俊生先是望了楊曉薇一眼，接著有些怨恨地轉頭看向許子謙：「但是這一次，連他自己的弟弟看來都放棄了。」

楊曉薇也看向許子謙。許子謙仍舊望著空蕩蕩的透明牆另一側，望著出神，彷彿沒聽見呂俊生和楊曉薇的對話。

「許子謙，你說句話吧！」楊曉薇近乎懇求地說。

許子謙這時才大夢初醒般，轉頭看向楊曉薇，但是仍舊雙眼迷茫：「怎麼了？我要說些什麼？」

「你的哥哥……」楊曉薇一下也不知道該說什麼：「你也不相信他嗎？」

「他不是凶手。」沒想到這句話來得異常堅決，他望著楊曉薇，先前的恍惚頓時一掃而空，這彷彿是世界上最簡單的問題，不會再有第二種答案：「他不是凶手，至少我是這麼相信的。」

「可是，這件事不能只有你相信。」呂俊生以苦笑回應，面對許子淵的樂觀，他反而更絕望了。

「我知道，但是這至少是個開始，我是這麼相信的，我也希望你們能相信，然後再有更多人相信。」或許是呂俊生的質問，讓許子謙變得堅定，一改先前的退縮：「我不敢說他是一個好哥哥，他也不是一直對我很好，有時候他會欺負我，也會對我發脾氣，還會跟我吵架，不過只要我碰到困難，他都很願意幫助我，也會在我被欺負時幫我出頭。」
「這和他是不是好哥哥……」呂俊生想要反駁什麼，卻立刻被打斷。
「這也是為什麼，他會有那個械鬥致死的前科。」許子謙第一次打斷別人的話，眼神也一下變得剛毅：「他是為了我，才會跟人打架。我從小就是一個很安靜的人，安靜的孩子永遠是其他人欺負的目標，要是成績好就算了，成績好至少還有老師撐腰，但是偏偏我的成績永遠是後段班，要是被人欺負了，老師也不會特意偏袒我。回到家我也不會跟哥哥說，他只能從我身上的傷痕，猜測我在學校過得並不好。」
楊曉薇看著許子謙，聽著他說的那些話，禁不住就想起自己，想起她的哥哥楊康弘，還有他們兄妹倆所經歷的一切。
「有天放學後，那群人又找上了我。他們把我拖到學校附近的巷子裡，五、六個人圍住我打，如同往常一樣，我沒法反抗，只能抱著頭，祈禱著時間快點過。」許子謙的眼神陷入回憶之中，蘊含著濃烈的情感：「我哥因為擔心我，那天放學特意過來接我，經過了那條巷子，他打了那幫學生，那些學生仗著人多，就圍著他打群架，我哥沒有害怕，抓著帶頭的就一陣猛揍。」
楊曉薇專注地聽著，像在聽著自己的故事。
「接著，就是你們知道的事了。」許子謙輕描淡寫地說了結局：「我不敢說他是對的，畢竟人死不能復生，他打死了一個人，不可能會是對的。但是我想說他是怎麼錯的，我想說，他這個錯是不是罪無可赦的。」

楊曉薇看著許子謙，又轉頭看向呂俊生。呂俊生似乎也被這段話給打動了，他認真地聽著，陷入了深思。

「至於張耀德，我哥一直都很感激他。」許子謙話鋒一轉：「其他人只要聽到我哥的前科，就會顯得有些為難，但是張耀德沒有。他把我哥留了下來，甚至我哥一直覺得，他是為了繼續讓我哥工作，才堅持不把店賣掉的。」

楊曉薇此刻才終於了解，為什麼張文芳身為死者的女兒，一點都沒有和許子謙對立的態勢，反倒像個大姊姊一直在照顧著這個毫無血緣關係的弟弟，因為早在很久之前，他們兩家就有很深的淵源，有著無法割捨的情感。

「我知道，我說完這些故事，並不能完全抹除哥哥的嫌疑，因為法院講求的是證據，但是我只請求一件事——」

許子謙輪流望過呂俊生和楊曉薇的雙眼，那樣的眼神顯得相當卑微，楊曉薇了解那樣的感覺，為了拯救哥哥，她也願意做任何事。

「拜託法院在定罪之前，放下對我哥的一切成見，把他當成一個正常人，一個擁有正常情感的人，一個懂得感恩的人。我只想希望你們好好想想，在聽完這些故事之後，還會認為他有罪嗎？」

第六章　分裂

楊曉薇此刻正坐在汽車的副駕駛座，頭上戴著黑色鴨舌帽，雙手端著一臺攝影機，鬼鬼祟祟地朝著一棟建築物的門口拍攝著。那建築看來相當氣派，寬度差不多有一般店面的八倍寬，要是在市區的道路上，這棟建築就有辦法自己形成一個獨立的街區。整棟建築以白色為基底，看起來就像是被塞在城市中的泰姬瑪哈陵，建築大門上掛著一塊以行草字刻成的匾，寫著「雲雨館」三個大字。

「我們停了這麼久，應該不會被找麻煩吧？」

坐在汽車後座的是高天宇。高瘦的他儘管坐著，還是得彎著腰避免頭抵到車頂，整個人就這樣彆扭地蜷曲在車子的左後方，就像一根被人揉爛塞進小盒子裡的吸管。

「別怕，人長這麼大，膽子怎麼這麼小！」坐在高天宇旁邊的，是顯得有些興奮的李仁傑。他坐在楊曉薇的同一側，此刻也正望著那棟特別氣派的建築，不過不像楊曉薇那樣小心翼翼，他的雙眼充滿了憧憬。

「別太興奮了，這裡畢竟是旅館街。」謝怡婷左手扶著方向盤，右手放在排檔桿上，一副隨時準備出動的架式。她的視線越過楊曉薇的肩，也正望著那棟名叫「雲雨館」的建築：「這裡嚴禁條子與狗。」

「條子與狗？」楊曉薇雖然仍專注在攝影機上，不過還是忍不住問了句。

「警察和狗仔。」李仁傑興奮地搶答：「這裡是『新月集團』的大本營，只要被抓到在這裡偷偷摸摸，下場都會很慘。他們連警察都敢打，更別說是沒任何後臺的狗仔隊了。」

「既然這樣，我們還是先撤吧！」高天宇哀嚎般地低嗚。

「新月集團？」楊曉薇倒是有點好奇：「那不是做生鮮快遞的嗎？」

「對啊！看路上那些冷凍車都是他們的。」李仁傑越說越來勁，卻又故意把聲音壓得低沉：「這才是他們可怕的地方，聽說被他們解決掉的人，都是透過那些車運送的。想想看，這會多方便，有哪個警察沒事會去攔冷凍車？」

「別說了，好噁心。」高天宇邊哀嗚著邊作嘔。

「還沒說到最噁心的呢！」李仁傑顯得眉飛色舞，臉都要貼到車窗上了：「新月集團不是跟很多肉品公司合作嗎？聽說那裡面的人，有些是用人肉混進去的。所以在這座城市裡，你可能在不知不覺之間，就把某個人吃到肚子裡了。」

「啊！我不想聽了。」高天宇摀著耳朵悲鳴。

「小聲點，你是想把他們引過來嗎？」謝怡婷冷冷告誡，接著又皺起眉頭：「真搞不懂你幹麼跟來，我以為你失戀之後，這學期都不會參加社團了。」

「是我硬拉著他來的，我想讓他出來透透氣。」李仁傑得意地說。

「我根本不知道今天會來這裡……」高天宇手抱著頭，整個細長的身軀蜷曲得更厲害了，就像一隻受虐的竹節蟲，樹枝般的身子顯得弱不禁風，感覺只要再施加點力氣，就會應聲折斷。

「等等，有人來了。」謝怡婷低沉的告誡聲打斷了這場鬧劇。車裡的四人一齊往車外看，只見一名身穿黑色襯衫的男子，正一步步走到他們的車前，雖然長袖的衣褲看不出身上的刺青，但是從那眼神來看，絕對不會是個善類。

那人緩緩走進，連原本正瑟瑟發抖的高天宇，此刻也大氣不敢喘一聲，甚至李仁傑也收起了笑容和興奮的表情，楊曉薇默默把相機收起，謝怡婷則把手探向車鑰匙，捏著鑰匙隨時準備發動。

黑衣人走到楊曉薇這側的車窗，輕輕敲了兩下，就在楊曉薇想尖叫時，她這側的車窗被降了下來，反而讓她收住了聲音。

降下車窗的是謝怡婷，不過謝怡婷也沒有讓楊曉薇獨自面對，而是伸出手架到楊曉薇胸前，擺出保護楊曉薇的架式，身子也順勢探到楊曉薇這側的車窗，望向車外的人問：「有什麼事嗎？」

「你們在這裡停太久了。」黑衣人沒向他們大吼大叫，也沒有裝出凶神惡煞的樣子，他只是平和地望向謝怡婷，堅定地說著。

「我們知道了，我們會離開。」謝怡婷也冷靜地回應。

「下次不要再這樣做了。」黑衣人稍稍探出頭，望了望車裡頭的人。他先看了眼楊曉薇，瞥見了她藏在雙腿間的攝影機，接著望向後座，看見瑟縮在一角的高天宇，還有眼神變得警戒的李仁傑：「你們看起來像學生，我不想傷害你們。」

「是，我們會離開。」謝怡婷的語氣和黑衣人一樣從容堅定。

「好，請盡快。」黑衣人退了幾步，謝怡婷才按鈕把楊曉薇這側的車窗升起，退回駕駛座。黑衣人這時走到了一旁的騎樓，雙眼直視著他們，表情顯得冷然而堅定。

「我們走吧！」謝怡婷說完，轉了鑰匙發動車子，往這條長街的街口駛去。

「唉！我們什麼也沒拍到。」李仁傑滿臉可惜地嘆了口氣。

「那可不一定，曉薇妳注意一下後面。」謝怡婷瞄了一眼車子的後照鏡。

楊曉薇隨著謝怡婷的視線往後望，原本空蕩蕩的雲雨館，此刻在前面停著一輛黑頭車。楊曉薇趕忙拿出原本藏在雙腿間的攝影機，轉頭拍下這一刻。

隨著車門的開啟，車裡走下了一個人，那人穿著西裝，還沒來得及看清楚細節，就見到更多黑衣人下車簇擁著，一群人很快走進雲雨館裡，黑頭車也隨後調頭開走。整條大街再度恢復清靜，彷彿什麼事都沒發生過一樣。

李仁傑轉過身子問：「那是誰？」

「那臺車是公務車，如果我沒猜錯，那就是我們的國會議員胡正善。」謝怡婷沒有回頭，仍舊繼續開著車。車子很快就駛離了雲雨館所在的「旅館街」，旅館街地如其名，林立著各色的旅館，離開旅館街之後，總有種重歸清靜的感覺。

「有拍到嗎？」李仁傑探頭向楊曉薇問道。

「是有拍到，可是他們動作太快了，拍不清楚他的臉。」楊曉薇看著攝影機回放，在小小的攝影機螢幕上，胡正善的臉只剩下幾格模糊的像素。

「那怎麼辦？」李仁傑緊接著提議：「要回去嗎？」

「怎麼可以！」高天宇第一個反對：「我們剛剛差點就死掉了！」

「沒有那麼誇張，不過至少是被警告了。」謝怡婷轉著方向盤，在市區裡漫無目的地亂繞：「不過胡正善總要出來的，這是個機會，可以賭一賭。」

「那我要先下車。」高天宇把手探向車門。

「先等等，讓我想一下。」謝怡婷又在下一個路口轉了個彎，在市區裡兜著圈子，過好一會兒才又說：「我們不能錯過這次機會，但是再回旅館街太危險了，我們需要另開戰場。」

「哪裡？」李仁傑急切地問。

「那裡。」謝怡婷的下巴往前努了努。其他三人這才發現，謝怡婷剛剛並不是胡亂地兜圈子，而是一直跟在那輛黑頭車後面。而那輛黑頭車像要刻意隱去蹤跡似的，在城市的大街小巷裡不斷來回穿梭，不知最後的目的地是哪裡。

「他們是發現我們了嗎？」楊曉薇有些擔心地問。

「看起來不像。」謝怡婷搖搖頭：「我沒有跟得很緊，如果對方發現的話，我們應該已經被甩開了。這臺車之所以會這樣亂繞，應該只是根據上面的指示，隨便在路上兜個幾圈而已。」

「那他們要去哪裡？」李仁傑好奇地又問。

「我不知道，他們的主子現在在雲雨館，總是要回去接他。」謝怡婷邊轉方向盤邊思索著：「那麼大的陣仗，應該不是去幹一些不入流的事，不過在那種地方，也應該是見不得人的事，而且一定跟『新月集團』有關。」

「那我們幹麼還要跟他們的車子！」後座再次傳來高天宇的慘叫：「他們可是黑社會啊！」

「笨蛋，就是因為這樣，才能找到許子淵那件案子的線索啊！」李仁傑拍了一下高天宇的大腿：「如果胡正善想要幹掉一個人，肯定是會讓黑社會來做，而『新月集團』就是這座城市裡最大的黑社會。」

「我不想要變冷凍肉……」

「不會的，我們現在只是遠遠觀察就好，還不會實際行動。」謝怡婷堅定地跟著眼前的黑頭車：「胡正善出入雲雨館的相片不能代表什麼。如果要救許子淵，我們需要更多證據。」

「對了，」楊曉薇忽然想起什麼：「妳怎麼知道今天胡正善要來雲雨館？」

「妍萱和弘正混到胡正善的辦事處當工讀生。」謝怡婷回答，接著無奈地撇了撇嘴：「妳或許不知道，在呂俊生離開之後，我們做了不少事。黃妍萱還去案發現場看過了，雖然現場沒留下什麼證據，不過還是拍了幾張相片回來。但我倒是好奇了，既然妳說服了呂俊生，他到底都在幹麼？」

「他說他有自己的方法。」楊曉薇有些心虛地說著，下意識地低下頭撫摸著攝影機。她不確定該透露些什麼，不過說到底，她也只參與了那次許子淵的探監，在那之後，他們已經很久沒有聯絡了。

「什麼事情需要搞到這麼神祕？」雖然謝怡婷看來一臉不諒解，不過也沒有再繼續追問。

楊曉薇看著謝怡婷的側臉，她總是那麼精明幹練，知道自己想要什麼，對於那些得不到的，她也不會去強求，她總有自己的規劃，也總有許多備案來應付失敗，她總是那麼從容自得，她是那樣的完美，更讓人嫉妒的，是她也同時擁有一副漂亮臉蛋，楊曉薇想起第二次在橋上拍攝的情景，那是多麼讓人心生嚮往的一個畫面，足以讓每個女孩都感到自慚形穢。

「俊生哥總是有辦法的。」李仁傑堅定地說著，然後轉頭望了望車內，想起什麼似的說：「別說俊生哥，那個傻妹又去哪了？」

「哪個傻……」楊曉薇反射性地反問，可是又很快恍然大悟：「喔，小戴！」

「這是祕密行動，如果讓佩芸知道的話，差不多全世界都知道了。」謝怡婷不像是在挖苦，也不像在調侃，就只是單純地把一個事實說出來而已：「我讓她繼續去招募新生，畢竟我們今年才多了兩個人。」

「還行啦！我們今年也只送走一個侯冠年社長而已，這樣一進一出還多了一個人。」李仁傑歡快地說：「而且俊生哥一個人能抵兩個人，不，應該說他自己就是一支軍團。」

「一支軍團還加入我們幹麼呢？」謝怡婷低聲抱怨了一句，不過雙眼仍舊專注著眼前的黑頭車。

「還要多久啊！我想下車……」高天宇又哀號了一聲。

「用不了多久的，我感覺他又要繞回去了。」謝怡婷專注地轉著方向盤。別說其他人了，連副駕駛座的楊曉薇都已經被繞暈了，早就放棄猜測現在到底在哪裡，只覺得每一條街道都似曾相識，但是又好像從沒見過一樣。

「真的又回來了。」直到繞到「旅館街」的街口，楊曉薇才終於認出熟悉的街景。眼前的黑頭車有些優哉地緩緩駛入街道中，旅館街是普通的兩線道，白天的路況總是特別清冷，只偶爾有一兩輛車駛過，顯然不是閒人想闖入的地方。

「天啊！我們又要進來了嗎？」高天宇見到謝怡婷毫不猶豫地跟著駛入旅館街，痛苦地摀著臉悲鳴：「這次一定會被殺掉的……」

「有點不對勁。」謝怡婷沒理會高天宇的哀嚎，而是警戒地盯著後視鏡，楊曉薇沒明白過來，也跟著看向後視鏡。旅館街內仍舊十分清冷，而在旅館街之外，除了路邊停了幾輛車之外，也沒見到什麼動靜。

「怎麼了嗎？」李仁傑直接轉身看向後方，也沒看出什麼端倪。

「本來沒有那麼多車子停在那邊的。」謝怡婷把視線拉回到眼前的黑頭車，不過還是時不時瞄向後照鏡：「而且看起來好像刻意停在接近旅館街的這個方向，希望是我多心了。」

楊曉薇再次看向後照鏡，才終於能理解謝怡婷的顧慮。在旅館街對面的那條街，路邊的確停了幾輛車，而且都集中停在接近街口的這端，彷彿是帶著某種惡意，像是蓄勢待發、隨時要衝進旅館街的態勢。

「到了。」謝怡婷沒有讓這樣的擔心完全占據心思，眼前的黑頭車已經在雲雨館前停下，謝怡婷也稍稍放緩車速。她原本就沒有跟得很緊，所以即使前車停下了，還是相當有餘裕，足以在不啟人疑竇的情況下緩緩滑行。

不過就在這時，巨大的引擎發動聲打破了這層平靜。

「那是什麼？」幾乎是與高天宇的叫喊同時，街道兩邊忽然衝出了三輛汽車，看那個勢頭，顯然是衝著眼前那輛黑頭車而來。三輛車雖然廠牌各異，不過顏色都是一致的銀灰色，和黑頭車產生了顯著的對比。

三輛車很快把黑頭車堵在街邊，瞬間成了圍棋中被白子圍困的黑子。

「這什麼情況？」連總是處變不驚的謝怡婷，也忍不住瞪大了眼睛。

「這些車是從哪裡冒出來的？」

李仁傑把頭探到謝怡婷和楊曉薇中間，那三輛銀灰色的車緊貼著黑頭車，此刻已經見不到黑頭車的蹤影，因為被最近的那臺銀灰色汽車擋住了視線，只能假設黑頭車還存在於那裡。不過也不需要太過大膽的假設，因為黑頭車的三個邊都被圍著，剩下那邊抵著雲雨館，如果不會飛天遁地，基本上哪裡都不能去。

「旁邊的汽車旅館吧！」謝怡婷說著瞄向後照鏡：「重點是後面那些車。」

「那些車好像也正在發動。」楊曉薇跟著看向後照鏡，不知道是不是心理作用，那幾輛原本靜靜停在街邊的車，此刻也像蓄勢待發的猛獸，又像鬥牛正踢著後腿，隨時準備往前衝。

不過楊曉薇沒法讓自己太過分心，因為眼前還有更迫切的危機。儘管謝怡婷放慢了車速，他們還是正在逐漸接近那個奇妙的車陣。就在他們快要貼上時，最外側的銀色汽車下來了一個人，楊曉薇幾乎是瞬間就認出了那人的身分。

「俊生哥！」李仁傑在後座興奮地低喊，就像是在參加演唱會。

「他在搞什麼鬼？」謝怡婷皺起了眉頭。

呂俊生穿著黑衣黑褲，仔細一看，那正是野風社的社服，背後就寫著行草的「野風」兩個白色大字。他像是沒有看到謝怡婷一行人的座車，專注地抬頭望著雲雨館，手裡還拿著一支擴音器，往後退了幾步，像在調整拍照的角度。接著，他拿起擴音器，仰角朝上對著雲雨館，把收音筒靠到嘴邊，深吸了一口氣，然後鼓足氣大吼：

「胡正善！勾結黑道！草菅人命！」

「什麼情況？」謝怡婷滿臉疑惑地望著這一幕。

「胡正善！我知道你在這裡，我知道你在樓上和黑道談事情！」呂俊生當然沒聽見謝怡婷的疑問，緊接著又喊：「我知道你介入張耀德雜貨店的徵收案，我知道你是張耀德命案的幕後主使者，我知道你買兇殺人！」

「我覺得我們不應該在這裡……」高天宇又開始瑟瑟發抖。

「不，我覺得他們不會對他怎樣。」謝怡婷冷靜地分析：「如果他們想要趕他走，現在應該已經行動了，可是他們沒有。」

「為什麼？」楊曉薇疑惑地問。

「我不知道，或許跟他們有關。」謝怡婷索性把車停在路邊，直接轉過頭看向後方。楊曉薇跟著回過頭，發現原本停在旅館街外的那幾輛車，也陸續走下了幾個人，清一色都戴著口罩，而且大多數的人都拿著攝影機拍攝著。

「那是記者？」李仁傑看著那群人問。

「對，曉薇，不要忘了妳的工作。」謝怡婷望著那些人，拍了拍楊曉薇的腿。

「喔，對。」楊曉薇才想起一直放在兩腿間的攝影機，拿起來對準了眼前的呂俊生，不知道為什麼，總有一種不真實的感覺。雖然手上拿著攝影機，眼前的擋風玻璃卻更像一臺攝影機，確切來說，比較像是一塊屏幕，他們像是在看著一場電影，一場過分真實的電影，而這臺車就是他們的專屬包廂，他們不是參與者，而只是一群旁觀的過客。

「胡正善！出來面對！」呂俊生還在聲嘶力竭地喊。受困的黑頭車雖然無處可逃，卻還是掙扎地鳴著喇叭，像是在抗議，也像是要蓋過呂俊生的聲音，但是喇叭鳴的聲音越響，呂俊生的聲音也越大。

「我要去幫忙。」李仁傑說著，把穿在外頭的襯衫脫下來，裡面正是野風社的團服。他那扯開衣領的動作，一瞬間有種超人變身的架式，只見他把衣服往旁邊一扔，就推開了車門下車。

「把門鎖好，請把門鎖好……」高天宇見李仁傑甩上車門，全身像通電一般跳起來，狼狽地爬到李仁傑那側的車門邊，攀扶著車門把門上鎖，活像一條拼命游向岸邊的落水狗。

楊曉薇沒拍下李仁傑脫去襯衫的那一刻，當然也沒拍到高天宇那驚惶失措的模樣。她繼續向前拍著，拍著呂俊生依舊聲嘶力竭地喊，拍著李仁傑也加入戰局，手上沒有擴音器，卻也振臂高呼著。楊曉薇忽然想起身邊的謝怡婷，她好一段時間都不發一語，楊曉薇雙手穩定著攝影機，小心翼翼地轉過頭，發現謝怡婷只是冷然地望著這一切，就像是個旁觀者。

「我們不下去幫忙嗎？」楊曉薇試探地問。

「我們不應該下去，呂俊生也不應該。」謝怡婷搖搖頭，她的表情現在才有了一點情緒，那情緒是強烈的力不從心：「他把一切都毀了，因為他的衝動，我們短時間內不可能追到胡正善和黑道的線索了。」

「妍萱和弘正不是還在胡正善那裡臥底嗎？」楊曉薇不解地問。

「不行，我也得叫他們回來了，他們現在的情況很危險。」楊曉薇第一次見到謝怡婷如此焦躁，她從口袋裡掏出手機，邊按著螢幕邊說：「他們現在知道野風社來找麻煩了，還記得港溪大橋那支影片嗎？他們兩個都有入鏡……」

他們兩個都有入鏡。

楊曉薇忽然感覺到一陣寒風吹過，她想起之前那個黑衣人來敲車門的情景，那時的威脅是不確定的，但是黃妍萱和何弘正面對的危機是真實的，胡正善會知道他們是誰，沒有人能預測他們將會面對怎樣的危險。

「妍萱，」謝怡婷打通了電話：「妳和弘正趕快離開那裡，對，越快越好，先別管什麼東西很有趣了，你們趕快離開！」

謝怡婷最後一句幾乎是用喊的。除了楊曉薇差點被呂俊生扔下去那次，楊曉薇從沒看過謝怡婷表現出這樣高張力的情緒，那樣從容不迫的人都開始害怕了，才是最令人害怕的事情。

在車窗外，呂俊生和李仁傑依舊沒命地喊著，完全沒察覺到這一頭的凶險。楊曉薇忽然有股衝動，想跑上前去把擴音器扔了，把兩個人的頭都摁到車窗上，然後對著兩個人各踹個幾腳。

「他們錯了……」楊曉薇最終還是沒那個勇氣，只能小聲嘀咕著。

「我其實很好奇一件事。」謝怡婷沒有回應楊曉薇的焦慮，反而轉過頭，眼神銳利地盯著楊曉薇問道：「為什麼呂俊生知道胡正善會來旅館街？」

「那跟楊曉薇沒關係，我本來就有我自己的情報網。」兩個小時過後，整場鬧劇才告一個段落。野風社一行人回到那間大得過分的辦公室，此刻呂俊生蹺腳坐在一張椅子上，像個乖張的壞學生一樣。

「你知不知道你差點害死他們。」謝怡婷雖然沒有破口大罵，可是聽她咬字的方式，還是可以感受到話語中的怒氣，她指著黃妍萱和何弘正，接著說：「如果你想要自己行動，那請不要把他們拖下水。」

「是你們派人苦苦哀求我回來的。」呂俊生沒有特意指著誰，卻下意識地瞄了楊曉薇一眼：「而且這也證明了一件事，我不知道你們的行動。如果我知道，我就不會害他們，我只是想達成我自己的目的。」

「什麼目的？」謝怡婷反問。

「我在用我自己的方法救許子淵。」呂俊生毫不猶豫地回答：「只有把這件案子上升到公眾領域，許子淵才有被救出來的機會。否則，這世界上每天都有人死得不明不白，根本沒有人在乎。」

「可是你也扼殺了我們找到真相的機會。」黃妍萱搶在謝怡婷之前說，比起憤怒，她看起來更多的是惋惜：「你知不知道，我今天差點就能掀他的老底。」

「妳找到了什麼？」呂俊生平靜地反問，猜不透是不是真的好奇。

「我找到胡正善和建商的連結，我看到了他的祕密行程，還有建商的政治獻金。」黃妍萱有些驕傲地挺起胸膛：「只要再繼續挖下去，我相信可以挖到更不得了的事情。」

「妳是活在哪個年代的？這種事值得大驚小怪嗎？」呂俊生冷冷笑了聲，接著搖了搖頭：「這別說要讓法官相信了，就算妳把它當成獨家新聞爆出來，也不會有人當一回事，如果今天是在選舉，這連抹黑都不算。」

「可是……」黃妍萱還想再說，卻被呂俊生打斷。

「胡正善和建商的連結不重要，甚至和黑道的連結也不重要，重要的是他和命案的連結。」呂俊生掃視過野風社的一行人，接著鏗鏘有力地下了結論：「而所謂的連結，就是沒有連結。」

「沒有連結？」謝怡婷不可置信地問。

「沒錯，這道理我已經跟曉薇解釋過了，現在就直接說結論。」呂俊生擺擺手：「總之，我從來不相信胡正善或建商會為了這種事殺人，要殺也不會是用那種方法，如果人真的是他們殺的，那張文芳現在也不應該活著。」

「我同意！」李仁傑拍手鼓譟。

「安靜一點，你就是個盲從的粉絲。」黃妍萱罵道。

「我同意，胡正善和建商很可能不是主使者。」何弘正接著解釋：「以那個案發現場看來，張耀德的死不是必然，用酒瓶砸死一個人，怎麼說都太不合理了，而且建商的利益雖然很大，但是這個利益不足以殺人，也不需要殺人。」

「就算我們認同你的推論好了。」黃妍萱把視線從何弘正身上移開，轉頭看向一旁的呂俊生：「既然胡正善是無罪的，今天幹麼還要搞這齣？」

「因為他承受得起。」呂俊生理所當然地回答：「他是一個公眾人物，每天都在承受各種或真或假的攻擊，他本來就跟黑道有所瓜葛，不會在乎多出這樣的罪名，所以把這個罪名安到他身上，是最保險的事。」

「為什麼一定要把罪名安到他頭上？難道，我們就不能單純地找出凶手嗎？」謝怡婷雖然提了兩個問句，但是她眼裡不知道為什麼就像已經有了答案。

「妳知道這是不可行的。」呂俊生平靜地回答：「妳也知道，我們很難證明許子淵是無辜的，要把罪名從他頭上拿走，就必須把罪名安到另一個人頭上，最好的方法是找到真凶，可是這幾乎不可能，所以只能找一個能夠承受的人。」

「你的意思是，為了救許子淵，我們必須犧牲胡正善？」原本無條件支持呂俊生的李仁傑，在弄明白呂俊生的理路後，突然有點動搖了。

「沒錯，簡單來說，這是屬於我們的電車問題。」呂俊生肯定地回答：「我們是要讓許子淵徹底地被毀滅，還是讓胡正善去承受他能承受的攻擊，我想，這個問題的答案並不難選，你們只需要拋下一些道德潔癖就行。」

「我必須承認，這個交易很吸引人。」黃妍萱也動搖了，卻是和李仁傑不同的方向：「別說『犧牲』胡正善，如果換在平時，這句話會顯得特別噁心，因為他本來就不是一個純潔的人，和『犧牲』這個詞完全扯不上邊。」

「一個人的過去，不應該決定他被對待的方式。」謝怡婷搖搖頭，接著，她忽然轉頭望向楊曉薇：「妳應該最明白這個道理吧？」

「對，我哥……」聽到謝怡婷說出第一句話時，楊曉薇立刻就想到自己的哥哥，可是她沒講下去，一方面是她看到了呂俊生，她了解這是他衡量之下的決定，另一方面，楊曉薇不得不承認，她自己其實也被說服了。

「許子淵也是這樣，他只是因為有過前科，就活該被警察懷疑嗎？」謝怡婷見楊曉薇不繼續表態，便轉頭看向其他人，那眼神透露著絕望，楊曉薇從沒看到謝怡婷那麼無力過，相信野風社的其他人也未曾看到過。

「我們假裝俊生哥從來沒說過就好了。」李仁傑又站回原先的立場，但是看起來相當疲憊，像是經歷了一場激烈的天人交戰：「假裝胡正善不是無辜的，就像我們一開始所預想的那樣，只要這樣，就不會有這些兩難。我們所做的一切，並不是要把罪名安插給一個無辜的人，而是在追尋我們所相信的真相，這一切，都是正確的，並不需要什麼取捨。」

「可是我們明知道自己錯了。」謝怡婷喪氣地說。

「這就是知識的詛咒。」呂俊生的語氣柔軟了下來：「就像電車難題一樣，我們假如不知道另條軌道上有一個人，我們就能夠毫不猶豫地調轉方向，因為我們會因此拯救眼前的五個人，而不會有任何的道德掙扎。」

「我不代表野風社，你們自己決定吧！」謝怡婷垂下了肩膀，顯露出無盡的挫敗感。接著，她又像想起什麼似的，望向一旁的何弘正：「那你呢？好像還沒聽到你的答案，你會怎麼選？」

「拯救一個人和拯救五個人，我會毫不猶豫地選擇五個。」何弘正反射性地回答：「無論那一個人是我的家人、我的恩人、我的愛人，在哲學的申論題裡，我永遠都會選擇去救另外那五個。」

「所以你同意去救許子淵？」黃妍萱問，避免了「犧牲」的字眼。

「這是目前最符合邏輯的做法，也是傷害最小的做法。」何弘正點點頭，但是眼神不知怎地有點閃躲：「我只知道，如果我們現在不救許子淵，許多年後回過頭，一定會後悔，一定會痛恨自己糾結在無關緊要的事情上。」

「這真的無關緊要嗎？」謝怡婷小聲呢喃，像在自問自答。

「把這件事情講破也有好處，就是讓我們知道分寸。」呂俊生的聲音又更柔和些，像在安撫著謝怡婷：「我們知道他是無罪的，就不會做得太過分。到關鍵的時刻，也比較能拿捏尺度，不會真的陷害到無辜的人。」

「我不喜歡有人犧牲，所以我才不愛看超級英雄的電影。」謝怡婷意有所指地看向呂俊生：「而且，在這樣的情況下，被犧牲的那個人還不是自願的。」

「我懂，但是每件事情都需要取捨。」呂俊生選擇承受謝怡婷的質疑。

「撇除不在場的小戴和天宇，看來大家是有共識了。」謝怡婷現在頹喪的樣子，讓楊曉薇想起先前經歷過類似狀況的李仁傑，她不甘心卻誠懇地接著說：「既然大家認為是對的，那就放手去做，我也會幫忙的。」

「如果妳覺得這件事情很噁心，我不會強迫妳加入。」呂俊生徹底放軟身段，走到謝怡婷面前，真摯又溫柔地說：「但是老實說，我們需要妳，妳是這個團隊裡最資深的，我們需要妳的經驗，才能避免犯下不該犯的錯。」

「對，我們需要妳。」黃妍萱也附和著。

「每個團隊都需要一個反方代表，才能避免盲點。」何弘正接續著說：「尤其這又是一件很有爭議的事，不只是單純的幫忙，我們需要一個超然的觀點去審視這個計畫，所以我的建議是，讓謝怡婷繼續領導野風社。」

「我同意，沒有人能取代怡婷姊。」楊曉薇也忍不住說。

「我們需要妳。」李仁傑話說得簡短，看上去還有些彆扭，但是看起來是懇切的：「我們需要妳繼續帶領野風社。」

「我不會逃跑，不要說得好像我要離開了一樣。」謝怡婷從灰暗的表情中綻出了一抹微笑：「不過就這件事來說，俊生應該比我還要了解狀況，所以整個計畫的頭腦應該還是他，我當然也會負起監督的責任，這點大家不用擔心。」

在沒有開啟冷氣的房間裡，雖然外頭是炙熱的盛夏，這空間裡彷彿流動著一股清涼的風。

因為那次溝通，野風社再次團結了起來。依照原先的計畫，呂俊生參加了新媒體「點與線」的專訪，楊曉薇作為攝影組長，也前往側拍整個專訪的過程。

那是一座簡單的攝影棚，差不多就是半個教室那般大的空間，其中三面牆掛著綠幕，中央擺著兩張簡易的椅子，前面擺著兩臺攝影機，還有兩架打光燈。椅子上坐著兩個人，一個是呂俊生，另一個是侯冠年。

那是楊曉薇第一次見到侯冠年。這個野風社口中稱呼的「前社長」，此刻坐在一張高腳椅上，儘管是坐著，還是可以看出他的身形相當高大，剪著一頭粗硬的短髮，臉上戴著黑色方框眼鏡，整體看來是斯文中帶著點剛毅。楊曉薇總覺得這張臉有些面熟，偷偷拿出手機搜尋了「侯冠年」，才赫然發現，眼前的男子正是去年新聞的話題人物，他曾經率領野風社對抗國際金融巨鱷的猛烈攻勢。

原來，野風社曾經有這樣的過去。

「你是從什麼時候開始接觸社會運動的？」在一段雙方的自我介紹之後，侯冠年開始了第一個提問。

「應該是我十五歲那時候。那一年，我母親在家門前被砂石車撞死。」呂俊生說出這句話的時候，儘管楊曉薇早聽過了這個故事，可是還是不自覺地打了個寒顫，攝影棚也忽然安靜了下來，像是同時屏住了氣息，聆聽著呂俊生繼續說下去：「在那之後，一群人突然出現在我家門前，說要幫忙爭取國賠，他們認為砂石車不應該進入市區道路。直到那時我才知道，原來這世界上有一群人，會無私地替素未謀面的人爭取利益，這是我原本無法想像的。」

「所以，這算是你對社運的啟蒙嗎？」侯冠年輕聲問著，那語氣極其輕柔，像是心理師在撫平患者的傷痛，這讓楊曉薇想到初次見到謝怡婷的時候，她的每個問句也是散發著同樣的感覺。

「可以說是，卻也不完全是。影響我最大的，是他們當中的曾逸軒，那時候他還只是個法律系的大學生，不是什麼人權律師。」呂俊生緩緩傾訴出內心的話語：「因為我們年紀差不多，所以他跟我接觸最多，也跟我說了很多事，我對社會運動的了解，最初都是從他而來。因為他我才知道，原來砂石車是有固定行駛路線的，而這些路線都是由政府所核定。也就是說，砂石車會經過我家門前，是政府特許的，至於，為什麼好好的市區道路，會被核定成砂石車的行駛路線？是因為政府官員收受建商的利益，為了縮短砂石車的行駛距離，才讓砂石車直接穿越市區。」

「這對你來說，一定相當衝擊吧！」侯冠年又繼續引領著呂俊生。

「沒錯，那時候我才知道，原來錯誤的政策也能殺人。」呂俊生眼神迷離地望著前方的一個點，像在索討前債的冤鬼，他的表情和話語都隱含著火光：「那時候我才發現，殺死我母親的，不僅僅是那個把她推向馬路的人，也不僅僅是那個砂石車司機，這一切的源頭，其實是那個錯誤的政策，是那個腐敗的官員，還有那些被蒙蔽的群眾。那時候我們的標語，就是『這世界需要更多的好人』。」

「這是你第一次參與的社會運動嗎？」侯冠年又輕聲問著。

「那其實算不上什麼社會運動，只不過是一場選戰，一場市長選舉。」呂俊生淡淡地笑了，就像回想起青春的糗事一般，羞澀中又帶點嚮往：「我們幫一名市長候選人造勢，而他所挑戰的現任市長，就是當時核定那條砂石車路線的人。」

「所以，你就開始和曾逸軒合作？」侯冠年全神貫注地望著呂俊生，就像是個渴求故事的聽眾，如同圍著爐火的孩童。

「與其說是夥伴，不如說是他領著我走。」呂俊生微笑著搖搖頭：「我其實一直都是跟隨著他的理念走，只是因為他是個低調的人，所以大家比較常見到我，但是不管是冤案的平反還是其他社會運動，他都是最關鍵的那個人。」

「這麼早就開始參與政治活動，有受到家人反對嗎？」侯冠年接著又問。

「一定會反對的啊！」呂俊生想也沒想就回答，眼神中帶著點悵惘：「但是我爸也管不了我，所以後來就放棄了。就算是現在，我確實搞出了一點東西，他還是沒有很支持我做的事情。」

「他有說為什麼嗎？」侯冠年真切地望著呂俊生，就像是多年的好友。

「他就是不希望我惹事吧！」呂俊生嘆了口氣，這是錄影以來第一次，他沒有很想繼續一個話題，不過似乎是意識到鏡頭的存在，他還是勉強地把話說完：「畢竟我媽會被人推到街上，就是因為我爸在跟人家吵架。」

「他是害怕失去你吧！」沒想到，侯冠年說了跟楊曉薇一樣的話。

「或許吧！」呂俊生別開侯冠年的眼神，用呢喃般的聲音說：「可是我還是很希望，他能夠肯定我。」

「那是什麼信念一直支撐你到現在？」侯冠年巧妙地換了個話題。

有一個瞬間，侯冠年以為自己說錯話了。

因為在這個問題提出之後，攝影棚突然安靜下來，就算是侯冠年這樣老練的採訪者，也頓時顯得手足無措，一旁的楊曉薇也不免擔心起來。

不過許久之後，楊曉薇就漸漸明白了過來，呂俊生並不是不願意回答這個問題，相反地，他正仔細思考著這個問題的答案，彷彿有一盞聚光燈打到了呂俊生身上，整個舞臺都在等著他的獨白。而侯冠年也像忽然警醒一般，收起制式的溫和笑容，全神貫注地等著呂俊生的下一步。

「應該是在我媽過世之後吧！」呂俊生先是吐出了這句話，才緩緩接著說：「我終於了解到，這世界上有群人，正默默為別人付出，但是與此同時，也有另一群人，不顧別人的生命，只顧自己的利益，而做出影響別人一輩子的事情。」

「所以，」侯冠年小心找出突破口：「這就是你參與社會運動的原因？」

「對。」

呂俊生說到這裡，忽然又停住了，不過這段沉默不像先前那樣搶眼，而是更加內斂。呂俊生微微壓低視線，像在思索著什麼，像在衡量著內心的感覺，過了許久，他才說出了那句話，那句將會影響數萬名年輕學子的話：

「因為我不想，我不想成為自己討厭的大人。」

第七章　白與黑

在野風社那個過大的辦公室裡，擠進比平常要多上一倍的人，還有各式各樣的機器，就人數來說，野風社今年度就增加了楊曉薇和呂俊生兩個新社員，這會兒還多了張文芳、許子謙和曾逸軒。至於設備的部分，除了攝影機，這次還從侯冠年那裡借來了攝影棚專用的大腳架，還有打光燈和反光板，辦公室一半的空間成了小型攝影棚，原本的大長桌和辦公椅則被堆到了另一邊。

打光燈下的張文芳，穿著一身黑衣黑裙，平靜地坐在鏡頭前的折疊椅上，看起來就像一座雕像，她不帶情緒地凝望著周遭的吵雜；許子謙坐在光圈之外的空椅上，儘管鏡頭沒有拍向他，他卻比鏡頭下的人還要緊張；曾逸軒則是在攝影機後方的死角區域，手上拿著一疊紙，不時來回踱步著，嘴中不時念念有詞，大概是在背誦待會要唸出的臺詞。

「畫面可以嗎？」謝怡婷走到楊曉薇身邊，和她一起看著攝影機上的小螢幕，她專注地看著畫面，沒等楊曉薇回應，就自己點點頭，並低聲自言自語：「大概沒問題。」

然後謝怡婷又繞到攝影機後方的那半邊區域，那裡現在已經成了雜物堆。會議桌抵住了牆，幾張椅子又被搬到桌子上，堆了各式的背包和手提包，還有黃妍萱的自行車安全帽，好似某種臨時建起的防禦工事。那道牆背後像是躲著一頭古老的巨獸，隨時都會破牆而出，而他們像戰士一樣在這頭守衛著，並一點一點地讓這座城牆能更牢靠一些。

「應該弄得差不多了吧？」謝怡婷看李仁傑剛把最後一張椅子疊上去，便對其餘人說：「接下來應該沒什麼事，這裡也擠不下這麼多人，我們只留下幾個必要的人，剩下的人可以先去做自己的事，晚一點再回來幫忙場復。」

「真可惜，總覺得已經好久沒跟大家在一起了。」戴佩芸伸了個懶腰，眼神中透出著萬般惋惜的情緒，那樣的純真實在讓人心碎。野風社成員無不憐憫地望著她，除了同樣不知情的高天宇。

「走吧！攝影棚還是越少干擾越好。」李仁傑對戴佩芸勸道。

「是啊！曉薇會把整段訪談拍下來，我們之後再看影片就好。」黃妍萱也接著勸道，並上前拍了拍戴佩芸的肩。

「我先走了，我等一下還得上課。」何弘正說著便拎起背包往外走。

「對，我也是。」高天宇連忙應和著，倉促地鑽到桌椅疊成的防禦工事中，像逃命一般地扯出背包便要往外走。

「好，該上課的就去上課，千萬不要遲到了。」呂俊生拍了下手：「最後一定會把成品交給大家看的，大家前幾天也看過稿子吧？沒什麼祕密，所以大家就放心去做自己的事情，把這裡交給我們吧！」
「好吧！」戴佩芸終於屈服，接著看向楊曉薇：「曉薇，一定要讓我看喔！」
「一定會的，我有什麼事情瞞過妳嗎？」楊曉薇話說到一半，才不自覺心虛了起來，不過還是硬撐著熱絡的表情說下去：「不是說了嗎？野風社的人都會看到最後的影片，怎麼可能會落下妳呢？」
「我們快點走吧！不然他們要拍到天黑了。」黃妍萱替戴佩芸拿起了背包，塞到她懷裡，接著半哄半推地把戴佩芸給推出去，連同跟在一旁出去的李仁傑，整個社團辦公室才終於清靜下來，人數瞬間少了一半。
「俊生，這應該能行的吧！」曾逸軒拿著稿子走向呂俊生，焦躁中帶著點興奮：「我知道，現在證據還沒有很多，但是我已經等不及把胡正善定罪了！」
直到這一刻，楊曉薇才想起，在所有的夥伴之中，不知情的不只有高天宇和戴佩芸，還有一個人。不，應該說是三個人，因為不只曾逸軒，張文芳和許子謙也是，他們內心都深深相信，他們這次是為了打垮胡正善而來的。
「是有點難度，但是人總要有希望嘛！」呂俊生故作輕鬆地甩甩手，但是楊曉薇能看到他垂下的那隻手正細細顫抖，不過也可能是楊曉薇看錯了。
「我們開始吧！」謝怡婷打岔，很明顯看出她相當不自在。
「怡婷還好嗎？感覺妳看起來很累。」張文芳也察覺到了，儘管她坐在打光燈之下，卻沒有一點被關注的彆扭，反而輕鬆地關心起謝怡婷，不過顯然她也理解錯了方向：「別讓自己太累了，如果妳累垮了，我和子謙都會很愧疚的。」

「沒事，只是這幾天不太舒服。」謝怡婷擺擺手。

「那我們就開始吧！」呂俊生替謝怡婷重複了指令，掩飾掉先前的尷尬：「曉薇，攝影機準備！」

「沒問題。」楊曉薇也配合地應和。

「文芳姊請準備。」呂俊生舉起手，喊道：「一二三，開始。」

「大家好，我是張文芳，張耀德是我的爸爸。」張文芳幾乎沒有任何卡頓地說出自己的臺詞：「我爸爸本來是個平凡的上班族，在那個經濟起飛的年代，我們家算是不愁吃穿。在我十歲那年，爸爸已經有了一點積蓄，他向銀行借了點錢，蓋起這間現在大家看到的雜貨店。雖然因此背上貸款的壓力，但是爸爸做得很開心，他常常說：『柑仔店是我從細漢就想欲做的代誌。』」

張文芳的語氣很真誠，還摻雜著一點點戲劇化的起伏，不過不會顯得太浮誇做作，一切都顯得恰到好處。客觀來說，這一段開場的效果非常好，但是楊曉薇不知道為什麼就是進不去那個氣氛，於是她偷瞄謝怡婷一眼，發現她也沒在聽。

「本來以為，只要爸爸的體力還行，他就能一直做下去，但是十年前的兩次道路拓寬的徵收案，對他的夢想帶來了不小的打擊。」張文芳沒察覺到這幾個人的神色異樣，專注地望著鏡頭外的一個假想點繼續說：「因為道路拓寬的關係，我爸爸的雜貨店被迫縮減，在第二次道路拓寬之後，甚至變成了畸零地，如果未來要改建的話，還必須跟旁邊的地主進行整合。」

楊曉薇暫時不需要動攝影機，所以她忍不住瞄向呂俊生，呂俊生雙手抱在胸前，雖然盯著張文芳的臉，但是看起來也心不在焉。楊曉薇又看向曾逸軒，曾逸軒正低頭默背著稿子，一點也沒察覺野風社三人的暗潮洶湧。

「但是就算這樣，爸爸也都努力撐過來了。」張文芳抽動了一下鼻子，緩和了一下才繼續說：「可是這一次，他們不只要我爸爸讓步，還要把整個雜貨店奪走，為的是他們口中更美好的都市計畫。可是爸爸真的不能再退讓了，所以他堅定地不肯加入，卻被鄰居嘲笑是釘子戶，說我們是為了錢，可是這難道是我們願意的嗎？我爸爸多希望自己的小店不要變成畸零地，更希望自己能被排除在都市計畫之外，可是我們有過選擇的權利嗎？」

相對於張文芳激動的控訴，野風社三人顯得冷靜到近乎無情。謝怡婷左手橫在胸前，右手架在左手上，沉思一般地撓著耳朵和頷骨，心思明顯飄到了遠方；呂俊生雙手抱著胸口，那表情和眼神從來都沒變過，靈魂好像已經被抽走；曾逸軒還是在低頭背稿，而許子謙一樣坐在一旁窮緊張。拍攝現場好像只剩下張文芳和楊曉薇，而且嚴格來說，楊曉薇的心緒也早已不在這裡，所以整體看來，就是張文芳一人的獨角戲。

「他很努力去抗爭，卻很難改變既成的事實。」張文芳繼續說著：「他們用各種手段逼迫他就範，他們說我爸爸的雜貨店影響到了道路安全，他們說他們召開了公聽會，可是我爸爸從來沒收到過邀請函。他們讓小混混來打擾我爸的生意，他們讓供貨商不願意再批貨給我們，他們向衛生局、消保會寄去各種黑函。漸漸地，那些本來毫無立場的顧客也不願意上門了，街坊也漸漸疏遠我們。」

楊曉薇看著攝影機的小螢幕，設法讓自己專心。

「我們又能怎樣呢？像我們這樣沒權沒勢的人家，到底能憑什麼呢？」張文芳再次說出了初次見面時說的那句話，在她眼裡有著某種執念，那執念是很熾烈的：「我爸只能把自己灌醉，祈禱哪一天酒醒之後，發現這一切都只是一場夢。」

楊曉薇看著小螢幕，再越過小螢幕看向眼前的張文芳，她想起張文芳第一次來這裡，想起張文芳第一次說出這段話，想起那時候李仁傑的回答：「野風社、俊生哥。」那些人能夠依靠的，就是野風社和呂俊生，這是最後的希望。當楊曉薇想到這裡，忍不住又向呂俊生和謝怡婷各瞄了一眼，卻忽然迷惘了起來，因為原本那種純然追求正義的感覺，忽然變得那麼不純粹了，就像有了疙瘩。

「然後，我爸爸死了。」在楊曉薇分神的時候，張文芳冷不防說出這句話，就像夜裡鬼魅突然在耳邊的控訴：「在一個他再次喝醉的晚上，他醉倒在某條後巷的垃圾場，再也沒有醒來過。」

楊曉薇忍不住學著呂俊生雙手抱胸，像在擁抱自己一樣，只有這麼做，才能驅散那種詭異的感覺。她總感覺自己正被張文芳拷問著，呂俊生和謝怡婷也是，他們像是在神靈面前做了什麼褻瀆的事，而且即將被揭開。

「他是被人用酒瓶打死的。我是一個嫁出去的女兒，而當我回到家，聽到這樣的事，我想不到有誰會對他這麼殘忍。」張文芳圓睜的雙眼浮現了一條一條的血絲，那樣子很是嚇人：「他的靈堂來了很多人，很多是我不認識的人，其中有一群西裝筆挺的男人，有意無意地關心著我爸的雜貨店。因為雜貨店是我爸最深的念想，所以我把他們打發走了，之後幾天又來了一個人，不是穿著西裝，而是戴著一副關懷鄉里的面具而來。那個人，就是胡正善。」

那股濃烈的情緒，在張文芳說出那三個字時，達到了沸騰的臨界點。張文芳的身體像是突然迸發出一股氣場，就像爆炸時的衝擊波，讓旁觀者的身體瞬時傾倒一下，許久才能再次平復下來。楊曉薇又偷瞄向呂俊生和謝怡婷，謝怡婷的雙眼亮了起來，像被點悟了什麼；而呂俊生還是雙手抱在胸前，看起來若有所思，而且感覺眉頭又皺得更深了點。

楊曉薇瞄向另一側的許子謙和曾逸軒，兩人都不約而同看向了張文芳。張文芳的控訴治好了許子淵的緊張，他不再低頭顫抖，而是能比較自然地轉頭看向張文芳，而曾逸軒也停止焦躁地背稿，停下了踱步的步伐，站直身子望向張文芳。

「胡正善，我爸爸的死，你敢說跟自己毫無關係嗎？」張文芳把視線從那個假想點移開，轉而凝視著鏡頭，彷彿胡正善就在鏡頭另一端。此時她正望著彼岸的靈魂，進行最沉痛的叩問：「胡正善，我再問一次，這真的跟你毫無關係嗎？」

楊曉薇連攝影機的小螢幕都不敢看了，她害怕自己看到那從螢幕穿出的熾熱目光，會讓自己的良心也受到灼傷。於是她把頭偏向一側，望向一個假想的點，就像張文芳之前那樣。

「一開始，我以為胡正善就像一般的民意代表一樣，只是把跑紅白場當成選民服務，所以雖然我感覺到他的關心不合情理，我還是把他當成一個友善的老議員。」張文芳稍稍平復心緒，又把視線重新轉向鏡頭外的假想點，繼續述說著：「直到他也提起了我爸的雜貨店，我才感覺到那麼一點點異常。可是那時候的我沒有太多戒心，我最後還是被說服了，聽從他的勸告，把雜貨店賣給他，他說他可以找人把雜貨店重新振作起來，恢復以往的榮景，也告慰我爸爸的在天之靈。」

張文芳輕抿了下唇，眼神中透露出不甘心。

「可是我錯了，不僅他對我說的那些願望是假的，連這場交易也是假的。我原本非常相信他，相信他所開出的那張支票，如果不是朋友提醒我，我根本不會想到先去兌現那張支票，可能糊里糊塗就把合約簽了。結果當我到了銀行，才發現那張支票根本就是張空頭支票，戶頭裡沒有半毛錢，也就是說，他連付錢買下那塊地都不肯，寧願用騙的。」

楊曉薇知道呂俊生對這個故事有不同的想法，所以特意偷瞄了呂俊生一眼。但是呂俊生並沒有表現出明顯的不以為然，或者該這麼說，他或許至始自終都沒有在認真聽張文芳說話，而是讓思緒飄到了別的地方。

「為了我爸爸的雜貨店，胡正善可以做到這種地步，你還敢說自己和我爸爸的死沒有關係嗎？」張文芳再次望向鏡頭，可是只有停頓一兩秒，這次也沒有像先前那樣目光灼烈，她很快又把視線移向那個假想點，繼續說著：「為了騙到我爸爸的雜貨店，胡正善可以用空頭支票這種低劣手段，這已經不是建商關說可以解釋了。我強烈懷疑，胡正善本人根本就和這起都市計畫脫離不了關係，而且為了讓都市計劃能夠順利進行，他能做出任何事情，包括謀害我爸爸的性命。」

張文芳的話音落下，許久都沒有人說話，彷彿這句話就像是法庭判決，所有事情在這瞬間一槌定音，讓旁觀者來不及反應。楊曉薇有點尷尬地望向呂俊生和謝怡婷，希望他們其中一個人可以說點什麼，來打破這段沉默。

「差不多了吧！卡。」最後是張文芳自己結束了這個鏡頭。

呂俊生有些心不在焉地說：「很好，辛苦了。」

謝怡婷大夢初醒般地跟著附和「辛苦了」。

「謝謝，希望效果有傳達出來。」張文芳優雅地微微一笑，實在很難跟方才那樣厲鬼般的形象連結起來，接著她和善地望向呂俊生說：「我很驚訝你願意幫忙，無論如何，都非常謝謝你。」

「這是我應該做的。」呂俊生搔了搔後腦杓，還是一副漫不經心的樣子，接著他轉頭望向許子謙和曾逸軒：「你們誰要先開始？」

「呃……」許子謙雖然喉嚨發出了聲音，身體卻仍緊貼著座椅。

「不然讓我先來吧！」曾逸軒察覺到許子謙的不自在，便搶先說：「我的稿子背得差不多了，應該沒問題。」

「那就來吧！」呂俊生擺擺手，沒再多說什麼。

「曉薇，攝影機準備。」這次換謝怡婷下口令：「曾律師請準備，一、二、三，開始！」

沒有太多的拖沓，曾逸軒就開始了他的獨白：「我是曾逸軒，是一名人權律師，目前正在廢除死刑行動協會任職。雖然主力是為死刑犯抗辯，不過偶爾也會遇到像張耀德這種土地正義的問題，我必須說，這是很典型的案子。」

相較張文芳，曾逸軒的語氣平實而冷靜。

「所謂的都市計畫，常常打著促進公眾利益的名號，或許一開始的立意是良善的，卻忽略了每個人的差異性。但是這樣的都市更新，真的是所有人都想要的未來圖景嗎？」相對於張文芳的感性，曾逸軒訴諸更多理性，甚至有些過分到像是初出茅廬的銷售員：「更何況，在有些情況下，更多是地主在謀求私人的利益，因為都市更新常常伴隨著地價上漲，更有一部分的人會在消息釋出前搶先買進土地，這麼一來，他們支持都市更新就不會是真的為了社區好，而只是貪圖之後轉手所得到的價差而已……」

相較於前一段張文芳的煽情，這段錄影可以說是平淡乏味，無論是在語氣或是用字遣詞，都很難進到觀眾心裡，不過或許一支影片就必須要有兩個互相平衡的力量，不能完全往情感那方一面倒，也需要一些知性的東西。

不過就連法律專業的楊曉薇，都覺得有點睏了。

「為什麼會有一部分的人事先得知消息呢？這就是一個很耐人尋味的問題了。」儘管曾逸軒試著讓自己的敘述更有層次一點，但是和張文芳的獨白作對照組，也只不過是比較有趣一點的法學普及影片而已：「每件都市計畫案的成立，都會牽涉到政治資源的劃分。政治不是科學，不是說一就一、說二就二，每個環節都有人為操作的空間，能夠事先得知消息的人，必然就是那些能夠從中操作的人，而這當中會有誰？民意代表、政務官、事務官，都是其中一員。」

呂俊生專注地望著曾逸軒，不過楊曉薇很確定他沒有在聽。

「我相信，胡正善就是這樣的一個例子，因為他對這件事太關切了，已經遠遠超過選民服務的範圍，相當令人懷疑。」曾逸軒說到這裡，挺直了胸膛，接著有些慷慨激昂地說：「身為律師，我一向是有一分證據，講一分話。胡正善先生，如果認為我對這件事情有不當連結，覺得我所說的話有汙衊到您，那麼，歡迎來告我，我們讓法庭來還原事情的真相。」

「卡！」

謝怡婷忽然大喊一聲，讓沉浸在自己世界的曾逸軒嚇得跳起來。

「怎麼了嗎？」呂俊生轉過頭問，眼神滿是迷茫。

「我覺得這段不好。」謝怡婷撫著下巴沉思。

「語氣的關係嗎？」曾逸軒有些愧疚地問：「說話不夠堅定？」

「不對，是稿子的問題。」謝怡婷搖搖頭。

「稿子怎麼會有問題，不是之前都看過了嗎？」曾逸軒先是望著謝怡婷問，見謝怡婷沒回答，又轉而對呂俊生拋出疑惑的眼神。

「是什麼問題？」呂俊生沒回應曾逸軒，而是轉頭對謝怡婷問道。

「我還在想。」謝怡婷還是低著頭撫摩下巴，還略顯煩躁地踢著腳。她沒有看向任何人，沒有丟出任何一個求救的眼神，只是低著頭，想要自己悟出一番道理，過了許久，她才終於抬起頭說：「你都沒有提到許子淵。」

「我接下來就會提到了，」曾逸軒反而顯得更加困惑了：「妳應該知道的。」

「感覺不對。」謝怡婷重重地搖搖頭。

「什麼感覺？」曾逸軒有點慌了：「果然還是語氣的問題吧！」

「不是，你沒問題，是我們有問題。」呂俊生搖著頭嘆了口氣，並對曾逸軒勉強擠出一個笑容：「逸軒哥，我跟怡婷解決一下私人的事情，你再排練一下。」

說著，兩人便一前一後地走出門，留下一臉錯愕的曾逸軒。曾逸軒望著關上的門，恍惚了好一陣子，接著才又恍然大悟地點點頭：「我明白俊生為什麼要加入野風社了。」

「為什麼？」楊曉薇立刻追問，一方面是怕尷尬，一方面是真的想知道答案：「為什麼會想加入野風社？」

「這不很明顯嗎？」曾逸軒對著那扇門擠眉弄眼：「當然是為了幸福。」

「為了幸福？」這句話把楊曉薇給說懵了，她望著那扇門，回憶著剛才的畫面，仔細想想後才發現，曾逸軒會這麼想也不算是不合理。換個角度想，楊曉薇現在開始懷疑自己的認知是不是正確了，或許曾逸軒才是對的。

「這種事情難道都沒有一點跡象嗎？我一個外人都看出來了。」曾逸軒沒看出楊曉薇的煩惱，只察覺到她的困惑，因此更加興奮地解釋著：「也難怪大橋拍攝那天，我們家俊生會這麼上心了，原來是有了心上人啊！」

聽了這番話，楊曉薇忍不住回想起那天的謝怡婷，那樣的謝怡婷是如此無懈可擊，還有，呂俊生那句「妳很漂亮，當旁白太可惜了，妳應該多上鏡頭」。

楊曉薇忍不住責備自己的傻。她怎麼從來沒看清這些事，這些事情是如此顯而易見，只不過當局者迷，如果不是被旁人點破，她可能就一輩子都活在自己想像的世界中，沉浸著虛幻又觸不可及的幸福。

「曉薇，妳怎麼了嗎？」張文芳看出了她的異樣。

「不，我覺得不應該這樣子。」也不知道是哪來的直覺，楊曉薇不想讓自己再這樣下去，雖然知道那扇門後面會是什麼，但是她還是想要親自去面對它，因為她必須趁自己還有一絲理智的時候，讓自己徹底斬斷這種不切實際的幻想。

「學妹，都跟妳說這麼多了，就不要去打擾人家呀！」曾逸軒還沒察覺到楊曉薇的心思，仍舊用戲謔的語氣說著。

「我沒事，我去看一下就回來。」

楊曉薇像夢遊般喃喃自語，她沒把曾逸軒的話聽進去，堅定地一步一步走向社團辦公室的門，感覺周遭一下子都安靜了，外頭的陽光頓時刺眼得不像話。

「我說過，如果妳覺得不舒服……」一推開門，楊曉薇就看見呂俊生正這麼說著，她趕緊把身後的門關上。

呂俊生見到楊曉薇，有些困惑地問：「妳怎麼出來了？」

「我……我想……出來看一看。」楊曉薇一推開門就知道了，她完全誤會了，因為這氣氛明顯不對。或許曾逸軒有可能繼續誤會下去，但是楊曉薇立刻想起呂俊生之前對謝怡婷說過的話：「如果妳覺得這件事情很噁心，我不會強迫妳加入。」

也就是說，現在呂俊生和謝怡婷所說的，就是先前話題的延續。

「那裡面怎麼辦？我們總要有個人在裡面吧？」呂俊生對楊曉薇有些不諒解：「而且妳突然這樣開門，他們是不是都聽到了？逸軒哥應該聽見了吧？」

「不，他想到別的事情上了。」楊曉薇堅定地搖搖頭。

「想到什麼事情？」謝怡婷疑惑地問。

「這不是重點。」楊曉薇又搖搖頭，這回是帶著一點迴避。

「那什麼是重點？」呂俊生頭一回帶著一點火氣對楊曉薇說話。

「重點是，我很擔心你們。」楊曉薇心虛地說。

「妳應該擔心的不是我們。」呂俊生壓著聲音說話，那語氣深沉得可怕。

「別這樣，這件事情算我的錯。」謝怡婷出來打圓場，不過看起來仍舊相當疲憊：「我還有一些事情沒想清楚。」

「什麼事情？」楊曉薇也趕緊岔開話題。

「關於胡正善，關於許子淵，我們是不是應該這麼做。」謝怡婷疲倦地用拳頭揉了揉臉：「還有曾律師，我們應該一直瞞著他們嗎？」

「如果是說張文芳或許子謙的話，或許還有轉圜的空間。」呂俊生深深吸了一口氣，然後說：「但是如果要說逸軒哥，就我對他的了解，還是先瞞著他比較好，他有點道德潔癖，不可能容許我們這麼做的。」
「但是，我們這麼做真的是對的嗎？」謝怡婷推一推臉上的黑框眼鏡說：「或許曾律師的堅持才是對的。而我們因為怕被反對，就一直瞞著他，等到有一天發現我們錯了，會不會後悔沒有聽聽看他的想法。」
「他不會提供想法，當他知道真相的那一刻起，所有事情都已經決定了。」呂俊生搖搖頭：「他會堅持他的立場，所以我們要不是順著他，那就是成為他的敵人，不會有他被說服的這種可能，他一直以來都是很固執的。」
「那如果換個方式說呢？」楊曉薇提議。
「這種事能夠怎麼說？」呂俊生擠出一抹苦澀的笑：「跟他說我們明知道胡正善是無辜的，還要刻意去抹黑他？告訴他我們為了營救許子淵，只能不擇手段，去傷害一個毫不相干的人？」
「看來你也沒有很喜歡這件事吧！」謝怡婷緊繃的情緒稍稍鬆弛了一些。
「我不喜歡，可是也沒有選擇。」呂俊生不容置疑地回應：「我跟妳說過了，這就是電車問題，撞死一個人或撞死五個人，不知情的人可以選擇什麼都不做，但是既然我們知道了，就必須去做選擇。鐵軌只有兩條，不會有第三個選項。」
「還有一個，我們能找出真凶。」謝怡婷也堅定地回了一句。
「妳明知道不可能，就算有那麼一點機會成功，那失敗了怎麼辦，到頭來，我們還是要面臨這樣的兩難。」呂俊生沒有退讓：「我寧願早一點去做決定，趁著時間還算充裕，趁著我們還算冷靜的時候。」

「可是這個影片只要一發出去，一切就決定了。」謝怡婷執拗地說。

「我們沒有時間了，許子淵也沒有時間了，只要三審定讞，要翻案就變得很困難。曉薇就是法律系的，妳可以問問曉薇。」呂俊生冷不防地提起楊曉薇，讓楊曉薇有些不知所措，但是呂俊生沒等她回答就下結論：「我們沒有時間。」

「真的嗎？」謝怡婷轉過頭，向楊曉薇確認。

「三審定讞之後，被告只能尋求『再審』或『非常上訴』兩條救濟管道。『再審』是針對事實上的錯誤，『非常上訴』是針對法律上的錯誤，前者需要有關鍵的逆轉證據，後者只能由檢察總長提出。」楊曉薇努力回憶上課學到的內容，先一字不漏地說出口後，才在腦子裡比對呂俊生剛剛說的話，然後，她轉頭望向呂俊生：「你是對的，要翻案真的相當困難。」

「這件案子最困難的地方，就是找不到關鍵證據。」呂俊生接著補充：「之後要翻案的話，只能依賴關鍵證據。但是在判決下來之前，我們還可以透過輿情去影響法官的心證，這是我們最後的機會。」

「我知道，但是我還是不確定。」謝怡婷雙手抱著胸，一臉困擾地低著頭，煩躁地踢著地板。

「或許我們先把影片拍完吧！畢竟就算拍完了，我們還是可以選擇要不要公布。」呂俊生見謝怡婷現在的樣子，忍不住放緩了語氣：「我尊重妳的想法，因為我也不確定自己是不是對的，到時候我們可以一起決定。」

楊曉薇看到這一幕，忽然有股落寞的感覺。她和呂俊生從來不是一個世界的人，她從來都不是一個能為他分擔解憂的人，她從來不是一個能參與決策的人，謝怡婷才是，謝怡婷無論在外表或內在都是如此完美，又和呂俊生如此契合。那楊曉薇自己又在妄想著什麼呢？妄想著偶像劇中那樣的戀愛，妄想著白馬王子從高聳的城堡下凡？這些終究只是童話故事而已。

「我們回去吧！」謝怡婷推了推眼鏡，轉身又向門口走去。可是在她走到門前的時候，那扇門卻自己打開了，門後站著一個人，那正是曾逸軒。

「噓……」曾逸軒把手指豎在脣上，輕手輕腳關上了身後的門，臉上卻有一抹戲謔的感覺：「另外兩個人都還不知道，既然是祕密會議，就小聲一點吧！至少我剛剛在門後都聽見了，你們太不小心了。」

「逸軒哥……」呂俊生想解釋，卻擠不出一個字。

「先別說話，大家都是成年人了，我也有我自己的想法。」曾逸軒先舉手制止了他，但是也沒接著說話，低頭緩了幾口氣，像在壓抑著即將爆發的情緒，過一會兒才又抬起頭，不過是望著楊曉薇說：「對不起，我剛剛利用了妳。」

「怎麼了?」楊曉薇發現自己忽然又成了焦點，有些不知所措地左顧右盼。

「我知道你們有事情瞞著我。」曾逸軒又轉頭望向呂俊生和謝怡婷：「可是我不確定是什麼，當然我不相信那是你們私人的事情，就算是，我也不是那麼八卦的人，所以我用了點激將法讓楊曉薇出來，就是想弄清楚你們的想法。」

「我就說吧!妳應該擔心的不是我們。」呂俊生帶點責備地對楊曉薇說。

「對不起。」楊曉薇低聲說著，同時又有點不服氣，總覺得自己被曾逸軒欺騙了。此刻的曾逸軒像是換了張臉，先前的他是如此親切，甚至還有點男孩的幼稚，現在的他看起來卻一板一眼，完全就是個大律師的架式。

「那現在弄清楚了，你想怎麼辦?」呂俊生帶著賭氣的口吻說。

「我不相信。」曾逸軒直截了當地回答：「我不相信胡正善是無辜的。在我心裡面，沒有什麼電車難題，對的就是對的，錯的就是錯的；所以不管你們怎麼想，我都會繼續朝著打倒胡正善而努力。」

「那就好了，」呂俊生輕佻地聳聳肩：「這樣我們的目標就一致了。」

「不對。」謝怡婷打斷了這段有些使性子的對白，冷靜地分析道：「你們只是看起來目標一致，實際上根本不是。一個不相信胡正善有罪，另一個相信，光這點就有很大的不同，在做法上也不一樣。」

「沒關係，他不可能找到定罪胡正善的證據。」呂俊生仍舊沒從叛逆的情緒中出來，挑釁地對曾逸軒說：「因為根本不存在。」

「你怎麼知道不存在？」曾逸軒也不甘示弱地頂了回來。

「因為他就不是犯人，雖然明知道你聽不進去，我還是跟你說一說吧！」呂俊生深深吐了一口氣，平復了一下情緒之後才又說：「第一，沒有人會為這種錢殺人；第二，就算是為了錢，也不會是用酒瓶這種不一定能致死的凶器。」

「如果你錯了呢？如果凶手有不一樣的想法呢？」曾逸軒接連問了兩個問題，沒等呂俊生回答就說：「根據我過去的經驗，犯罪心理學根本就不可靠，物證才是最值得信賴的東西。」

「那你又是拿什麼物證懷疑胡正善呢？」呂俊生很快找到這個論證的弱點。

「這……這不一樣。」曾逸軒果然說不出話了，抿著嘴脣思考了許久，才又接著說：「就算胡正善沒有涉入命案，他還是介入了這起土地紛爭，無論如何，他都應該受到譴責，只是情節的輕重而已。」

「那這就是張文芳的案子，跟許子淵無關。」呂俊生搖搖頭，嘴上掛著冷冷的淺笑：「不要自欺欺人了，我們都知道自己在做什麼，我們正在指控胡正善和命案有關聯，只是出於不同的立場。你是真心相信，而我則是完全不信。」

「你為什麼這麼為胡正善說話呢？」曾逸軒臉漲得通紅：「你怎麼了？」

「很簡單，就是基於我剛剛跟你說過的理由。」呂俊生雙手一攤：「我實在無法說服自己，但是我還是願意陪你一起譴責胡正善，你也聽見了原因。」

「我不懂。」曾逸軒沉重地搖搖頭。

「沒什麼好不懂的。」呂俊生回以一個無所謂的聳肩：「我覺得很單純。」

曾逸軒又搖了搖頭，煩躁地來回踱步。「你從來不會這樣的。」

「我一直都是這樣，我只做我覺得對的事。」呂俊生神色自若地應答。

「這不對……真該死，你現在做的事情是對的，但是態度不對。你不應該覺得胡正善是無辜的，你從來都不會這樣覺得。」曾逸軒低著頭來回踱步走，顯得有些歇斯底里：「你是被誰換了腦袋，才會認為胡正善這種人是無辜的。」

「逸軒哥，是你被情緒蒙蔽了眼睛。」呂俊生大概是被曾逸軒的樣子給嚇到了，稍稍放低了姿態：「你一直都在追求真相，不是嗎？一分證據說一分話，如果手上沒有證據，我們不是應該對胡正善做出無罪推定嗎？」

「那種東西就是狗屁！」曾逸軒發出可怕的低吼：「誰真的無罪推定了？法官都不這麼幹了，這就像要假設貓不捉老鼠，老鼠不偷吃乳酪一樣。我們不能永遠矇著眼睛去看證據，還有人性。」

楊曉薇覺得自己忽然不認識眼前的這個人了，那個曾經在大橋下跟他們談理想的人，楊曉薇看著曾逸軒，不禁想開口問：「那我哥呢？」可是她沒有問出口。因為在這樣的情景裡，這句話顯得太過突兀，又或許該這麼說，這句話是如此驚人地契合，楊康弘對應到胡正善，兩人都因為自己的背景而受人誤解，只是曾逸軒選擇相信其中一個，卻痛恨另一個人。

「你好好想想……」呂俊生還想說些什麼，卻被一陣慷慨激昂的樂聲打斷。

你用你的正義對抗可憐、善變、虛偽的世界……

那是電視劇《痞子英雄》的主題曲〈無賴正義〉，楊曉薇聽過這首歌，因為這正是呂俊生的手機鈴聲。可是在場的四個人都是過了好一會兒才反應過來，紛紛看向呂俊生，呂俊生才有些尷尬地把手探進口袋，把手機接起來。

「喂？」呂俊生把手機貼向耳邊，並慢慢退到走廊護欄旁邊。楊曉薇當然聽不見電話那頭正說些什麼，但是他察覺到呂俊生的表情正慢慢改變，他先是稍稍皺起眉，接著整張臉都籠罩著一層陰影，然後他別過頭，似乎不想被人看見。

最後，隨著一聲「好，我知道了」，呂俊生放下了手機。

「怎麼了？」曾逸軒也察覺到了異樣，暫時收起了先前的敵意。

呂俊生沒立刻回答，倒是先深吸了一口氣，像是在琢磨著用詞，雙手不安分地轉著手機，讓人擔心會不會摔了下來，最後，他終於停下手邊的動作，又深深吐了一口氣，才接著說：「我爸的店被人砸了。」

第八章　嫌疑犯

在一間咖啡廳裡，楊曉薇、謝怡婷和曾逸軒占了一張四人座的小方桌，三人面前都擺著一杯飲料，楊曉薇面前是一杯玻璃杯的抹茶拿鐵，謝怡婷面前是一杯黑色馬克杯裝著的卡布奇諾，曾逸軒面前則擺著一壺伯爵紅茶，一小杯一小杯倒著喝。餘下的那個空座位，沒有擺著任何飲品，只放著一張菜單。其他三人顯然也不太熱中自己點的飲料，只偶爾輕啜幾口，並不時瞄著門口。

也因為如此，當那扇門再度打開時，他們幾乎是同時直起了身子。

「不好意思，讓你們來這裡。」呂俊生坐進了那張為他特別準備的空位，就在謝怡婷的正對面，他看了看其他三人，臉上掛著真誠的歉疚，喘著氣說：「我爸就是那樣，發生這種事，他可能短時間內都不會歡迎你們了。」

「這不能怪他，畢竟這件事真的是我們惹的。」謝怡婷和緩地回應。

「有找到犯人了嗎？」曾逸軒倒是直接切入正題。

「怎麼可能？你也知道那幫人的個性。」呂俊生苦笑地搖搖頭，面對曾逸軒緊挨過來的身子，他稍稍挪開了椅子：「光天化日發生這種事，我爸也立刻報警了，結果警察就是抓不到人。你說，這件事有多荒謬？」

「非常荒謬，」曾逸軒這才稍稍退開身子：「你要不要先點個飲料？」

「好，我先去隨便點個東西。」呂俊生說著便拿起桌上的菜單，嘴裡還不時喃喃自語著：「總不能讓別人的店家困擾。」

「你們現在還不相信胡正善有罪嗎？」呂俊生離開後，曾逸軒傾身向對面的楊曉薇和謝怡婷低聲說，像在密謀著什麼：「呂俊生他爸的店被砸，肯定是有黑道介入，現在警方又抓不到了，想想看，有誰能做到這個地步？」

「我覺得還沒有明確的證據。」謝怡婷推了推臉上的眼鏡，顯得有點困擾。

「事實就擺在眼前，我不懂你們為什麼……」曾逸軒話說到一半就收住口，楊曉薇回頭才發現是呂俊生回來了，不自覺也端正了自己的坐姿。

「好了。」呂俊生入座後深深嘆了口氣：「所以現在怎麼辦？」

「我們先把砸店的犯人翻出來，這是最容易的切入點。」曾逸軒很快回答，彷彿早就有了答案：「我猜這夥人八成和殺死張耀德的犯人有關，循著這條線追上去，很快就能找到真凶。」

「我知道你很想把這件事和胡正善連結起來，不過我得先幫你打個預防針。」呂俊生又嘆了口氣，避開了曾逸軒熱切的眼神：「我在來之前先跟鄰居打聽過了，砸店的這幫人應該不是旅館街那群，而是地方的小混混。」

「地方的小混混？」楊曉薇聽到這個詞，感覺腦中某個警報器開始作響了。

「不一定是有組織的吧？說不定就是群想出鋒頭的不良少年。」謝怡婷像是察覺了楊曉薇的心理，趕緊幫忙掩飾過去：「可能跟胡正善毫無關係。」

「這地方的小混混，等等，曉薇妳該不會知道點什麼吧？」曾逸軒沒有錯過這微小的信息，他抬起頭，雙眼直視著楊曉薇說：「我記得港溪大橋那件案子，妳哥之所以會被警方懷疑，就是因為他和這一帶的角頭勢力脫離不了關係吧！」

「對。」楊曉薇知道自己無從閃躲了，只能低下頭承認。

「地方勢力那麼複雜，也不一定就有關聯吧！」呂俊生有些疲倦地搖搖頭。

「這是我們目前唯一的切入點了，難道要這樣放棄嗎？」曾逸軒不死心地說：「我們現在就是在整理亂成一團的毛線球，我們不能等到每條線都清清楚楚時才動手，一定要先從我們能梳理的地方開始下手。」

「辛苦妳了，誰都不想懷疑自己的哥哥。」謝怡婷在一旁安慰著。

「我知道不是他，畢竟他知道我加入了野風社，也知道我們現在正弄些什麼。」楊曉薇堅定地回答：「不過可能會是他認識的人，我會盡我所能找到答案。」

「先生，您的可可碎片。」服務生不是時候地打斷了這段宣示。

呂俊生等服務生離開後問：「剛剛說到哪了？」

「你也太健忘了，剛剛才說到曉薇的事。」謝怡婷語帶責備地說：「曉薇說會去問她哥哥，所以這部分不用擔心，現在我們也該來做我們該做的事。」

「人都還沒揪出來，能做什麼事？」曾逸軒疑惑地皺起眉。

「目前就先照原定計畫，拍影片、搞活動。」彷彿事先排練好一樣，呂俊生毫不猶豫地接口道：「這次的砸店事件是可以操作的題材，怡婷，妳覺得怎樣？」

「我也是這麼想的。」謝怡婷也沒有一點遲疑，應和著：「上次旅館街的事情，已經吸引一部分的人關注了，這次的砸店事件，一定會引來很多利益團體，包括胡正善自己的政敵，事情很容易失控，所以我們必須先搶下主導權。」

「如果胡正善是無辜的，只要發球權在我們手上，就還有挽回的機會。」呂俊生接著說，兩人就像事先擬了講稿：「如果他真的有罪，那就是順水推舟，無論如何，我們現在都應該開始動作，剩下的時間真的不多了。」

「那文芳姊和許子謙呢？」見呂俊生和謝怡婷一答一唱的樣子，楊曉薇忍不住想插口問：「他們就是當事人，難道他們不應該知道我們真正的想法嗎？」

「張文芳和小戴一樣，只要讓她知道，所有人就都知道了。」呂俊生無情地回絕了楊曉薇的提議：「我們目前還不確定真相是什麼，沒有必要冒這個風險。至於許子謙，他知道或不知道都無所謂，但是我不想把這件事鬧太大。」

「逸軒學長呢？」楊曉薇轉向曾逸軒，尋求他的認同。

「目前這是最好的辦法。」曾逸軒別過臉，像是不想對上楊曉薇的視線：「我們沒有傷害張文芳，只不過是保有我們自己的隱私而已。」

「怡婷？」楊曉薇又轉頭看向謝怡婷，不過已經不抱有一點希望了。

「說實話，保密對我來說沒有太大的心理障礙。」謝怡婷垂下雙眼，帶著點罪惡感，不過又隨即直視著楊曉薇的雙眼說：「我倒是很驚訝妳會這麼執著。」

「是啊！為什麼呢？」這回換楊曉薇覺得難為情了，在選擇要不要犧牲胡正善時，她很輕易就被說服了，但是換成了這個問題，為什麼她就過不了坎了呢？她不得不承認，這部分有著情感的因素在裡頭，她潛意識正嫉妒著謝怡婷，她嫉妒著謝怡婷與呂俊生的契合，她想打破這份和諧，卻讓自己的處境更加尷尬，讓她自己更像是個局外人。

「每個人都有自己的執著，曉薇學妹可能也有自己的理由。」曾逸軒跳出來打圓場。說起來，他應該十分明白楊曉薇的情感，也因為這樣，才會在之前利用了她，這回算是個補償：「你們就放過她吧！」

「我們沒有要為難她，只希望她做好自己的事情就好。」呂俊生的語調冷酷得異常。雖然說這已經不是第一次了，但是每次這樣疏遠的表情出現時，都會讓楊曉薇的心頭抽動一下，接著就是一陣淡淡的苦澀。

「怎麼了？」謝怡婷對呂俊生的態度轉變也很疑惑，不過也不敢深究下去，轉頭對楊曉薇安撫道：「曉薇很優秀，她當然會做好她的事情。」

不過這對楊曉薇來說只是火上加油，因此她只冷冷地回應：「我知道。」

「那就好。」像賭氣一般，呂俊生也簡短回了三個字。

「那好，目前就照原定計畫進行吧！」曾逸軒雖然稍微讀懂空氣中隱藏的信息，卻無能為力，只能勉強打起精神為大家打氣：「影片的拍攝就繼續，然後開始策劃街頭活動。至於曉薇學妹，就幫我們問問妳哥，看能不能打聽到線索。」

「是。」雖然其他三人異口同聲，不過又遮掩不住彼此之間的距離，就在這種微妙的氛圍之中，餐桌旁的四人紛紛低頭喝了一口飲料，持續了一段不算太短的沉默。

沉默在楊康弘和楊曉薇這對兄妹間蔓延，除了兩兄妹，在場的還有陳孝莊。三人坐在客廳一齊看著電視，看著不知道有沒有喜歡的電影，遙控器遠遠地放在桌上，即使螢幕已經在播放廣告了，還是沒有人想去動它。

「曉薇，妳都不用去唸書嗎？」這不知道是楊康弘第幾次說了這句話。

「我在學校每天都在唸書，難得放個假回家，就讓我放鬆一下嘛！」楊曉薇也用了各種形式重複了同樣的話，感覺都要辭窮了。

「我陪妳哥聊聊天就好，妳出去逛逛吧！」陳孝莊在一旁提議。

「我就喜歡看電影。」楊曉薇堅持地說。

「那就找同學去電影院！」楊康弘的火氣一下子上來了。只有這種時候，才會讓楊曉薇意識到他畢竟是在道上混的，手臂和脖頸上的刺青一下子都變得生動起來，讓她想起旅館街那時遇到的黑衣人。

「我不想。」楊曉薇還是壯起膽子拒絕，仗著自己是妹妹。

「那我出去。」

楊康弘站起身子，還撞歪了一旁的茶几。

「不要，我出去就是了。」楊曉薇連忙站起身。

「我想出去透透氣，這裡悶死了。」楊康弘煩躁地擺擺手。

「可是……」楊曉薇想起曾逸軒的告誡，卻不敢繼續說下去。

「我知道，我不會惹事情，也不會去找兄弟。」楊康弘惡狠狠地把楊曉薇憋在心裡的話說出口，臉上滿是憎恨的表情，那表情可怖得嚇人：「這是什麼世界，我一個大男人還得做模範寶寶，出來了還不如在裡面自由。」

「對不起……」楊曉薇只能這麼說。她知道，這一切都是因她而起。她把自己的哥哥攤在鎂光燈下，導致他必須無時無刻在意著自己的形象，重操舊業就不說了，還不能去找朋友敘舊，這幾天下來，楊康弘真的悶壞了。

「不用對不起，這樣會讓我覺得自己不是個東西。」楊康弘嘆了口氣，踱著步走出了客廳，走出門前還喃喃唸了一句：「我居然還得靠自己的妹妹來救……」

楊康弘出門後，陳孝莊低聲安慰道：「別想太多。」

「我不會，我懂哥哥，他只是心情不好。」楊曉薇搖搖頭：「而且他不喜歡接受別人幫忙，他一輩子總在幫忙別人，尤其是我。所以我想不只是因為不能出門的關係，他可能也是覺得有點不好意思吧！」

「妳懂他就好，他不太會說話。」陳孝莊淡淡地回應。

「我不在的時候，哥哥應該也沒有亂來吧！」楊曉薇想起野風社交代的任務，但是一說出口，又覺得有點突兀，連忙又揮了揮手，解釋著：「我不是要監視他的意思，我只是覺得，最近還是小心一點比較好。」

「不會，妳哥還是很聽妳的話。」陳孝莊淺淺地笑了笑，而曾經讓楊曉薇心動的，正是這樣溫暖的笑容。

「孝莊哥，我想跟你打聽一件事。」楊曉薇感覺這種事也只能找他商討了。

「什麼事？」陳孝莊溫柔地反問。

「你有聽說，這附近有家快炒店被砸了嗎？」楊曉薇撓了撓頭，假裝不經意提起的樣子：「好像叫『長生百元快炒』。」

「喔，是呂俊生他們家開的店嗎？」沒想到陳孝莊還是一下子就戳破了。

「對，就是他。」楊曉薇只能尷尬地笑笑。

「妳擔心是康弘哥做的吧！」陳孝莊沒為難她，自己點破了楊曉薇心裡的想法。

「這妳不用擔心，妳哥知道誰是妳朋友，或許妳會覺得煩，不過妳哥因為擔心妳，所以打聽過那些人，他知道那家快炒店是妳朋友的，自然不會去動它。」

「我當然知道哥哥不會，我怎麼會這麼想？」楊曉薇忙著解釋，不過心裡其實鬆了一口氣，接著問：「那你有聽說是誰砸的嗎？」

「應該是橋頭幫的吧！他們在地方上是一個很小的幫派，不過常常被人找來當打手。」陳孝莊對這個團體似乎頗不以為然，露出了平常少見的嫌惡眼神：「他們說起來不算幫派，就是一群問題學生組成的小團體，做事也常常不知輕重。」

「能證明是他們做的嗎？」楊曉薇趕忙問。

「不用操這個心，他們大概沒幾天就會被警察抓到了。」陳孝莊又溫柔地笑笑，他的語氣和用字都是如此溫和，很難想像他和楊康弘一起混過：「橋頭幫這群人沒什麼社會經驗，他們每次都以為別人會保他們，但是每次都還是會被出賣。」

「聽起來挺慘的。」楊曉薇都忍不住同情起來。

「要在這道上混，只有狠是不行的，很多事情還是要靠腦子。」陳孝莊指了指自己的腦袋，但是又隨即難為情地搖搖頭：「我不是要說我們有多厲害了，真正厲害的人還是該像你們那樣，當個律師或老師。」

「孝莊哥也試試看吧！考個大學或證照，以孝莊哥的頭腦肯定沒問題的。」楊曉薇順著說下去：「而且如果孝莊哥有個努力的目標，說不定我哥也能受到影響，找個比較正當一點的工作。」

「唉呀！我現在開始太晚了啦！」陳孝莊羞澀地抓了抓後腦杓。

「什麼時候開始都不嫌晚哪！孝莊哥以前不是就這麼鼓勵我的嗎？」楊曉薇真誠地說著：「如果不嫌棄的話，我也可以當你們的家教，替你們上上課。」

「這之後再說吧！」陳孝莊揮了揮手，明顯不想要繼續這個話題。

於是客廳又恢復尷尬的沉默，兩人又紛紛把視線投向電視。廣告剛剛結束，又開始播放著原本的電影，那是楊曉薇曾和呂俊生在早餐店看過的《黑色追緝令》，場景演到一對情侶正打劫一家餐廳。

「看點別的吧！」陳孝莊大概是覺得尷尬，往前拿了遙控器，隨意轉了幾個頻道，但是其他電影臺有些播的是更顯尷尬的愛情故事，有的是同樣陰冷暴力的黑暗電影，有的是卡通，都不合他的意。

最後，他放棄了眾多的電影臺，切往新聞臺的頻道區段。

他很快就停下來了，因為畫面正播報的新聞，是一起示威運動，清一色是穿著黑衣的人，不過衣服上款式和圖案都不一樣，儘管如此，楊曉薇還是一眼就認出了其中幾件野風社團服，衣服背後印著大大的「野風」兩個字。幾塊黑影在畫面上晃動，畫面本身也在晃動，呈現出凌亂的視覺感，只見到一群人正奔跑、推擠著。

「那是你們的社團吧！」陳孝莊指著電視說。

「對。」楊曉薇點點頭，眼神卻有點閃躲。

「妳怎麼……」陳孝莊猶豫了一下後還是接著說：「妳怎麼沒在那裡？」

「我們有分工，不是所有人都會去。」楊曉薇很快地回答。

「那妳的工作是什麼？」陳孝莊沒聽出楊曉薇想要盡早結束話題的意思，所以繼續追問，帶著純然的好奇：「他們應該比較需要幫忙吧！」

「我的工作，就是跟你們打聽快炒店被砸的事。」楊曉薇說了一半的真話，因為忽然發現自己沒有說謊，所以就挺直了身子：「我們總不能每個人都到現場去衝，需要一些人留下來，調查事情的真相。」

「那我們這邊調查完了，妳就去幫忙他們吧！」陳孝莊一臉真誠地說，不是要趕楊曉薇走，而是真的為了她著想。這也是楊曉薇曾經那麼喜歡他的原因。

楊曉薇再次把視線轉向電視螢幕，她看見幾個黑色的背影攀過拒馬築成的圍籬，他們先用厚棉被鋪到拒馬上，隔絕鐵絲上銳利的刀刃，然後再一鼓作氣地攀爬過去，期間還是有刀片劃透了布料，在棉被上留下怵目驚心的斑斑血跡。

楊曉薇看見了呂俊生、謝怡婷、黃妍萱還有李仁傑。他們一個一個翻過了拒馬，可是馬上遭遇到一群穿著制服的警察，將他們團團圍住。可是，更多的人翻過了拒馬，形成了一個反包圍圈，警察的處境一下子變得很尷尬，他們不確定是要對付圈裡的人，抑或是圈外的人，只能不知所措地向裡向外，一下子拿不定主意。

「警察退後！警察退後！」呂俊生在包圍圈中率先喊出這句標語，接著，周圍的人開始紛紛響應：「警察退後！警察退後！警察退後！」

形勢演變至此已經很明顯了，混雜在人群中的警察越來越顯得手足無措，漸漸自保地往外退縮。然而越退縮到人群外，隊伍就顯得更加零散，失去了一開始包圍驅趕的氣勢，就像偶然闖入的路人，此刻只想趁隙逃逸。

這時，楊曉薇也才終於能放鬆提心吊膽的情緒，分點心思瞄向畫面下方的新聞標題：「黑衫軍聚眾滋事，呂俊生闖入國會。」

「他們根本不懂。」楊曉薇不以為然地說。

「他們是為了許子淵吧！」陳孝莊淡淡地回應。

「孝莊哥也聽過這件事嗎？」楊曉薇忽然想起什麼似的，有些激動地轉過身：「我記得那件事也是發生在這附近吧！孝莊哥有聽到什麼風聲嗎？」

「是在『長生百元快炒』附近發生的吧？」陳孝莊有些困擾地抓了抓頭。

「對啊！孝莊哥知道誰可能參與這件事嗎？」

「我看過你們的影片，你們懷疑是胡正善搞的鬼吧！」陳孝莊托著腮幫子，認真地陷入沉思：「如果是胡正善的話，我想應該還是橋頭幫，他們就是專門替那些大人物幹髒活的。」

「那新月集團呢？」楊曉薇想起了旅館街。

「喔！新月集團已經好多年不幹這種事了。」陳孝莊搖搖頭：「對於他們來說，我們這夥人就跟橋頭幫一樣，做事太莽撞，只知道動手不知道動腦。他們那種才是在做大事的，不用動手動腳，就能有錢送上門來。」

「可是他們不是黑道嗎？」楊曉薇想起旅館街遇到的黑衣人。

「當然，他們還是黑道，只不過不用親自動手。」陳孝莊搓了搓手，眼神散發出又妒又恨的光芒：「一切都可以做得很優雅，就像電影《教父》一樣，他們不需要真的動拳頭，就能讓人感受拳頭的痛，然後乖乖服從。」

「他們也不會介入徵收案嗎？」楊曉薇被陳孝莊那樣熱切的眼神嚇著了，不過還是提出了內心的疑惑。

「會，當然會，但是他們做的是比較乾淨的部分。」陳孝莊的眼神稍稍沉澱了一些，不過還是可以感受到跳動的餘火：「他們從政界那邊收到情報，把情報轉賣給財團，然後自己偷偷買下一點地，等情報公開後高價賣出，甚至不用等到都市計畫實際執行，就先賺了一筆。雖然利潤可能低了一點，不過考慮到都市計畫總要弄個幾年，也不保證百分之百成功，他們還是占了便宜。」

「所以都市計畫有沒有成功，都不影響他們？」楊曉薇聽出了弦外之音。

「沒錯，所以他們沒有必要去為難那些抗爭者。」陳孝莊點點頭：「真正去騷擾那些抗爭者的，都是些小人物，比如說建商，比如說那些靠著建商賺錢的人，甚至是那些抗爭者的鄰居們，他們才是最容易起衝突的人。」

「胡正善也是嗎？」楊曉薇接著問。

「我是沒有很了解他的情況，不過我想應該也是吧！」陳孝莊的眼神不知為什麼多了一層傷感：「像他那種政治人物，做的是比新月集團更高級的事。老實說，他們就是人民選出來的老大，幹著跟黑道老大差不多的勾當。」

「是嗎？」看陳孝莊這樣的表情，楊曉薇一下子不知道該說些什麼。

「妳是讀法律的，有些話妳可能會不認同。」陳孝莊依舊一臉深沉地說著：「在這世界上，很多事情都是上天註定好的，像我們這樣一無所有的人，是沒辦法跟那些有權有勢的人平起平坐的，要想爭取點什麼，就只能靠自己的拳頭，這也不是我們願意的啊！我們地位本來就不如人家，要講道理，我們也講不過人家。想尋求法律的幫助，他們又比我們懂法，那我們要想不被人欺負，能憑什麼呢？」

陳孝莊這一番話，又讓楊曉薇想起張文芳在野風社說過的話：像我們這樣沒權沒勢的人家，要想不被人家欺負，能憑什麼呢？

「我們還有野風社。」楊曉薇不自覺就脫口而出。

「對，對那些人來說，你們是最後的希望。」陳孝莊點點頭，指著電視說。

楊曉薇順著陳孝莊的視線看向了電視，警察已經被推擠出鏡頭之外，畫面上除了野風社一行人外，還有幾個陌生的面孔穿著黑色上衣，在他們臉上，楊曉薇看到了和野風社成員同樣的熱情，不同的是，那樣的表情多了份渴望。鏡頭漸漸推進，一群人聚集在國會殿堂門前，有人拿了梯子攀上了牆，在群眾的歡呼聲下，把國會門上的匾額卸了下來。人們高舉著雙手，讓匾額在人海上方傳送著，一直傳送到圍牆外，被扔到了人行道上。

「反對黑金政治！」梯子上的那個人振臂高呼道。

「反對黑金政治！」人群像是預先排練好，異口同聲地齊聲複誦道。

「下架失能國會！」梯子上的那人又喊。

「下架失能國會！」人群也跟著喊。

「今天，如果國會沒辦法根除這樣的共犯結構，他們就不配代表我們！」梯子上的那人慷慨激昂地喊著，但是似乎想到群眾不好回應這麼長的一段話，想了一會兒後又振臂高呼：「他們不配代表我們，大家說對不對！」

「對！」人群順從地應和著。

「我們現在讓我們的大英雄呂俊生，來說幾句話好不好！」梯子上的那人喊著，群眾爆出更劇烈的歡呼聲，那人才終於爬下梯子。楊曉薇的目光在人群中梭巡，才終於見到在人海中的呂俊生。

「感謝各位一起走到這一步的夥伴。」呂俊生拿著擴音器，省去了嘶吼的力道，也讓他的話語顯得平和而堅實：「謝謝大家一路走來這裡，謝謝大家一起為無辜的許子淵做努力，謝謝大家一起為破除黑金共犯結構努力。但是請大家一定要冷靜，我們要讓全國的人知道，我們不是什麼暴力分子，我們所做的一切，只是想找回政治的良心而已。」

少了剛才的激情，群眾一下靜默了下來，但是這樣的靜默卻產生了更強的力道，如同在聆聽一首曲子，如同在看一幅畫，沒有人吐出半句言語，卻各自懷著澎湃的情緒，像潮水一樣來回拍打著，久久不能停歇。

「呂俊生加油！」人群間忽然傳出一聲吶喊。

「呂俊生加油！」「呂俊生加油！」如同先前的應和，重複的吶喊聲又開始此起彼落著，最後更簡化成兩個字：「加油！」「加油！」「加油！」就像是兩軍開戰前的戰吼，未必需要有太大的意義，也不需要知道理由。

「他們成功了。」陳孝莊看著電視，真誠地微笑著。

「是啊！」楊曉薇原本也被那樣的氛圍打動了，但是陳孝莊的樂觀又讓她想到了現實，他們真的成功了嗎？或許他們包圍了國會殿堂，但是楊曉薇內心知道，問題並沒有解決。甚至，他們不確定自己踏出的這一步是不是對的。

「妳應該加入他們，他們是妳的夥伴。」陳孝莊還是一如既往的溫柔。

「我知道，他們會需要幫忙的。」楊曉薇看著螢幕上的呂俊生，他的表情也帶著一抹憂慮。楊曉薇知道他正憂慮著什麼，卻不敢肯定自己全然知道那人的想法，現在的她，什麼都沒有辦法確定了。

「妳之前說過，有喜歡的人吧！」陳孝莊冷不防地問了一句。

「什麼？」楊曉薇因為正看著呂俊生，又聽見這樣的話，頓時有些不知所措。她想起來，在哥哥楊康弘和陳孝莊回家那天，自己的確曾經跟他們說過，已經有了喜歡的人，不過沒想到，陳孝莊會在這時候提起。

「妳喜歡的那個人，該不會是他吧！」陳孝莊指著電視又問。

楊曉薇盯著電視，一時不知道該怎麼回答。她想要裝作沒聽見，又忍不住想傾訴內心的想法，兩個不同的意念拉扯著，一時之間拿不定主意，甚至不確定應該點頭或搖頭，許久後她只淡淡地說：「或許是吧！」

「妳不確定自己內心的想法嗎？」陳孝莊接著問。

楊曉薇這回果斷地搖了搖頭，她很確定，她確定她愛他，只是不確定自己究竟應不應該這麼做，應不應該表達自己的想法。當愛上一個人時，她總是會感覺自己特別卑微，失去了身為人的一丁點權力，也失去了愛人的權力。

「那就是了，」陳孝莊嘆了口氣：「妳還是沒變。」

「是嗎？」楊曉薇看著電視螢幕，畫面早已經換成別的新聞，沒有黑衣人，沒有野風社，只有行車紀錄器的畫面，和誇張的記者旁白。剛剛的衝撞畫面就像是夢境一樣，彷彿從來沒發生過。

第九章　街頭

楊曉薇從來沒見過這樣的景象，應該是說，從來沒有親眼見過，一群人聚集在國會殿堂之前，散亂卻緊密地坐在一起，大家一齊望向議會門口，那個臨時搭建而成的舞臺。說是舞臺，其實也沒有什麼設置，就是中間擺一個麥克風架，兩旁是地上型音響，並沒有什麼冗贅的布置，只是原本議會門上的匾額不見了，取而代之是寫著「民主講堂」的紅布條。

「大家好，我是曾逸軒。」此刻站在麥克風後方的，是他們所熟悉的曾逸軒。「我是一名人權律師，現在正在廢死聯盟服務，大家或許在影片上看過我，我很久以前就認識了呂俊生，很榮幸能在這件案子上和他合作。」

臺下的人專心致志地聽著，儘管時序已經到了初秋，不過白天的太陽依舊毒辣，可是現場沒有一個人撐起雨傘遮陽，就怕擋住後排聽眾的視線。最多就是戴個小帽，或是拿出一本書或一只資料夾，稍稍遮擋熾熱的陽光。

楊曉薇和野風社一行人，倚靠在旁邊稍稍有建築遮掩的花臺旁，轉頭望著臺階上的曾逸軒，也聚精會神地聽著。呂俊生在曾逸軒提起自己時，稍稍揮了揮手，引來臺下的一陣掌聲和騷動，野風社中的幾個人便跟著鼓譟起來。

這其中包括了楊曉薇，她學李仁傑那樣拍了拍呂俊生的肩，但是呂俊生並沒有回應，甚至沒有回頭看她一眼，就只是對群眾揮了揮手，然後又看向曾逸軒。

「其實在這之前，我和呂俊生，還有野風社一起合作了另一起案子，這件案子的關係人也在現場，就是楊康弘的妹妹楊曉薇。」曾逸軒又看向野風社這邊，但是這次聽眾沒有太大的反應，更多是一頭霧水，不過曾逸軒並沒有氣餒，接著說：「那件案子也是一起冤獄，原本案件的被告也可能會被判死刑，但是在我們的努力之下，我們成功救回了一條無辜的生命，修正了制度的錯誤。」

臺下有些人沉澱心情認真聽著，有些人卻開始有些躁動，現場的氣氛顯得凌亂了起來，原本緊密的隊列像隨時都要沸騰，不過曾逸軒還是繼續說：「我想說的是，這就是我們的日常。因為死刑是不可逆的，我們隨時都在跟時間賽跑，想盡力救下每個將要逝去的生命，但是有更多是我們無法挽回的，我們不如試著思考一件事：如果沒有這樣不可逆的刑罰，我們是不是能夠更完善地審視每一起案件？」

不像幾天前那樣口號式的應和，曾逸軒的問句並沒有得到任何回應，他似乎也不期待有所回應，他只掃視過群眾一遍，就接著說：「死刑這種以命償命的行為，已經是相當過時的想法。在許多已開發國家，已經將死刑這樣的刑罰廢除，不僅僅是因為冤獄無法挽回，這種以暴制暴的方法，對社會並沒有任何好處，不僅不能撫慰家屬，也沒辦法達到嚇阻犯罪的作用。」

說到這裡，臺下的聽眾徹底分成兩派，一派仍舊是全神貫注地聽著，另一派則有些不安分。但是這兩派的人並不是壁壘分明，中間沒有劃出一條清楚的界線，整體呈現出靜中有動、動中有靜的感覺，就像在石子堆裡搖曳的水草。

「那位朋友，我們等一下會開放提問，請你先把手放下。」曾逸軒突然說了句有些莫名的話，楊曉薇望了他手指的方向，發現人群中有人正舉著手。

曾逸軒稍稍提高了點音量：「有聽見嗎？你可以先把手放下。」但是那隻突兀的手仍舊文風不動。楊曉薇努力想看清那隻手的主人，那是個和他們差不多大的男孩，或許也是大學生，此刻的他，臉上有著某種堅忍。

「好吧！把麥克風遞給他，他的問題或許很重要。」曾逸軒嘆了口氣，表情看來不是很高興。一旁的戴佩芸熱心地拿著麥克風跑過去，蹦跳著穿過靜坐人群的間隙，跳到舉著的那隻手前，將麥克風遞給對方。

「你好，我是中部大學二年級學生，我也修過社會學概論。」那個舉手的人站起身，楊曉薇才終於能看清那張臉。那的確是張相當青春的臉龐，臉上帶著某種渴望，又摻雜著某種不妥協：「這是我最不喜歡的一門課，不是因為我不關心社會，而是覺得這群人關心社會的方式太一廂情願了，他們總是站在很高的道德位置，卻從來沒想過實際的層面。」

「這位同學，我想你應該是……」曾逸軒搖搖頭，看來想反駁對方，卻很快被對方打斷。

「我想說的是，這是不一樣的場子，這不是一個討論死刑存廢的地方。我支持揭發冤獄，我也相信許子淵是無罪的，但是並不代表我支持廢除死刑，這是完全不同的議題。」那個男孩在曾逸軒插話前接著說：「冤獄不會是廢除死刑的理由，解決冤獄的方法，應該是完善我們的法律制度，因為並不是只有死刑是不可逆的，對我來說，有期徒刑也是不可逆的。因為這些人所受到的痛苦是不可逆的，他們耗費的青春也是不可逆的。所以用廢除死刑來作為冤獄的解答，我覺得有點牛頭不對馬嘴，完全沒有打中事件的核心。」

「但是你要知道，死刑這件事……」曾逸軒又搖搖頭，但是他搖頭的動作太久了，以至於又被對方打斷。

「死刑這件事情，並不如表面看起來那樣野蠻，如果要說野蠻，限制人身自由也是野蠻的，剝奪犯人財產也是野蠻的。廣義來說，沒有一個刑罰不是野蠻的，難道我們要廢除所有刑罰嗎？」那個男孩流暢地說著，完全不給曾逸軒說話的餘地：「對我來說，刑罰並不是『以眼還眼』那樣簡單的概念，而是讓潛在的犯人在行動之前，評估之後可能的風險，藉以嚇阻犯罪。也就是說，死刑的最終目的並不是在報復，而是讓凶手在殺害一個生命之前，先把自己的生命也放到這個天秤的對立面，透過對自己生命的惜愛，去感受其他人生命的重量，到最後，讓大部分的人都選擇不去剝奪別人的性命。」

群眾一下子靜默了，那些原本聚精會神的，依舊還是相當專注，只是專注的目標變成另一個人；而那些原本不安分的，也終於停下躁動，望向站起身的那名男孩。大家就這樣望了許久，接著，人群中漸漸傳出零星的掌聲，那掌聲越拍越響，就像水波一樣逐漸往外擴散，從無數個點擴散開來，就像下雨的池塘，在水面劃出無數的圈，圈與圈之間形成抽象的圖景。

楊曉薇也差點跟著拍手，野風社當中的幾個人都是，但是看著臺階上的曾逸軒，最後還是忍住了，只靜靜地看著這個有些魔幻的畫面。那男孩並沒有享受這樣的掌聲太久，他把麥克風交還給一旁的戴佩芸，然後就坐了下來。

「這位同學的想法很有趣，我不認同你，但是我誓死捍衛你說這些話的權利。」曾逸軒蒼白地引用了名言，也一如預期地沒有換來太大的反應，他只好接著說：「我知道，現階段有過半的民眾無法接受這樣的想法，這也是我們要努力的地方。總有一天，我們會讓大家看見，不需要剝奪另一個人的生命，就能夠防止犯罪的發生，我們會讓大家看見，每個生命都有重新來過的機會。」

還是一樣，群眾並沒有太大的反應，只有零星的幾個掌聲。這些掌聲實在太過單薄，以至於當他們發現沒有同伴時，就自己收了回去，讓原本的寂靜顯得更加寂靜，每位靜坐的聽眾都能聽見鄰人的呼吸。

「謝謝大家，我是曾逸軒。」曾逸軒只能草率地鞠躬退場，這時才有比較響亮的鼓掌聲。不過那樣的鼓掌聲毫無半點熱誠，而是機械式的，就像便利商店的你好歡迎光臨，並不是真的熱切地歡迎，只不過是剛好觸發了感應而已。

「他們或許沒聽懂，」曾逸軒回到場邊後，呂俊生立刻上前低聲安慰，並拍了拍他的肩：「每場聽眾的背景都不同……」

「那個人到底是誰！」曾逸軒粗暴地打斷了呂俊生的話，表情十分猙獰，不過還是努力壓抑著情緒，撇過臉不讓群眾看見自己的表情，也努力壓低了音量，像野獸的低吼：「才剛開始就要踢館，這也太沒禮貌了吧！」

「他是程紹遠，經濟系的學生，以前短暫加入過野風社。」謝怡婷也上前安撫著說：「他一直以來都是這樣，總是有話直說，常常不會去注意禮節。」

「不是禮節的問題，是程序的問題。」曾逸軒還是忿忿不平：「按照一般的程序，他應該要等我全部講完，才提出他的問題。而不是在我才剛開始的時候，就粗魯地打斷我，這一點都沒有運動家精神。」

呂俊生瞄了一眼臺下的觀眾，拍了拍他的肩。「我們回去再說吧！」

「不用，我已經說完了，我也要回去了。」曾逸軒揮開了呂俊生的手，像驅趕什麼似地在空中揮了揮，然後就轉身離去。

「他沒事吧！」在遠處維持秩序的黃妍萱發現不對勁，便上前來低聲問。

「沒事，他會好起來的。」呂俊生望著曾逸軒的背影，嘆了口氣：「這畢竟是他一輩子的事業，他一路以來受過不少挫折，他終究會熬過來的。」

楊曉薇望著曾逸軒遠去的身影，忽然感覺像失去了什麼，但是又說不上來。她回過頭，看臺階上站了一個新的講者，這講者看來和曾逸軒差不多年紀，都是足夠成熟到能在社會獨當一面，卻還沒老成到完全失去熱情的時候。不同的是，臺上的那位講者得到更多的關注，他幽默地調侃了一下自己提早上臺的倉促，可是也沒有讓人感覺到損人的尷尬，讓臺下的觀眾能放開懷地笑，而不會有對於前面一位講者的罪惡感。

「我們至少得有一個人追上去吧！」黃妍萱望著遠處的曾逸軒又說。

「真的不用，我懂他。」呂俊生搖搖頭，此刻他甚至沒有望向曾逸軒離去的方向，而是聚精會神地望著臺階上的講者：「讓他一個人靜一靜吧！」

在議會大門上，「民主講堂」的紅布條正隨風搖曳著。

「反對黑金政治，下架失能國會。」呂俊生面對著楊曉薇的攝影機，有些靦腆地唸著標語，難得像個羞澀的大男孩。說完後他立刻搖了搖頭，舉起雙手說：「這個真的不行，感覺好奇怪，很不像我。」

「我也覺得不像你。」楊曉薇望著攝影機的小螢幕點點頭：「或許是標語的問題，這個標語太制式了，不像你會說的話。還是說點別的？如果是你的話，會說什麼？」

「可是沒辦法說太長吧！何弘正說是要拿去病毒式行銷的。」呂俊生顯得有些困擾：「類似冰桶挑戰那種，最好幾秒鐘就能結束，兩句話就很多了。之後邀請一些名人加入，他們也比較好配合。」

「可是，『反對黑金政治，下架失能國會』，這感覺也不是很適合推廣的標語。」楊曉薇認真思考著，她很喜歡這樣子跟呂俊生討論事情。在包圍國會的這段時間，她和呂俊生這樣相處的時間變長了。說實在也算不上獨處，因為周圍都是人，有時候還會有幾個人打岔進來，跟呂俊生要簽名，不過在精神層面上，兩人處在一個共通的空間裡，交流著只有兩人參與的話題。

「類似『我是人，我反核』那種，可能會比較好一點。」呂俊生邊說著邊來回踱步，不知不覺就靠向國會的圍牆：「畢竟沒有人會承認自己不是人，而且大家都……」

「等等！」楊曉薇忽然喊了一聲，沒拿攝影機的那隻手伸向前。

「怎麼了？」呂俊生緊張地定住腳步，懷疑自己做錯了什麼。

「或許那句話行得通。」楊曉薇的手指越過呂俊生的肩頭，遠遠地指向了後面的一個點。呂俊生轉過身，發現身後的圍牆掛著一面紅布條，紅布條上印著一段再熟悉不過的句子。

——不想成為自己討厭的大人。

「這……唸起來還是有些繞口吧！」呂俊生有些難為情地搔了搔頭，大概也想起這是被侯冠年專訪時說出的句子。

「我覺得很好。」楊曉薇堅持著說。

「不想成為自己討厭的大人。」呂俊生低聲唸了一次，還是搖搖頭：「這不好，聽起來就不像是個標語。」

「那如果這樣呢？我是呂俊生，我不想成為自己討厭的大人。」楊曉薇立刻提議，並有些興奮地繼續說：「這樣誰都能拍，就從野風社的成員開始，我們可以剪成一支影片。比如我是楊曉薇，我不想成為自己討厭的大人。」

「也可以讓這裡的每個人都錄一段，然後剪在一起。」呂俊生延續了楊曉薇的想法，望著國會圍牆內的那群人，陷入深思：「這應該很震撼，如果配樂選得好，節奏剪得好，有機會促發病毒式行銷。」

「就跟你說不錯吧！」楊曉薇得意地微微一笑，這讓她提升了不少自信。在這之前，她以為只有謝怡婷能和呂俊生互相唱和，但是在此時此刻，她覺得她也有那麼一點進入了呂俊生的世界，而他似乎也正和她互相理解著。

「那就交給妳囉！先拍我這一段，第一支影片會是關鍵。」呂俊生因為剛才的激盪而顯得有些亢奮，與一開始的羞澀靦腆不同。楊曉薇知道，這是最好的狀態，她應該趕快捕捉下這一刻。

「我是呂俊生，我不想成為自己討厭的大人。」

「好，卡。」完美，除了這個詞，楊曉薇找不到其他形容詞了。有時候，打動人的並不是標語，或是事前的動作設計，而是那種自然真誠的情緒。楊曉薇看著攝影機的小螢幕，她能感覺到呂俊生的熱情滿溢了出來，讓人心頭暖暖的。

「讓我看一下。」呂俊生走上前，和楊曉薇只有不到一條手臂的距離，接過了楊曉薇手中的攝影機。楊曉薇一時沒辦法動作，止不住突如其來的心動，只能愣愣看著呂俊生，看他認真檢視著小螢幕上的成果，那畫面是如此迷人。

「真的很棒耶！」呂俊生把攝影機遞過來，楊曉薇才終於大夢初醒，有些慌亂地接過來。呂俊生看了看攝影機，又看了看楊曉薇，微微一笑：「我果然沒有看錯人，在看了港溪大橋的第一支影片時，我就覺得這個攝影師不簡單。」

「我也算不上攝影師啦！只是喜歡自己拍一些影片……」楊曉薇有些羞赧地撥了撥頭髮，為了不讓自己看起來太過失態，很快轉了一個話題：「那我們去拍其他夥伴吧！今天努力一下，說不定晚上有機會可以剪出影片。」

「好呀！我們一起回去找他們。」呂俊生往議場大門的方向指了指，錯身經過楊曉薇身邊。有那麼一刻，他們兩人的距離只有不到一公分，楊曉薇差點以為呂俊生就要牽起她的手，只因為這樣曖昧的距離，而且他提到了「我們」。

可是並沒有，呂俊生就是這樣擦肩而過，直接走向在議場大門邊的野風社夥伴。楊曉薇雖然有些失落，但是轉念一想，能和呂俊生像剛才那樣交流，就已經足夠了。

在兩人終於擠過人群後，才發現李仁傑此刻正站在台上主持著民主講堂。楊曉薇開啟攝影機，拍向台上的李仁傑。

「讓我們歡迎人民光復行動聯盟的黨團總召，盧政隆先生。」李仁傑的語氣雖然十分高昂，但是臉上有著不協調的尷尬表情。在他介紹完後，一名瘦削的中年人走上前，站到「民主講堂」的紅布條下方。

「大家好，我是人民光復行動聯盟的黨團總召，盧政隆。」盧政隆重複了那段有些過長的頭銜，接著握緊拳頭，晃著乾癟鬆垮的的臉頰振臂高呼：「大家可以叫我人民之光阿隆，阿隆在這裡為大家加油！」

可是台下並沒有給出相應的反饋，反而是帶著一點敵意的冷漠，盧政隆有些責難地望向旁邊的野風社一行人。李仁傑應付地振臂喊了一聲，其他人則是禮貌性地拍拍手。

「為什麼要請這個人來演講？」李仁傑轉頭質問一旁的謝怡婷：「妳不知道他是怎樣的人嗎？」

「我沒有請他，他是今天臨時通知要過來的。」謝怡婷冷然地回應。

「就算他臨時要來，我們也可以阻止他上台吧！」李仁傑還是顯得無法釋懷：「現在讓他上台，大家都會以為我們是跟他們一夥的。」

「他代表目前國內最大的在野黨，我們能阻止他上台嗎？」

「他的確是在野黨沒錯，可是他做的事跟胡正善沒什麼兩樣。」李仁傑忿忿不平地繼續說：「那些都市更新的油水，他拿的不會比胡正善少；黑白兩道間的白手套，他也是做得駕輕就熟，他根本沒資格來這裡。」

「我能理解，盧政隆來這種場合，並不是真心要改革，只是來蹭熱度而已。」呂俊生終於出面打圓場：「可是我覺得怡婷也很為難，畢竟我們現在聲量還不夠，我們還沒有能力去得罪一個這麼大的勢力，甚至還需要他們的幫忙。」

「可是我就是看不慣……」雖然李仁傑沒法反駁呂俊生，但是仍然覺得不甘心，氣惱地望著台上的盧政隆，好像恨不得把對方給拽下來。

盧政隆當然沒有注意到這樣怨恨的目光，此刻仍在台階上侃侃而談：「人民光復行動聯盟也是社運起家的，我們一直都很盡責地在監督執政黨，我們一定會聆聽人民的聲音，繼續好好監督他們，大家說好不好！」

儘管一開始的出場讓人錯愕，但是盧政隆還是成功炒熱了現場的氣氛。一些人開始照著盧政隆的節奏呼喊著，在帶動群眾熱情的能力上，盧政隆的確是野風社的大前輩。

「所以明年的國會改選，我們一定要投給人民光復行動聯盟，大家說好不好！」盧政隆再次振臂高呼著，這次大家都跟上了。盧政隆轉頭望向野風社，不同於一開始的埋怨，這次是得意的眼神。

楊曉薇有些吃驚地望著這群人，甚至忘了手上的攝影機正在拍攝著。她開始懷疑，這場運動即將把大家帶至何方，那會不會是正確的方向。

隨著抗爭熱度的提升，各方的資源漸漸匯集了過來，抗爭的隊列也漸漸壯大。這時候，系統化的管理就顯得相當重要。呂俊生直接沿用了野風社的組織框架，他和李仁傑共同掌管的行動組，主掌大部分現場事務。和過去野風社的區別，就是多了許多不同學校的志願者參與，還有不同的學生團體也加入到這個框架底下。雖然一些人抱怨著野風社主導著一切，但是呂俊生畢竟是整個活動的中心人物，這些怨言也才沒有發展到不可收拾的地步。

高天宇的美宣組改制成場務組，負責現場的硬體設備。民主講堂就是由他們所布置，也承襲了高天宇一貫的風格，簡樸而務實，除了一面「民主講堂」的紅布條外，就沒有其他裝飾了。

何弘正的總務組負責物資分配，現場最難處理的物資，莫過於食物。每個食物都有它的保存期限，要想有效調度每一分資源，就必須依靠何弘正的精算能力，其中甚至還有愛心人士訂了便當過來，便當有著非常迫切的時效性，因此何宏正必須迅速推算出現場需求，以及可能會多出的數量，在用餐期間迅速將多餘的便當送往鄰近的機構，才能避免食物浪費。

戴佩芸的宣傳組改制成公關組，負責向相關機構爭取資源，以及聯絡「民主講堂」的講者。前者需要和何弘正的總務組緊密連動，少的物資需要積極爭取，比如說礦泉水、衛生紙、扇子這類消耗性較高的物資，至於那些時效性太短的便當，也是透過戴佩芸向資助者溝通，委婉建議下次改送別的物資。隨著抗議規模逐漸擴張，場務組也需要更多硬體設備，這也都是交由戴佩芸去聯繫。

楊曉薇的攝影組則改制成媒體組，因為靜坐的人群相當緊密，媒體很難扛著攝影機深入場內拍攝，大多只能在外圍報導，所以楊曉薇的攝影技術就起到了關鍵作用。用她的攝影機記錄下現場狀況，提供媒體記者現場的報導素材。

唯一維持不變的，是黃妍萱的調查組，持續調查著案件本身。所以當許多志願者加入協助維持現場後，黃妍萱就漸漸不再出現在靜坐現場了。就算偶爾出現，也是來匆匆去匆匆，時常見到她和呂俊生或謝怡婷交頭接耳著，表情常常是一臉凝重。因為其他人都有各自的任務，所以也無暇參與他們的討論，楊曉薇也是如此，只能偶爾在經過時聽見幾句隻字片語，而他們也像是刻意在躲避著其他人，總在別人接近時倉促結束話題，讓楊曉薇更加好奇。

直到有一天晚上，大家的工作都告一段落，聚在一起吃泡麵時，李仁傑放下了碗筷，率先戳破了這層尷尬：「黃妍萱到底都在忙些什麼？」

他們一群人聚在議會大門臺階旁的花臺，或坐或站或蹲，除了黃妍萱，幾乎野風社的所有人都在。硬要說的話，就是曾逸軒缺席了。他這幾天已經很少出現，幾乎已經快成了一種習慣。

「她還在調查張耀德的案子。」呂俊生簡單回應，顯然不願再多說。

「可是這案子到底還有什麼好調查的？不是已經都找不到線索了嗎？」李仁傑沒有想要再拿起泡麵的意思，雙手抱著胸，一副打破砂鍋問到底的氣勢。

「之前俊生他爸的店被砸，警察最近抓到了犯人。」謝怡婷停下了筷子，說了一段比較長一點的說詞：「如果這和張耀德的案子是同一夥人，那我們就有一點機會，妍萱現在就是在查這一條線。」

「她就自己一個人查？」李仁傑還是顯得不可置信，搖了搖頭說：「這太荒謬了，野風社一直都是一起行動的。」

「她找到一些朋友，也聯絡了一些野風社以前的學長姊，侯冠年學長現在也在幫她查。」謝怡婷又多吐露了一點線索。楊曉薇聽到侯冠年學長，想起那次他專訪呂俊生的事情。那次標題以「不想成為自己討厭的大人」這樣的柔性呼喊成功引起關注，這句話甚至成為網路最熱門的話題。這次的抗爭能有這樣的規模，甚至一開始能夠順利突襲議會，很大部分都歸功於這位前社長的努力。

不想成為自己討厭的大人。

這句話也成了現場隨處可見的標語。儘管已經夜深了，現場只剩下稀疏的照明，但是有幾架聚光燈仍舊照著這些標語，彷彿那是某種傳承之火，每個人無不想要努力地把這樣的光亮延續下去。

「如果查出來的東西不是我們要的呢？如果俊生哥是對的呢？」李仁傑連珠炮似地丟來了兩個問題，分別望了望呂俊生和謝怡婷：「我們要怎麼辦？要就地解散？還是要假裝沒看見？」

「什麼東西不是我們要的？」戴佩芸忽然插口問。楊曉薇這才想起，她是野風社裡唯一不知道真實情況的社員。「為什麼我們會不想要妍萱查出來的東西？」

「小戴，這件事我們晚點再談。」坐在戴佩芸身邊的楊曉薇率先出言安撫。

「為什麼要晚點談？」戴佩芸轉頭直視著楊曉薇的雙眼，那種感覺很奇妙，像是看見一個純真的孩子，忽然質疑起聖誕老人的存在，讓楊曉薇覺得措手不及，同時也感到深深的羞愧，感覺像是一種犯罪。

「妳是我們的夥伴，很抱歉之前一直沒有跟妳說……」謝怡婷挺身而出，但是當她想要繼續時，被呂俊生魯莽地打斷。

「我們沒有什麼祕密，不需要感覺到抱歉。」呂俊生插口道，又露出了那種可怕的神情——那種楊曉薇最不喜歡的神情，也是楊曉薇唯一不喜歡的一種樣子——那就像惡靈上身，對於呂俊生這樣完美的人來說，簡直就像是一種褻瀆，楊曉薇願意付出任何東西，來讓這張表情永遠不要再出現。但是她內心又隱隱感覺到，這就是呂俊生的一部分，只是平時隱藏得很好而已。

「那為什麼我們不要妍萱查出來的東西？」戴佩芸看到呂俊生那樣的眼神，聲音頓時弱了許多，又回到原本綿羊般的氣質；只不過她不再是那個純真無知的綿羊了，只不過是暫時收斂自己的鋒芒而已。

「我想李仁傑的意思，應該是『如果』這不是我們要的。」呂俊生似乎也意識到自己嚇到了大家，也稍稍打理了臉上的表情：「如果，真正的凶手並不是壞人，而是另一個無可奈何的無辜者呢？」

「可是，真正無辜的還是許子淵吧！」戴佩芸鼓起勇氣質問：「無論真正的凶手有多少不得不的理由，跟無辜被冤枉的許子淵相比，許子淵還是最大的無辜者吧！」

「對，可是我們終究要選擇……」呂俊生原本想繼續說些什麼，可是最後還是搖了搖頭：「算了，這妳不懂，不然就不用這麼麻煩了。」

「我為什麼會不懂呢？」戴佩芸徹底拋開了一切，直接和呂俊生對壘，但是她的反差沒有像呂俊生那樣大，她的眼裡甚至還泛著淚光，在內心深處，她還是那個純真的孩子，只不過她不得不勇敢面對世界的險惡：「我一直都知道，我一直知道你們在偷偷規劃著什麼，我知道你們不想我知道，我知道你們覺得我不可能懂，可是我真的想懂。我想跟你們站在同一陣線，我想陪你們一起煩惱，我不想一直被當成小孩保護著，我也想跟你們一起承擔那些東西。」

「妳真的想承擔嗎？妳真的準備好了嗎？」呂俊生忽然轉成陰冷的語調，那表情比先前更加可怖，儘管每個人手裡都捧著熱騰騰的泡麵，卻仍舊不約而同地感受到背後有股涼意，不約而同地坐得筆挺，正襟危坐地聽著呂俊生繼續說：「如果今天，那個真正的凶手，不是什麼十惡不赦的人，也不是像許子淵那樣原本跟妳毫無關係的人，是妳見過的人，是妳在乎的人，那妳還會這麼肯定嗎？」

「我……」戴佩芸忽然啞口無言，那對她而言無疑是個困難的選擇。對她來說，這世界的善惡應該是黑白分明的，中間不該有什麼模糊地帶。如果要她選擇撞死一個人或撞死五個人，那她就會長出翅膀，帶著電車飛到天空上。

「如果，那個人……」冷不防地，呂俊生看向楊曉薇：「是曉薇的哥哥呢？」

「不會的，不可能會的。」戴佩芸反射性地搖搖頭，像在驅趕什麼不潔之物：「曉薇的哥哥不可能會做出這種事。」

「小戴……」楊曉薇很感激她，可是在這一刻，楊曉薇的感覺變得相當複雜。她無法無視呂俊生投來的目光，那目光像在審判她，像要把她的靈魂一層一層剝離開來，她感到異常的不安，彷彿那句話就是法院宣判。

「不要說出這種話。」謝怡婷責備地說。

「可是妳不能否認，的確有這樣的可能吧！」呂俊生沒有因此停下來，反而變本加厲道：「我們不是不清楚楊康弘有怎樣的過去，他也有那樣的地緣關係，妳難道能說完全不可能嗎？」

「我們不應該因為一個人的過去，就當作指控的理由。」謝怡婷冰冷地回擊：「這不是我們一路以來在做的事嗎？這不就是曾律師一直在奮鬥的事嗎？我們不應該忘記自己的初衷。」

「逸軒哥自己都放棄了。」呂俊生苦笑著搖搖頭：「妳也聽見他那天說的話了，他已經失去了理想。應該這麼說，我甚至懷疑他一點都不相信自己說過的話，每個人都會有偏見，只是我們都在假裝自己是好人。」

「逸軒學長說了什麼？」戴佩芸聽了又問，這又是一個她沒參與到的話題。

「這不重要。」呂俊生搖搖頭，然後撇開了臉。

「這很重要——」

有一段時間，大家都不確定這句話是打哪來的。因為這句話實在接得太恰當了，但是又隱隱覺得有些不尋常，因為這是一個他們不熟悉的聲音，可是又有些似曾相識，於是一行人紛紛轉頭去尋，可是在這片黯沉的夜色中，很難找出這聲音是來自哪裡。過了好一會兒，他們才終於找到一張熟悉的面孔。

那人是程紹遠，就是那個當眾質疑曾逸軒的男學生。

「你怎麼會在這裡？」謝怡婷罕見地率先露出敵意。楊曉薇這時才想起，謝怡婷說過程紹遠曾加入過野風社，那時因為曾逸軒在氣頭上，所以楊曉薇也不好繼續探問下去，不過看謝怡婷的反應，讓楊曉薇又開始好奇他和野風社的關係。

「這個運動屬於群眾，我為什麼不能在這裡？」程紹遠不甘示弱地回擊，一屁股就坐到花臺上，擠到抱著筆電的何弘正身邊：「國會現在變成你們的私有地了嗎？」

「可是我們還是有私人空間，這雖然沒有法律規範，但是情理上還是請你尊重我們。」雖然呂俊生和這人沒有私人恩怨，不過看來還是不滿外人打斷原本的對話，所以語氣聽來異常冰冷。

「對，你們的確有你們的私人空間。」程紹遠毫不畏怯地直視呂俊生的雙眼，繼續控訴著：「可是你們是這起運動的領袖，你們所謂的私人談話，會大大影響到整起運動的走向，影響到許子淵的命運。事情發展到現在，這已經不僅僅是野風社的社團活動了，這起運動屬於所有群眾。所以，身為運動群眾的一份子，我有權利知道你們說了什麼。」

「可是這真的只是私人談話，跟你說的那些都無關。」呂俊生又搖了搖頭，像是刻意重複地說：「這不重要。」

「這很重要，非常重要。」程紹遠加重了語氣：「我站在旁邊聽了好一陣子了，聽起來，如果調查出來的真相不是你們想要的，你們很有可能會隱瞞起來，可是這是群眾想要見到的嗎?這是這起運動的精神和走向嗎？」

「如果你在乎，你可以說出去。」呂俊生看起來有些疲倦，毫無生氣地揮了揮手：

「反正我是一點都不在乎了。」

「這句話請你說給大家聽吧！」和呂俊生相反，程紹遠的氣勢越來越高漲：「老實說，我非常不高興，我認同這起運動的宗旨，可是整個過程越來越荒謬，越來越像野風社的社團成果發表。然後又是你們剛剛那段談話，我們感覺就像是觀眾，而不是一起奮鬥的戰友，我們就是在臺下看著你們表演，除了掌聲和批評，對於你們的規劃無從置喙。就算你們最後累了、倦了、毀了這個活動了，那也是你們自己的事，可是這是不對的。這件事是屬於群眾的，走向應該要由群眾決定，而不是你們自己的小會議，就算你們離開了，只要還有一個人，就應該繼續下去。」

「我之前跟你說過，這是不可能的，每個運動都會有個領導核心。」謝怡婷接續已經疲乏無力的呂俊生反擊：「而且我們也不是獨裁，我們一直有開放大家提供意見，也努力回應大家的需要了。」

「妳是說那些意見箱嗎？」程紹遠嗤之以鼻：「妳到底當我們是什麼了？小老百姓？我們是你們的戰鬥夥伴，不是那種上對下的關係，那意見箱到底算什麼？官僚打發民眾的工具嗎？都還沒從政，就已經那麼擅長敷衍了？」

「我們有敷衍過什麼嗎？不是都認真回應了？」李仁傑終於受不了了，身為行動組的副組長，他接到的意見單應該也不算少數，所以他完全有生氣的理由。更何況，他也是野風社的舊社員，想來應該也和程紹遠交手過。

「當然，你那麼優秀，自然不會遺漏掉任何意見。」程紹遠言不由衷地說著，臉上掛著讓人膽寒的假笑，接著他把目光轉向一旁的何弘正：「可是我就要來問問我們的總務組長了，關於便當的部分，應該有不少人跟你提過意見吧？」

「呃，便當嗎？」何弘正完全沒想過自己會受到波及，因此有些慌亂地抬起頭，一時之間有些沒法進入狀況，過了許久，才恢復原本的冷靜：「便當的確是有很多人提到，有提到說不夠吃的，還有菜色不……」

「我想說的不是那麼膚淺的東西。」程紹遠搖搖頭，一臉失望的模樣：「我想要說的是，那些多餘出來的便當，後來都送去哪裡？就我所知，今天中午的素食便當，就是送到附近的『光之會所』吧！」

「對，因為他們剛好也有需求。」何弘正有些困惑地回答。

「各位，知道『光之會所』是怎樣的地方嗎？」程紹遠環視眾人問道。

「弘正，你為什麼要把便當送去那裡？」李仁傑沒有回答程紹遠的問題，而是不安地望著何弘正問：「你都沒在看新聞嗎？」

「怎麼了嗎？」何弘正還是一臉迷惑，完全不了解自己為什麼成了話題的焦點：「因為有人捐了兩百個素食便當過來，根據過去的經驗，不要說兩百個，一百個素食便當給大家分都還是會有剩，這附近只有那裡接受素食，我就送過去了。」

「可是……」謝怡婷也不安了起來。

「看來，你們也看出問題的重點了吧？」程紹遠一臉勝利地說：「『光之會所』一直以來都被質疑用宗教斂財，最近有出現教主購買私人別墅的新聞，你們野風社現在送便當過去，對於群眾觀感來說，不是在助紂為虐嗎？」

「弘正只是對這類事情不敏感，這不能怪他。」謝怡婷辯護道。

「對，但是這不只一次了，之前他還很頻繁地把便當送去『美滿家庭基金會』吧！」程紹遠繼續說著：「這個基金會我也不用多說了，它根本就不是促進家庭美滿，而是散布仇視同性戀言論的團體。」

「這點我們會再加強，之後我們會找個敏感度比較高的人，和弘正一起工作。」事已至此，謝怡婷也只能放低身段致歉。

「你們要怎麼做，跟我都沒有關係。」程紹遠決絕地說：「反正我已經看不下去，我要離開這裡，我看你們也快撐不下去了。與其看著這場運動隨著你們崩潰，我寧願帶著一些希望的種子出去，讓抗爭能在你們放棄時繼續下去。」

「我們不會放棄的！」李仁傑堅定地回答，不過他很快意識到，只有他毫不猶豫地說出了這句話，連謝怡婷都遲疑了。呂俊生則是整個低氣壓的中心，楊曉薇也受到他的影響，開始覺得前途一片茫然。

程紹遠看到野風社這樣的狀態，沒有再出言相激，而只是冷冷一笑。也因為這樣，野風社失去借力使力的力道，徹底崩垮了，就像一灘拍打上沙岸的死水，激不起漂亮的浪花，而是在泥濘上慢慢乾涸，如同垂死的枯木。野風社沒有人再多說一句話，程紹遠也毫不猶豫地轉身離去了。望著他的背影，楊曉薇想起早前才同樣望著曾逸軒轉身離去，可是這和那時有很大的不同，因為曾逸軒是她所熟悉的人，是她所在乎的人，不過兩者帶來的是同樣強烈的失落感。

因為這樣的低氣壓，當楊曉薇見到曾逸軒重新出現在現場時，燃起的熱情比平常還要多上許多。曾逸軒也一掃前幾天的頹喪，這次的回歸看起來容光煥發，雙手還捧著一個紙箱，見到楊曉薇便熱情地招呼。

「學妹，幫個忙吧！」曾逸軒放下箱子對楊曉薇招手。

「逸軒學長，那是什麼？」楊曉薇興奮地跑上前，從打開的箱子中，她看見成疊的海報和宣傳單，還有捲起的紅布條。楊曉薇不是沒見過這些東西，那正是廢死聯盟的宣傳品：「學長要來發傳單嗎？」

「不只是發傳單，還要好好布置一下這裡。」曾逸軒鬆了鬆兩邊的臂膀，環視著抗議會場，會場四周是國會的圍牆，圍牆上本來就掛著許多宣傳標語，其中最顯眼的，還是呂俊生的那句「不想成為自己討厭的大人」。

「對呀！也該讓這裡增加些別的東西了。」楊曉薇和曾逸軒許久不見，因此顯得異常愉悅，想也沒想就從裡面抽了一疊海報出來：「學長有帶膠帶嗎？」

「當然有，我記得就放在裡面。」曾逸軒見到楊曉薇的樣子，也跟著雀躍了起來，蹲下來在箱子裡四處翻找，終於在紅布條旁邊找到了一捲膠帶和一把剪刀，他興奮地遞給楊曉薇：「還要什麼嗎？」

「還要海報，更多的海報。」楊曉薇說著自己也笑了：「不過這些應該就夠我們今天貼了，要把所有海報貼完，我們得找人幫忙。」

「是啊！這世界需要更多的好人。」曾逸軒直起身子，又環視了會場一周，有些感慨地說：「妳知道，我和俊生第一次合作，那時的訴求標語是什麼嗎？就是剛剛那句話，『這世界需要更多的好人』。」

「是呀！我們的確需要。」楊曉薇的心情有點複雜，所以回答顯得言不由衷，可是她還是認可曾逸軒的那句話，只不過，她心裡還是有個疙瘩：「逸軒學長後來和他和好了嗎？」

「沒有那麼容易，這不是情感上的問題，是理念的問題。」曾逸軒搖搖頭，臉上頓時又蒙上一層陰霾。

「希望你們能找到彼此都接受的方式，」楊曉薇只能這麼說：「畢竟你們兩個都是好人。」

「這就是好人麻煩的地方，我們要的東西太複雜了。」曾逸軒嘆了口氣，望著遠方的議會大門臺階，「民主講堂」的紅布條還高掛在議會的大門上：「壞人就單純多了，他們只要利益，所以很容易就能找到平衡點。」

「真希望這是一個好人都能活得自在的世界。」楊曉薇不知道應該怎麼化解他們之間的糾結，只能補一句無關痛癢的話，接著又重新拾起一開始興奮的情緒。儘管經過這樣的轉折她還是勉強自己掛上笑臉，舉起手上的海報、膠帶和剪刀，熱切地說：「不管怎樣，我們還是先把海報貼滿整片圍牆吧！」

「對呀！這世界總是需要改變的，改變總是要從第一步做起。」曾逸軒彎下腰，拿起另一疊海報和另一副膠帶和剪刀：「走吧！開始幹活了。」

「走吧！」楊曉薇也只能用行動化解內心的尷尬。

曾逸軒沒察覺出她的異樣，領在前頭走著，楊曉薇再一次望見了他的背影。雖然曾逸軒重新加入了他們，但是這並沒有辦法化解先前的失落，楊曉薇總覺得，有些東西只要失去了，就再也不會回來了。

楊曉薇和曾逸軒一起走到圍牆邊，曾逸軒徑直走向「不想成為自己討厭的大人」的紅布條旁，將海報貼到一旁，像是某種宣示。但是那海報和布條的大小差異實在太大，再加上海報的配色遠不如紅布條顯眼，遠遠一看，甚至不會注意到海報的存在，那海報就是靜靜地在一旁，沒有一點喧囂，像是某種沉默的行動，像是某種無聲的抗爭，像湖底的暗流。

正當楊曉薇捧著海報要往別處貼去時，她見到呂俊生正朝著他們走來，不知為什麼，楊曉薇心中瞬間有股罪惡感，她下意識別過臉，但是又不能不面對。她只好往後退到曾逸軒身邊，像犯罪般低聲提醒他：「俊生來了。」

「喔！好久不見！」曾逸軒立刻轉過頭，甚至都還沒正眼對上呂俊生，就率先熱情地打了招呼：「有興趣幫忙嗎？」

「你在做什麼？」這不是疑問，反倒更像是質問，呂俊生盯著紅布條旁的海報。那沉默到接近卑微的宣示海報，在呂俊生看來卻是如此惹眼，他冰冷地望向那張海報，好似皇帝望著不受寵的嬰孩。

「一些宣傳品，讓大家有空可以看看。」曾逸軒像是沒有讀出他的表情，又像是刻意不去讀懂，仍舊開朗地笑著：「他們需要好好上一課。」

「這裡沒有人需要上課。」呂俊生決絕地說：「他們是因為響應我們的號召才來的，不是為了上課而來的。他們認同的是我們訴求，而不是因為我們能教他們什麼，所以請不要把他們當成你的學生。」

「就是因為他們不懂，所以才得教，我們以前不都是這樣來的嗎？」曾逸軒這時才終於放下樂觀的笑臉，眼神裡透出一絲哀傷：「大部分的人都不是一開始就認同我們，必須一遍一遍跟他們解釋，才能獲得支持不是嗎？」

「可是你會嚇跑他們，你會把原本支持我們的人嚇跑。」呂俊生態度仍舊堅決，不容置疑地說：「你會害了許子淵。」

「不，我是在拯救更多的許子淵。」曾逸軒也強硬地反擊：「如果沒有死刑，我們就有機會審視更多的冤獄，我們也就不用趕著定讞前倉促蒐集證據。如果沒有死刑，我們有機會為更多的許子淵平反。」

「那請你等我們救了許子淵之後，再來談這件事情。」呂俊生回絕了他。

「為什麼？這件案子好不容易獲得了這麼多關注，為什麼不要順勢推一把？」曾逸軒幾乎是懇求地說：「許子淵能受到那麼多人同情，我想在大家心裡，是不希望死刑被執行的吧！」

「他們是不希望許子淵被執行死刑，而不是所有的死刑都不應該被執行。」呂俊生又再次無情地回應：「想想看，今天的凶手假如換成胡正善，不要說一般民眾了，就問問你自己好了，你心裡難道沒有一絲絲希望，希望這人受到制裁嗎？」

楊曉薇望著曾逸軒，她忽然有點害怕聽見他的回答。

曾逸軒遲疑了。光是這樣的遲疑，就足以讓楊曉薇倒抽了一口涼氣，就和先前在社團那時一樣，曾逸軒承認自己不相信無罪推定，承認自己背棄了理想。這一次，楊曉薇真的不確定，自己能不能再次承受曾逸軒的回應。

「是，我的確這麼希望。」但是該來的終究會來，曾逸軒還是承認了，只不過他又繼續說：「但是我厭惡這樣的自己，就因為連我都無法控制自己的情感，所以才需要從制度的層面去防範它。」

楊曉薇稍稍鬆了一口氣，至少，曾逸軒還是有自覺的。

「就為了像胡正善那樣的人，你覺得就算犧牲了許子淵，也沒有關係嗎？」呂俊生仍舊繼續質疑著：「撞死一個好人或一個壞人，你會怎麼選？」

「我還是想試試看，」曾逸軒堅定地說：「試著救所有人。」

「不，你只是在投機而已。」呂俊生搖搖頭，冷峻著一張臉：「你只是因為看到這個活動熱度夠，想趁勢宣傳自己的理想而已。你根本就不在意許子淵，你根本就不在意任何一條人命，說到底，你就是想自我滿足而已。」

楊曉薇有些吃驚地望著呂俊生，作為一名旁觀者，都覺得呂俊生說的話有點過分了，更何況是曾逸軒。她鼓起勇氣轉頭望向曾逸軒，發現後者的臉正青一陣紅一陣，臉上浮動著各種複雜的表情，就像混亂零碎的蒙太奇。

「在你眼裡，我已經成為那種討厭的大人了嗎？」曾逸軒在許久過後，才終於迸出了這一句話：「還是說，在無形之中，你已經成為自己討厭的大人了？」

「我不懂你在說什麼。」呂俊生苦笑著搖搖頭。

「你懂，你當然懂，只是不願意承認。」曾逸軒咬著牙，就像野獸在悶聲低吼：「這場活動只剩下各種算計，你算計著要怎麼讓這場活動的支持度最大化，為了這個目標，你可以背棄理想，你可以出賣靈魂。」

「我還是不懂，我怎麼就出賣靈魂了？」

「從一開始不就是這樣嗎？你可以為了你完全不相信的假設做事。到現在，為了維持住人氣，你可以犧牲過去深信不疑的東西，拋下曾經的理想。」曾逸軒連珠炮似地說著：「更不要說活動中那些狗屁倒灶的事。為了爭取在野黨的支持，你容許他們上臺發表演說，容許他們呼喊競選口號，你說現場的人是支持解救許子淵，不是支持廢除死刑，那你怎麼又認為他們絕對支持在野黨了？」

「他們認同我們的理念，有什麼理由不支持他們？」呂俊生冷靜地回擊。

「是嗎？在野黨裡面，也是很多像胡正善的人吧！」曾逸軒冷冷一笑：「這些人和他一樣壞，只是政治立場不同而已，只是胡正善被當成落水狗打而已。」

「我也只是在做最好的事情而已。」呂俊生接續著說。

「那好，你自己去做吧！反正我要離開了。」曾逸軒說著，一把扯下牆上的海報：「也不用等你趕我走，我自己來。我早就知道會有這樣的情況了，只是我傻，還抱有一絲期待，我根本不該有期待的。」

說完，曾逸軒就帶著撕下的海報轉身離去。楊曉薇望著他的背影，這一次，她相當確定，失去的再也回不來了。

第十章　真相

楊曉薇、楊康弘和陳孝莊一行人走在「龍騰生命園區」的小徑，生命園區這詞說得有些曖昧，其實就是幾座靈骨塔聚集在一塊的小區域。不過這裡沒有像墓園那般森冷，反而處處充滿陽光和生氣。

園區內沒有一朵花不是盛開著，沒有一片葉子不是正翠綠著，望著這片欣欣向榮到有點過分的景象，特別是在這即將入秋的時節，反而讓楊曉薇覺得有些詭異，她不禁開始暗自揣想起，工作人員是怎麼維持這片園區的。只能假想這些東西都是在園區開放前清除的，或許就是在天剛破曉的時候，有一群人迅速巡視過一輪，把那些枯黃的枝枒都剪除，如果整株植栽都枯槁了，那就連根刨除，換上新的草木。

不過楊曉薇還是打起精神，跟著楊康弘和陳孝莊一塊走著。他們各自提著花籃和水果，兩人的表情同樣寧靜，就像是某種故事的搭檔，靜靜襯托著對方，而楊曉薇跟在一旁，就像隨處可見的路人甲。

他們就這樣靜靜地走著，沒說一句話，像是某種神聖的儀式。走過幾條岔路，繞過幾株灌木叢，漸漸走到路的盡頭，往園區中的一座高塔走去。園區內的每座塔看來都大同小異，但是又各自有著自己的特色，他們即將走進的這座塔，是常見的中國風建築，以荷花作為整座塔的主意象，塔前還有一座荷花池，同樣沒有枯萎的花朵或荷葉，也沒有蓮蓬。

「身分證都給我吧！」楊曉薇開口道，這也是進園區後的第一句話。

其他兩人各自提著花籃和水果，不約而同地將空著的那一隻手伸進口袋，掏出了一張證件遞向前。楊曉薇收集好了證件，三人便一齊走向塔內，由楊曉薇到櫃檯登記換證，三人便一齊刷卡過了門禁。

進到一樓大廳，映入眼簾的就是一尊高大的地藏王菩薩。三人繞到菩薩身後的電梯門口，因為不是掃墓的時節，入園的人數不多，電梯就停在一樓，三人很快進到電梯內，去到他們指定的樓層。

電梯內也以金面的浮雕裝飾著，同樣布滿了荷花的圖案，出了電梯，基本的背景和一樓相去不遠，差別只在於多了許多隔間。楊曉薇花了一點時間，才找到櫃檯人員所說的房間，又花了更久一點的時間，才找到他們想找的靈位。

徐芳羽。

玻璃櫥窗的木牌上寫著這三個字，這三個字對楊曉薇而言，是既熟悉又陌生，那是她曾經聲聲叫著的芳羽姊，也是已經逝去很久的芳羽姊，而在她離開很久以後，這個名字又以其他方式出現，讓楊曉薇對這三個字有著複雜的情感。因為他們曾經情同家人，但是也因為這個名字，差點帶走了她真正的家人。雖然知道不是本人的錯，但是一時之間就是很難釋懷。

三人走上前去，楊康弘和陳孝莊分別將水果和鮮花放到櫥窗前的桌上，接著三人退了一步，雙手合掌，指尖放在脣邊默禱著。楊曉薇不知道該說些什麼，只在內心打了聲招呼，並祝她的芳羽姊一切都好。

然後她就沒話了，她的視線瞟向楊康弘的方向，他理所當然地還在默禱，接著她看向陳孝莊，陳孝莊默禱的時間雖然稍長了些，但是不久後也睜開了雙眼，他看著楊曉薇，又看看楊康弘，對前者打了個手勢，要她留楊康弘一個人靜一靜。於是兩人便走出了廳堂，楊曉薇回頭一看，楊康弘似乎沒有注意到兩人離去，連動都沒動一下，仍舊合著掌，低頭像在傾訴著什麼。

「雖然他沒說，但是妳哥一直都很難過。」陳孝莊低聲對楊曉薇說。

「我知道，芳羽姊可能是我哥這輩子唯一愛過的人。」楊曉薇點點頭，望著楊康弘的背影，鼻頭禁不住一陣酸楚，但是她忍住了。不知為什麼，她總覺得自己沒有掉眼淚的權利，情緒不應該從她這裡開始潰堤。

「妳在這裡等著，我去陪他一下。」陳孝莊說著又走進廳堂，楊曉薇有種被屏除在外的疏離，那是屬於他們的情感世界，那是屬於他們的江湖。不過楊曉薇並不覺得生氣，反倒莫名地鬆了一口氣。

楊曉薇只知道芳羽姊對自己好，可是從來沒弄懂她和哥哥楊康弘之間的羈絆，也不懂陳孝莊對徐芳羽的敬重，那種對「大哥的女人」的那種恭謹。更無法理解的，是徐芳羽對楊康弘那種不離不棄的心，那種此生不渝的堅決。

就在楊曉薇陷入深思的時候，眼角餘光閃過一名男孩，男孩和楊曉薇差不多年紀。他走到廳堂門口，先是驚詫地止住了步伐，循著他的視線望過去，顯然是見到了楊康弘的背影，接著他嗤地哼了一口氣，轉身想要離開，卻撞見楊曉薇。

「妳？」如同剛才那樣，那名男孩見到楊曉薇的瞬間，先是一臉不可置信，接著又輕蔑地冷哼一口氣，才又接著說：「也對，我該猜到妳也會出現。」

楊曉薇不知道該如何反應，只能尷尬地打了聲招呼。

「別客套了，我們都知道妳哥哥殺了我姊姊。」男孩還是冷著一張臉，甚至顯得比先前要更加不近人情：「人都死了，你們還想怎樣？」

「他很難過，」楊曉薇鼓起勇氣說：「你姊姊不是我哥害死的。」

「害死？妳說得太含蓄了，他『殺』了我姊姊。」男孩刻意強調那個字，像是故意在折磨著楊曉薇，字字句句都滿是刀鋒：「把人抓起來扔下橋，這不叫害死，這是謀殺。」

「他沒有這麼做，我們已經證明了。」楊曉薇頑強地反抗著。

「法院認證嗎？」大男孩又冷笑一聲，搖搖頭：「也對，妳是律師。」

「怎麼了？」陳孝莊和楊康弘聽見外面的動靜，一齊走了出來，但是在看清大男孩的身分後，又收斂起質問的眼神，氣焰一下弱了下來。尤其是楊康弘，瞬間露出了悲傷和羞愧的神情，淚水感覺就在眼眶裡打轉。

「看吧！這就是罪人的眼神。」

「我哥不會做這種事的，我了解他。」楊曉薇無力地回應。

「妳真的了解他嗎？」男孩不懷好意地打量著楊曉薇的表情，像在拷問著她的內心深處：「妳知道他平常是怎樣的人？妳了解他的陰暗面嗎？」

「夠了，不要欺人太甚了。」陳孝莊終於忍不住說。

「沒關係，讓他說。」楊康弘拉了拉陳孝莊的手。

「從來沒聽過這種要求，那我就說了。」男孩冷冷一笑，接著說：「這些年，我姊姊會漸漸受不了他，不完全是因為家裡的關係，也是因為妳哥開始不擇手段，他不只繼續他的本業，還到處接暴力恐嚇的活。」

「曉薇，妳沒有必要聽。」陳孝莊在一旁勸著。

「她要聽，她需要知道她哥哥是怎樣的人！」男孩朝陳孝莊低吼，接著又回頭轉向楊曉薇，憤怒地繼續說：「妳知道妳哥哥是怎樣的人嗎？妳知道他對付的都是怎樣的人嗎？那些走投無路，欠下高利貸的人，那些不小心擋人財路的人。」

楊曉薇忽然不想知道了，她想摀起耳朵，但是又害怕更加激怒對方。

「他們都是無辜的人！他們都是手無寸鐵的人！」男孩朝著楊曉薇的腦門悶吼著，

接著用冷峻的眼神望著她：「妳有沒有想過，就連現在妳口口聲聲想要討回公道的張耀德，也是其中的一個受害者！」

張耀德。

這個名字好遙遠，或者該這麼說，這不是該出現在這裡的名字。楊曉薇不可置信地瞄向自己的哥哥，發現楊康弘仍舊低著頭，接著她望向陳孝莊，發現他也是不發一語，然後她難過地發現一個事實，這些指控都是確實的。

「妳還想聽下去嗎？」男孩刻薄地問。

不想，我不想。

「妳還有勇氣繼續聽下去嗎？」

沒有，我沒有勇氣。

但是楊曉薇也沒有力氣說出口，她發現此刻的心情很是糾結，她不想面對那不堪的真相，但是又隱隱有點好奇，想一點一點揭開那塊瘡疤。

「妳知道，他是怎麼做的嗎？」男孩的瞳孔像探不見底的深淵：「妳知道他怎麼折磨一個人，怎麼讓一個人痛苦，又不會過分到弄死他，怎麼讓他煎熬得尖叫，卻又永遠等不到完全的解脫？」

這像是個謎語，一個致命的啞謎。楊曉薇想摀住耳朵，想尖叫，卻辦不到。

「用酒瓶。」那個答案終究還是來了。

楊曉薇感到一陣茫然，這世界突然安靜了，像是她的耳朵拒絕了一切的聲音，她看著男孩的嘴巴一張一闔，只能一字一句讀著脣語。

大男孩攢起拳頭，像在抓著一支無形的瓶子，然後一下一下揮舞著：「他在酒瓶外包著報紙，一下一下這樣打著。因為酒瓶用力過猛就會破，所以打不死人。用報紙包著，是為了避免酒瓶碎屑劃傷手，留下犯罪證據。」

楊曉薇想把視線移開，卻和哥哥對上眼，就在看見他的表情的瞬間，楊曉薇的世界崩毀了。她知道，她所聽到的一切都是真的，是真實得如此哀傷，一切都再也沒有回頭路了，也再沒有另一種可能，最終都倒向那個不堪入目的結局。

「楊曉薇！」陳孝莊的叫喊聲出現在遙遠的後方，楊曉薇這時才發現，自己的雙腳正在不受控制地奔跑，就像生物的本能反應，此刻的她只想逃跑，逃到天涯海角，逃到哪裡都好。

楊曉薇知道，她必須跟她的夥伴說真話。

於是她又回到了那個地方，說「回」或許不正確，因為這本來不是她所熟悉的地方，但是她總有一種錯覺，他們好似已經在這裡度過了好幾個寒暑。尤其見到野風社一行人，更讓她有種回家的錯覺。

野風社一行人仍舊繼續努力著，李仁傑繼續做著各種大小事，高天宇繼續努力讓整個會場顯得更體面些。戴佩芸偶爾講著電話，偶爾到街上和路人攀談，何弘正仍舊抱著他的電腦，低頭不知道在忙活些什麼。

然後，還有呂俊生和謝怡婷。

他們在遠處交頭接耳著，要是平常，楊曉薇一定不敢靠近，並且黯淡地走到一旁；但是此刻的她反而更加堅定意志，朝著兩人的方向走去。然而她也沒有自己想像的那麼灑脫，每踏出一步，她就顯得更加猶豫，不過她還是勉強自己繼續向前走，直到所有的勇氣都將消磨殆盡的瞬間，她正巧走到了他們面前。可是她卻開不了口，只能愣愣地望著他們倆，許久都迸不出一句話。

「怎麼了？」謝怡婷關心地望向楊曉薇。

楊曉薇望著謝怡婷，她還是那樣完美得讓人妒忌，不管是她的外表，還是她的一顰一笑，或者就只是單純說話的語調，楊曉薇實在無法想像，有哪個男人不對她一見傾心。

「怎麼了？」第二句是由呂俊生說出口，卻顯得有些不耐。

可是恰恰是這樣的不耐，終於讓楊曉薇下定決心。她必須把那句話說出口，她必須向過去的自己做個告別，她必須對自己狠下心，於是她終於對呂俊生開口道：「我必須跟你談一談。」

「談什麼？」呂俊生顯得有些驚訝，但是語氣是同樣的煩躁。

「會很快的，不用擔心。」楊曉薇鼓足勇氣回答，堅定地回望呂俊生，又轉頭對謝怡婷點點頭：「請借給我一點時間。」

「你們先聊吧！」謝怡婷在呂俊生反對前，就很快轉身離去。

呂俊生原本想追上去，但是想想又收住了，轉而把視線移向楊曉薇，帶著點責備的目光，用更加焦躁的語氣說：「到底是什麼事？」

楊曉薇苦苦一笑，形勢已經很明顯了：「我原本不想說的。」

「妳想說什麼？」呂俊生不耐煩地搖搖頭：「又不想說什麼？」

楊曉薇用袖口抹了抹眼淚，又望向前方，卻看見呂俊生也正望著她，她看著呂俊生關心、專注的臉龐，痛苦卻又陶醉地彎起嘴角，低聲喃喃道：「真好看，好看得讓人絕望。」

「妳到底怎麼了？」呂俊生被她搞迷糊了，一下子不知道應該怎麼辦。

楊曉薇閉上眼睛，吸足了氣，才終於說出那句憋在心底很久的話：「如果我說我喜歡你，你會跟我在一起嗎？」

「不會。」這句話來得意外地倉促，也意外地堅定。

楊曉薇睜開眼，一開始有些驚訝，接著又不怎麼驚訝了，然後她漸漸釋懷，臉上又掛回那抹苦澀的笑容：「我就知道。」

「既然知道了，為什麼還要說出口？」呂俊生板起臉問。

「因為我不想繼續抱有一絲希望。」楊曉薇的笑容悲哀得讓人心疼，儘管這對另一個人來說或許無動於衷，不過她還是繼續說著：「如果我一直不說出口，一直不被你拒絕，我就會一直擁抱著那個可能，那個或許能和你在一起的可能，這會讓我越陷越深。儘管剩下的百分之九十九的跡象都顯示你不可能愛上我，但是只要有那百分之一、百萬分之一的可能性，都會被我無限放大，這就是愛情的盲點，我們總是會選擇那些好的，而忽視掉剩下那些不好的。」

「那聽到我的答案，妳滿意了嗎？」

呂俊生臉上果然沒有一點點憐憫，相反地，泛起一股莫名的憎恨。

「對不起，我本來不想說的。」儘管呂俊生臉上又出現那種恐怖的表情，楊曉薇卻不在乎了，此刻的她已經沒有什麼牽絆：「我不想跟你說我有多喜歡你，我不想說我有多想跟你在一起，因為那跟你沒有關係。」

「對，妳不應該說出來的。」呂俊生把頭撇向一邊，似乎沒有很想見到楊曉薇的臉，接著他往後退了幾步：「這就是妳想說的話嗎？那就這樣，我要去忙了。」

「等等，我還有話要說。」楊曉薇喊住了他。

「還有什麼事？」

「這次是很重要的事，這跟你有關係，也關係到整個野風社的命運。」楊曉薇無所畏懼地望著呂俊生，比起先前的告白，此刻的她顯得異常坦率：「我可以告訴你，是誰殺了張耀德。」

「妳不是瘋了吧？」呂俊生又一步一步走近楊曉薇：「妳怎麼會知道是誰？」

「因為那是我哥。」楊曉薇順勢說出了答案，並苦笑著搖搖頭。這一刻，她的心又揪了一下，比起愛情的失落，親情的痛還是不能比擬的。楊曉薇想起了靈骨塔那時的情景，她以為自己已經變得勇敢，卻又忍不住流下淚來。

「妳說什麼？」呂俊生不可置信地張開嘴：「不要因為我之前說……」

「不是因為你的關係，是我自己發現的。」楊曉薇打斷了他的話，繼續說：「我早就應該猜到的，他有地緣關係，也有暴力的過去，只是我一直不敢承認而已，或許他不是港溪大橋命案的罪人，但是他終究犯下了另一起犯罪。」

「天啊！妳是認真的嗎？」呂俊生還是半信半疑。

「對，這就是真相，我一開始也不相信。」楊曉薇又苦澀地笑著：「我一開始還妄想著，這或許跟『橋頭幫』有關。但是以他們高調的性格，如果是他們做的，現在早就人盡皆知了，不會三年來一點聲響都沒有。但是如果是我哥，這一切就不一樣了，我哥他能忍，他也不是那種把事情掛在嘴上的人，所以到頭來，根本就不是什麼『橋頭幫』，一直都是我哥。」

「可是為什麼？」呂俊生終於還是順著楊曉薇的思路走下去。

「為了錢，這個理由已經夠了吧！」楊曉薇無力地回應：「我哥不想被人看不起，想要早點跟芳羽姊在一起，所以他走火入魔，開始接各種髒活。張耀德背後牽涉的是龐大的利益，我哥不可能不被吸引。」

「不對，事情不是這樣的。」呂俊生像是此刻才終於聽懂，可是又不願意相信，因此開始歇斯底里地踱步走著。

「你必須得接受，我都已經接受了。」楊曉薇絕望地說：「我很抱歉，你們那麼努力地把我哥救出來，現在必須親手把他送回去，對不起，我哥不是你們想像的那種好人，如果要犧牲一個人，那他罪有應得。」

「事情亂了，完全亂了。」呂俊生看來像要發狂。

「對不起，真的對不起。」看到呂俊生現在這個樣子，楊曉薇也慌了，眼淚止不住地流下來：「這是我的錯，我哥的錯，我們的錯……」

「怎麼了？」忽然一個聲音從旁邊傳來，楊曉薇有些難為情地擦了擦眼淚，才發現謝怡婷不知什麼時候站到了一旁，而呂俊生還是來回踱步著，一點都沒有察覺到旁人，謝怡婷於是望向楊曉薇問：「發生什麼事了？」

可惜另外兩人已經沒有能力好好回答這個問題，楊曉薇轉頭望向謝怡婷，再度感到一股強烈的絕望，於是好不容易到嘴邊的話又收了回去。她選擇轉身跑開，在旁人詫異的目光下，往國會的圍牆大門跑去。

在那之後，楊曉薇感覺自己像行屍走肉，找不到家的行屍走肉。

她哪裡都回不去了。她回不了原本的家，她回不了野風社，那個曾經有家的感覺的地方，也回不了抗議的現場。至於她原本住著的學生宿舍，她也不想再回去了，可是身上的錢又不夠她長期住旅社，她簡直無處可去。

她唯一能去的地方，只有高中生群聚的二十四小時K書中心。以最低價位一個小時十五元的費用，購買一晚不算舒服卻還算安全的睡眠；然後在天剛破曉的時刻，回宿舍匆匆沖個澡，躲避一些或許根本不存在的異樣眼光。

她像是跟這個世界斷了聯繫，這幾天周遭來來往往都是素未謀面的人，只在很少的時候，她會受到一些男學生殷勤的關注，有時候，她想沉浸在這不存在的幻想之中，讓自己徹底回到過去，回到一名單純的學生。

但是她知道不可能，時間是殘酷的，事情一旦發生就再也無法回復。

偶爾，在手機連上網路的瞬間，會跳出那些熟悉的關心訊息。

戴佩芸：「妳在哪裡，我快急死了。」

謝怡婷：「趕快回覆，我們都很擔心。」

呂俊生：「楊曉薇，我有些話要跟妳說。」

楊曉薇有幾次想要點開訊息回覆，但是她都忍住了，她知道只要她一回應，就再也沒有後路了。她會想要得到他們的安慰，得到他們的諒解，但是她不值得，她不應該得到任何的救贖和解脫。

所以這個時候，她會把手機螢幕翻面朝下，選擇不去面對這股強烈的誘惑，卻又無法停止內心的悸動。趴在K書中心的書桌上，她無法讓腦袋停止去想，想像自己投入他們溫暖的懷抱之中，想像自己從此獲得解脫。

但是她終究是忍住了，一次又一次地忍住了。

她進入夢鄉，等著手機鬧鈴再度響起，她很快起身按掉鬧鈴，就怕打擾到周遭的年輕學子。許多人聽見了聲音轉過頭，一些人帶著怨念的眼光，鄰座的男同學則是望了她一眼，然後包容地微微一笑，又再度沉浸到自己的書堆裡。

楊曉薇收拾東西站起身，其實也沒有什麼需要收拾，不過就是手機、錢包、鑰匙這三樣而已，她小心翼翼推回椅子，然後拿起桌上的點數卡離去。

離開K書中心，走下窄小的樓梯，楊曉薇好不容易才終於踏上一樓的地面。如同前幾天一樣，她離開的時候太陽還未升起，騎樓外是黎明前最深的黑暗，僅有幾盞路燈勉強地對抗著黑夜的侵襲，楊曉薇低著頭，雙手交抱在胸前，匆匆往宿舍的方向走去。

但是在轉身之前，她似乎瞥見了一抹人影。

這讓她感到一陣涼意，在這樣少有人煙的夜裡，在街上看到這樣一個人，總會讓人覺得膽戰心驚，儘管對方可能和自己一樣，只是沒有惡意的夜行者。

楊曉薇什麼都不能做，只能繼續低頭走著，不過同時她也絕望地發現，後面伴隨著腳步聲。那聲音亦步亦趨，看似沒有在追趕，卻以一種緩慢的速度不斷拉近距離，像不斷拍打上岸的潮水。

楊曉薇也不著痕跡地加快著腳步，卻聽見後面的腳步聲也跟著提高了速度，她開始思索著什麼時候該拔腿狂奔，卻又總是猶豫著，因為如果自己跑不過對方，這只會增加自己的危險。於是她開始思考替代方案，她不動聲色地檢查著身上的每個口袋，尋找有沒有什麼可以用來反擊的工具，不過也同時喪氣地發現，她身上沒有一點可供利用的東西，就只有三樣必需品：手機、錢包、鑰匙。

就在楊曉薇猶豫的當下，她感覺到一隻手拍上了自己的肩。

楊曉薇想放聲尖叫，卻發現喊不出一點聲音，她想撒腿逃跑，但是才剛蹬起一隻腳，就感覺到一陣重心不穩，身體像陀螺一樣旋轉了起來，眼中的畫面也胡亂地轉，分不清上下左右，也分不清自己是正在飄浮還是墜落。

終於，她感覺自己的背部被什麼東西支撐住了，重力才又終於重新回歸正常。在這之後又過了許久，她也才終於能好好理解現在的情況：此刻的她正仰面朝上，雙眼的視線正對著一張男人的臉。

呂俊生。

楊曉薇這時才終於尖叫出聲，蹬起腳想要跑開，但是一個重心不穩又再度跌倒，重新跌到呂俊生的臂膀上。好不容易重新穩定重心，才有些難堪地被呂俊生小心翼翼地扶起，站直了身子。

楊曉薇有些尷尬地望著眼前這個熟悉的面孔，一時不知道該說些什麼，呂俊生也不說話，許久才由楊曉薇開口說：「你為什麼在這裡？」

「我有話要跟妳說。」

呂俊生簡短地回答，然後又不說話了。

「什麼話？」楊曉薇只能硬著頭皮開口問。

「妳的哥哥，不是凶手。」

「為什麼？」楊曉薇幾乎像乞求般問道。

「用常理思考就知道了。」正當以為呂俊生要這樣結束對話時，他又接著說下去：「如果妳哥真的是凶手，如果他真的收了胡正善的錢，為什麼對方不直接抖出來，如果這件事情讓大家知道，絕對是野風社的痛點。」

「他們可能是害怕自己被拖下水吧……」楊曉薇不確定地說。

「他們會留下證據嗎？我不這麼認為。」呂俊生搖搖頭：「胡正善不會笨到直接跟下面的人交涉，中間一定有白手套。如果妳哥真的是凶手，那就是很好的替死鬼，所有的事情都可以歸咎為他一個人的罪行。」

「可是，他都已經默認了。」楊曉薇低下頭喃喃道。

「重點是，他到底默認了什麼，這就是我想要找妳談的事情。」呂俊生沉穩地說：「有時候妳以為自己懂了，其實是誤會了，我就是要來解開這層誤會。所以，楊曉薇，妳那天到底聽見了什麼？又看見了什麼？」

「是芳羽姊的弟弟，他那天在靈骨塔遇見了我們，就說了哥哥過去做的事。」楊曉薇回想著：「他說哥哥開始走火入魔，接下了很多恐嚇和討債的工作，他恐嚇人的方法，就是用酒瓶打人，受害者也包括了張耀德。」

「然後呢？」呂俊生攤手問。

「然後我哥什麼都沒說，相信我，我和他是兄妹，他那種表情我很清楚，他就是承認了。」楊曉薇像是為自己辯解一般：「所以我跑走了，我不想面對這樣的結果，我不想面對自己的哥哥就是殺人犯。」

「可是妳犯了一個錯。」面對楊曉薇昂揚的語調，呂俊生顯得相當冷靜。

「什麼錯？」楊曉薇感到一頭霧水。

「妳沒有聽完全部，妳只聽見了開頭，妳沒有聽見最關鍵的東西。」呂俊生接著說：「他或許真的恐嚇了張耀德，但是那不代表他殺了人。」

「酒瓶、張耀德，這還不夠明顯嗎？」楊曉薇反問道。

「或許主觀來看很明顯，但是要定罪一個人，還遠遠不夠。」呂俊生沉著地分析著：「別忘了無罪推定原則，別忘了我們一路以來是怎麼為冤獄奮鬥的，現在冷靜下來，仔細想想，妳還覺得他有罪嗎？」

「沒有。」楊曉薇幾乎是沒有遲疑就回答，或許她一直都不相信。

「很好，那我們現在能到同一個思考平面上了。」呂俊生點了點頭，臉上綻放出久違的笑容：「既然妳不再認為妳哥是凶手，就沒有繼續躲著我們的理由，那妳準備好要跟我們一起去找真正的凶手了嗎？」

「你的意思是……」楊曉薇望著呂俊生的微笑，感覺有些驚訝。因為在港溪大橋的事件結束後，楊曉薇似乎就從來沒見過這種自信的笑容，隱隱有種感覺，那種希望的光芒又回來了：「你該不會已經查到凶手了吧？」

「沒有，但是很接近了。」呂俊生的嘴角又更彎了一些，近期的愁雲慘霧一下都散去了，那個代表希望的呂俊生又回來了：「我今天就是要帶妳去找答案的。」

呂俊生說完，就逕自往前走，沒多說什麼，而楊曉薇也不由自主地跟了上去。在街道的盡頭，漸漸浮現了一道曙光。

第十一章 轉折

野風社一行人聚在國會大門前的花圃旁，每個人戴著耳機並低頭看著手機，就像一種新興邪教的聚會，手機的背光照亮一張張臉，過程中沒有人交談，就專注地看著各自的手機，不過也不是真的看著，而是在聆聽耳機裡的聲音。

「喂，怎麼不接電話？」

「抱歉，早上忘了開手機，剛剛開了。」

「我還以為你在談生意。」

「沒啦！議長，你就不要開玩笑了。」

「不開玩笑，跟你說正經的，你之前講的事情我幫你辦好了。」

「你說張耀德那件事喔！謝謝啦！海哥怎麼說？」

「他說會幫你處理啦！那個死刑他會快點幫你簽掉。」

「謝謝你喔！我欠你一個人情啦！」

「什麼人情，那種人就應該快點槍斃，那些學生真是腦子有問題。」

「謝謝啦！」

「別客氣，以後多多幫忙啦！」

所有人幾乎是同時聽完這段對話，並漸次抬起頭來，互相望著對方，每個人的表情都非常凝重，但是又隱隱有股雀躍的情緒，都在等誰要第一個發言，等著某個人來總結這個衝擊性的消息。

「這兩個人是誰？」首先發問的是謝怡婷。

「很明顯吧！就胡正善和國會議長任火旺啊！」李仁傑理所當然地回答，激動之餘還忘了注意音量，差點引起抗議現場中的其他群眾注目。

「沒錯，應該是他們。」呂俊生點點頭。

「我比對過網路上所有的公開影片，那兩個聲音的確就是他們兩個人。」何弘正依舊抱著他的那臺筆記型電腦，坐在花圃上回答：「根據程式的分析，他們的音頻幾乎是百分之百符合，應該是可以確認了。」

「這個檔案是從哪裡來的？」謝怡婷轉頭又向呂俊生問道。

「一個值得信任的人。」呂俊生原本想這樣就結束對話的，但是他注意到其他人都正望著他，所以只好勉為其難地又接著說：「原本對方是寄匿名信件到我這裡，之後我們就約了見面拿檔案。」

「匿名信件？」謝怡婷顯得有些防備：「你知道對方是什麼人嗎？」

「對方不願意透露，但是我想我知道他是誰。」呂俊生倒是泰然自若地聳聳肩：「我有記下對方的臉部特徵，他的嘴角有一顆痣。然後我之後又開始想，能夠拿到這段錄音檔的，會是什麼人。」

「什麼人？」李仁傑迫不及待地問。

「特調組。」呂俊生也乾脆俐落地回答：「特別調查小組。」

「特調組啊……」李仁傑感嘆地說。

「所以你查到是誰了嗎？」謝怡婷打斷了李仁傑的感慨。

「你說的應該是鄭睿成吧！」何弘正說著，把筆記型電腦的螢幕轉了過來。畫面上是特調組的成員介紹，其中一張相片旁邊寫著「鄭睿成」三個大字，看那張相片，那人的嘴角旁的確有一顆小痣。

「沒錯，就是他。」呂俊生指著畫面說。

「到這麼高的層級了嗎？他們最早是在辦總統貪汙案的吧！」李仁傑望著電腦螢幕，又禁不住唏噓了起來，不過又隨即拍了一下自己的腦袋：「也應該是他們沒錯，只有到他們的位置，才有可能監聽國會議長。」

「他們或許不是在監聽議長，而是胡正善。」謝怡婷冷靜地提醒道。

「不過這還是個了不得的大消息啊！如果我沒理解錯誤的話，海哥應該是法務部長詹海源吧！」李仁傑撫著下巴琢磨著：「如果是這樣的話，代表這是國會議員關說國會議長，國會議長又跑去關說法務部長的大案子呢！」

「重點是，這東西為什麼會流出來。」謝怡婷仍舊克制著情緒，指著自己的手機說：「如果他們是特調組，他們大可以法辦他們，為什麼要把它交給我們？」

「或許，是有人想把事情壓下來。」呂俊生果斷地回答。

「我覺得事情不太單純，我有點擔心。」謝怡婷搖搖頭。

「社長，妳老毛病又犯了。」李仁傑抱怨道：「這件事情實在沒有什麼好猶豫的，如果我們什麼都不做的話，就真的是見死不救了。」

「這件事情，真的是我們處理得來的嗎？」謝怡婷望向呂俊生問。

呂俊生顯然遲疑了，楊曉薇理解他為什麼會遲疑。因為她那天也去見了那個線民，雖然只是在很遠的地方攝影，不過因為呂俊生的身上別了麥克風，所以她還是清楚聽見了那天兩人的對話。當呂俊生追問那個檔案的來源時，線民語重心長地告誡了他們，要他們不要試圖去追查他是誰，也無要去追查檔案的來源。

因為你們玩不起，這是大人才能玩的遊戲。

楊曉薇又掃視了會場一眼，周遭依舊掛著那句隨處可見的標語：不想成為自己討厭的大人。

楊曉薇禁不住起了一陣雞皮疙瘩，走到這一步，他們也慢慢變成大人了，開始玩著大人的遊戲，他們已經沒辦法拿純真作為擋箭牌。但是他們有足夠的老成來應付戰局嗎？楊曉薇很快在內心否定了自己，他們真的玩不起。

「我想問的是，除了公開它，我們還能怎麼做？」呂俊生在許久之後回應道：「我們一直都在選擇，因為就算什麼都不做，也是一種選擇，要麼公開，要麼埋葬。」

「又是電車難題嗎？」謝怡婷低頭沉吟了一會兒，接著轉頭問何弘正：「錄音檔裡面的那兩個聲音，確定是胡正善和任火旺嗎？」

「百分之百。」何弘正肯定地回答。

「是嗎？那就做吧！」

「我想也是，我們這一回沒有什麼好失去的。」呂俊生附和道。

「弘正，幫我弄一些圖卡，做成一段簡短的影片，預計今天晚上上傳。上傳後告訴我們，我們再請大家一起擴散出去。」謝怡婷簡短對何弘正交代完畢後，轉頭對呂俊生問道：「所以，現在最大的嫌疑人又是胡正善了嗎？」

「我想是的，雖然我還是不認為有必要為了這種事殺人，不過胡正善或許有不同的想法。」呂俊生點點頭，臉上是即將解脫的喜悅：「雖然跟原先預想的不同，不過至少這件事有個圓滿的結果了。」

「還有一件事情不夠圓滿。」

謝怡婷說著，若有所思地望著圍牆外。圍牆外的人行道搭了一個棚架，並且不時傳來陣陣喧囂，然而因為被圍牆隔著，所以看不清是什麼在騷動。

「這件事情差不多要做個了結，他也應該放下了。」呂俊生說著，便要往外頭走，看他的表情，應該很清楚那些騷動是什麼，也清楚自己即將面對什麼。

「我也想一起去。」楊曉薇立刻跟著說。

「這件事我應該一個人面對的，」呂俊生遲疑地停下了步伐，不過想了一會兒又笑了笑：「不過如果妳陪我一起，好像也不錯。」

於是他們倆便一起往圍牆的方向走，呂俊生在穿越人群的時候，引起了陣陣騷動。呂俊生只簡單地揮手回應，他現在更在意的，是圍牆外的那群人，所以幾乎沒有多做停留，就一直走到國會的圍牆大門外。

楊曉薇望向那座早先看到的棚架，棚架上掛著一面瓦楞紙做成的牌子，上面寫著「草民互助會」。棚架下站著兩個人，竟然是曾逸軒和程紹遠，兩人儘管並沒有表現出十分親近的感覺，不過光是站在一起還是讓人相當驚訝。

「還有誰想要上臺發言？」程紹遠沒拿麥克風，憑著自己的嗓子吆喝著。

「想表達意見的朋友都歡迎上臺。」曾逸軒拿著麥克風在一旁附和。

「我。」臺下一名女學生舉起手。她舉起手，沒有等誰同意，就逕自走向前，曾逸軒把手上的麥克風遞給女同學，就默默往一旁退開。

「我是中部大學的學生，我想跟大家談談刻板印象這件事。」女學生稍稍清了一下喉嚨後，就開始了自己的演說：「刻板印象對大家來說，好像一直都是一個十惡不赦的問題，但是這件事情真的是不好的嗎？對我而言，就偵查的角度而言，這未必是一件不好的事情，就拿福爾摩斯來說，他和華生初次見面的那句經典名言：『你來自阿富汗』，就隱含了不只一個刻板印象，更別說之後的推論了。」

楊曉薇不禁打了個寒顫，雖然這裡場地小，群眾的規模小，講者的資歷也不如圍牆裡面的「民主講堂」，但是討論的深度比先前聽過的任何一場演講都要深得多，也有著更多的衝撞和思辨空間，完全無法想像是來自這樣小的地方。

「在實際案件的偵辦中，這種刻板印象也是相當重要的。面對一起槍擊案件，你們認為警察會先去找一名黑道，還是一個在大學教書的教授？如果這是一題期末考的題目，我當然會說不能有任何刻板印象，但是我們真的要這樣自欺欺人嗎？」女學生接著說：「所以我認為，要警察完全不依照刻板印象做事，是強人所難而且毫無效率的，別說警察了，就拿在場的各位來說，我們現在指控胡正善議員，有多少是因為客觀證據？又有多少是出自我們內心的偏見呢？」

「我有問題！」臺下一名男學生舉手喊著，如同女學生先前上臺的情景，他也沒有等誰允許就直接發言：「所以妳認為美國警察對黑人的偏見也是對的嗎？」

「偏見是錯的，偏見和刻板印象的區別，是偏見帶有負面情緒。但是如果以數據證明黑人的犯罪機率比白人高，那就沒問題。」女學生給出一個出乎意料的答案，讓楊曉薇不禁倒抽一口涼氣：「請別誤會我的意思，我並沒有說警察可以隨意對黑人開槍。我的意思是，在一起案件開始偵查的時候，如果某個族群的犯罪機率特別高，警察可以優先去懷疑那些人，因為這就是一般工作的準則，我們總要從機率高的下手。

但是到頭來，還是要有充分的證據才能定罪。」

楊曉薇震驚地望著這一切，臺下也開始騷動了起來，楊曉薇也終於理解之前聽見的喧囂是怎麼回事了。因為許多人幾乎是同時開始舉手說話，沒有人需要經過誰的允許，因此場面一下就變得相當混亂。有些人質疑著女學生的說法，有些人則擁護她的立場，一些人對棚架下的人喊著什麼，一些人隔空互相論辯著，一些人則聚在一起開啟小型的討論會，現場頓時像一鍋正沸騰的湯，遠看會覺得雜亂，但是細看好像又有自己的秩序。

「怎樣?這裡比『民主講堂』還要民主多了吧!」曾逸軒不知道什麼時候站到了他們旁邊，望著眼前的紛擾，眼神中透露著些許得意：「我已經努力做到最好了，不過應該還能再更好，我希望能夠達到真正的『去中心化』。」

「不可能的，一場運動一定要有個主幹，這是你以前教我的。」呂俊生搖搖頭，望著那片混亂說：「這或許是很棒的互動式講堂，不過就是一盤散沙。」

「不是散沙，他們就是一個生態系。」曾逸軒沒被呂俊生的話動搖，仍舊陶醉地望著眼前的人群：「他們其中任何一人垮了，都不會對整個生態系造成太大的影響，他們也能很好地適應各種變局。」

「我很驚訝，你居然會跟他合作。」呂俊生望著遠處的程紹遠說。

「我們不是合作，這個地方也不是我們私有的東西，我們不過是同一個系統下的兩個獨立個體。」曾逸軒的話聽來有點玄，他的言談表情也都頓時變得妙不可言：「你現在可能不會懂，但是之後終究會理解的。」

「逸軒哥，回來加入我們，好嗎？」呂俊生誠懇地說：「雖然我們理念不同，但是在許子淵這件事情上，是我們一起努力的結果。」

「我不是針對你，朋友，可是我在這裡很開心。」曾逸軒對呂俊生微微一笑，今晚的曾逸軒完全脫去先前的憤世嫉俗，有種超脫一切的感覺：「如果之後需要幫忙，我還是會幫的，但是現在請容許我待在我喜歡的地方吧！」

「好吧！我不會勉強你。」呂俊生嘆了口氣：「我來只是要告訴你，這一切都要結束了，過了今天晚上，事情都會好起來，我們也都會好起來。」

「我相信你。」曾逸軒雖然這麼說，然而楊曉薇總感覺他沒有聽懂，又或者是理解錯了：「前幾次的挫折讓我知道，無論遇到什麼困難，都只是糟糕的一天而已。只要我們勇敢面對，這些挫折都將會成就未來的我們。」

「我知道了，祝我們都好運。」呂俊生又嘆了口氣，放棄繼續解釋，而是轉身離開「草民互助會」的現場。第一次，楊曉薇沒有立刻跟上呂俊生的腳步，她甚至剛剛也沒有很認真聽兩人的對話，她被眼前的騷動深深吸引著。她一直都不是一個喜歡混亂的人，相反地，她喜歡安穩、簡單的生活步調。但是這場騷亂卻深深吸引著她，混亂中隱含著某種秩序，就像交響樂中各種樂器的合鳴，楊曉薇又忍不住看了最後一眼，才依依不捨地跟著呂俊生離去。

最後，她又看了一眼曾逸軒，曾逸軒正望著那片他一手催生的小天地，如同得道高僧望著寺廟前院，有種只可意會不可言傳的淡然。在他的眼神當中，楊曉薇見到了自己一直以來很渴望的東西。

平靜。

不過那種平靜並不是完全地靜止不動，而是一種動態的平衡。楊曉薇一時半會也說不清，不過她隱隱有種感覺，自己終究會明白的，也終有一天要面對同樣的事。

楊曉薇捧著攝影機，一步一步往前推，一直走到議會旁邊的花圃前，花臺上坐著呂俊生。雖然天色很暗，不過呂俊生手上拿著手機，因為有手機背光充當照明，還是能清楚看見呂俊生專注的臉龐，呂俊生注意到鏡頭靠近，於是抬起頭。

「妳又在拍了？」呂俊生無奈地苦笑著，不過也不是真的覺得困擾，反而更像寵溺的表情：「幹麼拍我？」

「看起來，這一切都要結束了。」楊曉薇在攝影機背後說著，微微一笑：「在結束之前，我想要留下一個紀錄。」

「的確，那段錄音已經在網路上造成騷動了。」呂俊生把手機螢幕轉向楊曉薇，野風社一個小時前的發文，已經超過好幾萬人分享，呂俊生稍稍側過身，遙望著圍牆外

「草民互助會」的棚架：「真可惜，逸軒哥不在這裡。」

「還是，我們再一起去看看他？」楊曉薇試探地問：「他可能還不知道這個消息。」

「不用了，我了解他的脾氣。」呂俊生搖著頭收起手機。

「這就是好人麻煩的地方，你們要的東西太複雜了。」楊曉薇嘆了口氣，感覺到呂俊生正望著自己，便連忙解釋：「這是逸軒學長說的。」

「這的確像他會說的話，好人都沒有惡意，可是常常對一些小細節太過執著。」呂俊生有些感傷地說，望著楊曉薇手上的攝影機，由望了望她的臉：「就像現在，妳可能只是想留下紀錄，但是如果我覺得被騷擾，就會說妳違反紀錄片倫理。」

「哪有什麼紀錄片倫理？」楊曉薇聽到那句話，忍不住笑了：「誰說的？聽都沒聽過。」

「有啊！」呂俊生從花臺上跳下來，背倚著花臺邊緣，仰望著天空，思考了一會兒，才又開口說：「那個去非洲拍禿鷹的攝影師，不就被人家說違反倫理嗎？」

「什麼禿鷹啊！」楊曉薇雖然這麼說，但是並不是認真在反問，她其實知道呂俊生在說什麼，只是覺得有些荒謬，於是在鏡頭後咯咯笑著，畫面便隨著她的笑聲一顫一顫的。

「就是那個禿鷹和小孩的相片呀！」呂俊生大概是被楊曉薇的笑聲影響，顯得有些難為情，有些羞惱地繼續解釋著：「好像還有得普立茲獎？」

「那叫『飢餓的蘇丹』，什麼禿鷹和小孩啊！」楊曉薇又咯咯笑了幾聲。

可是呂俊生卻沉默了，這段沉默的時間實在太長，楊曉薇以為自己說錯話，有些尷尬地清了清喉嚨，低聲說：「對不起……」

「妳真的覺得那違反紀錄片倫理嗎？」呂俊生幽幽地問。

「我不知道……」楊曉薇有些亂了手腳，手上的攝影機禁不住晃了幾下，她有些語無倫次地說：「是你先提到倫理的。」

「也對，是我先說的。」呂俊生望著天空長長地嘆了一口氣。

「對不起。」楊曉薇又低下頭。

「為什麼妳要一直說對不起，」呂俊生望著楊曉薇，因為楊曉薇低著頭，所以呂俊生稍稍壓低了視線，對上楊曉薇的雙眼，真誠地說：「妳又沒做錯什麼。」

「我只是覺得應該這麼做。」楊曉薇略略抬起頭，看向呂俊生。

「但是沒有什麼是應該的，不是嗎？」呂俊生移開視線，仰望著星空，在充滿光害的城市裡，還是可以看到幾顆星，高掛在遙遠的夜空上。

「我也不太懂。」楊曉薇跟著望向天空，只簡短回了一句。

「我認為，這世界上沒有什麼該不該做的，每一次相遇都是特殊的。」呂俊生仍然仰望著，雙眼變得深沉：「就像倫理一樣，這種東西只會綁手綁腳的。」

「比如說『飢餓的蘇丹』。」楊曉薇似乎是有點懂了。

「比如說我，比如說妳，比如說我跟妳。」呂俊生又再次望向楊曉薇，那眼神相當深刻，像是望穿了楊曉薇的雙眼，一直到內心深處。楊曉薇一下子被定住了，像是被什麼東西給牢牢盯著一樣。

「我們之所以會相遇，是因為一連串的悲劇。」呂俊生雖然口中這麼說著，但是眼神卻帶著一股眷戀：「如果妳哥沒發生那樣的事，妳不會找上野風社。而如果我媽當年沒死，我也不會走上這條路，也不會遇見妳。」

楊曉薇想說點什麼，卻發現自己動彈不得。

「所以，我們以這樣的形式相遇了。」呂俊生繼續說著：「以委託人和被委託人的關係，以幫助與被幫助的關係，所以曾經有很長一段時間，我覺得不應該喜歡妳，不應該跟妳在一起，因為這不符合倫理。」

楊曉薇徹底沒法動彈了，她好像猜到接下來要發生什麼事，她一下子停止了心跳呼吸，這一切就像是魔法，而她只能靜靜等待著它的發生。

「我很努力地不去喜歡妳，可是我失敗了。」

呂俊生說著，深吸了一口氣，接著他把頭轉開，像個羞澀的大男孩。他猶豫著下一步，他斟酌著用詞，過了許久之後，他才又再度看向楊曉薇。

「楊曉薇，我喜歡妳。」

國會議堂的大門前，「民主講堂」的紅布條下架起了巨型的投影幕，儘管白天的日光讓投影的效果變得差上許多，但是議堂前的觀眾還是聚精會神地望著投影布幕，想從這曝光過度的影像中看出點什麼。

布幕上正放映的是新聞直播，除了尋常的新聞畫面之外，右下角還有一個倒數計時的電子鐘。電子鐘上有個小標題寫著「議長記者會」，根據電子鐘上的提示，時間還剩將近半個小時。

而在新聞臺的主畫面上，是常見的來賓訪談，此時一名署名「憲政黨國會黨團總召」的來賓正在侃侃而談：「我認為大家不應該輕信這段來路不明的錄音檔，我也呼籲野風社提供錄音檔的來源，讓我們一起檢視這段錄音檔的真實性，還有它的合法性。如果國會議長真的被監聽了，我希望他有很好的理由，這很有可能是屬於我們這個時代的水門事件。」

「不意外，他們果然會抓著監聽這點猛打。」難得歸隊的黃妍萱望著螢幕說著，她總是維持著那種處變不驚的狀態。儘管現在已經要進入深秋，太陽理論上已經溫和了許多，但是或許黃妍萱在外頭奔波的時間太長，皮膚的顏色又變得更深了，是一種更加迷人的顏色：「不過這也代表他們沒有其他招了，錄音的內容很明顯，就是關說。而且是關說法務部長盡快執行槍決，這分明就在說胡正善的心裡有鬼。」

「還記得美國的水門事件嗎？這件案子造成尼克森總統下臺，是一件相當嚴重的歷史事件。」憲政黨的黨團總召仍在侃侃而談：「不管幕後黑手是誰，這都是會造成憲政危機的嚴重事件。」

「他又在跳針了，他只要激動就會跳針。」李仁傑嘲弄地說。

「那總召怎麼看待槍決許子淵的問題呢？」鏡頭切換到新聞臺的主播，主播和善地微微一笑：「在目前真相尚未明朗的狀況下，槍決許子淵合適嗎？」

「至少還有人能治他。」黃妍萱也跟著主播一起露出微笑。

「這還有什麼好不明朗的，除了議會前面那群鬧事的學生，有誰覺得不明朗嗎？」總召看起來明顯急紅了臉，表情看來有些狼狽：「這都已經是快三審定讞的案子，只要定讞就應該槍斃，這到底有什麼問題？」

「根本三審都還沒定讞就急著槍斃，超有問題的吧！」李仁傑又對螢幕頂了一句，就像平常會對著電視七嘴八舌的鄰家老伯一樣：「還說什麼我們是鬧事的學生，根本就是他們自己害怕真相被查出來，才到處閃閃躲躲的。」

「是啊！到底誰在鬧事。」黃妍萱也附和道。

望著李仁傑和黃妍萱七嘴八舌的畫面，楊曉薇有股親切感。相反地，呂俊生和謝怡婷就顯得有些嚴肅，楊曉薇不自覺也跟著緊張了起來，不過也沒了先前那種不平衡的感覺，現在的她重新感覺到了平靜。

或許是昨天晚上的關係，楊曉薇微微一笑。

接著她走向呂俊生，以一種不太有壓迫感的姿態挨到他身邊，呂俊生並沒有閃躲，就靜靜地讓她挨著。謝怡婷察覺到楊曉薇的接近，有些驚訝地轉過頭，不過又很快理解地點點頭，微笑著離開，留給他們屬於自己的私人空間。

「你是不是在擔心什麼？」楊曉薇小聲地問。

「我永遠都在擔心，總要做最壞的打算。」呂俊生也低聲回答。感覺周遭頓時安靜了下來，方圓幾里就只剩下他們兩人，周圍人群都淪為背景，他們像是在一座展覽館裡面，周圍正放著無聲的影片。

「會沒事的，就像你昨天晚上跟逸軒學長說的。」楊曉薇挨著呂俊生說著：「事情都會好起來，我們也都會好起來。」

就在楊曉薇和呂俊生交談的當下，新聞臺主播正在解說著張耀德案件的始末，雖然大部分都和野風社的影片內容相去不遠，然而這畢竟是少數有主流電視臺願意詳細播報的時候，所以還是引起現場的陣陣騷動。

畫面不時會切到先前那位黨團總召，那位總召偶爾會打斷主播的講解，大部分的時候是搖頭皺眉，說著學生太年輕，又或者學生被政黨操弄之類的話語。不過主播都是虛應過去，然後又很快回歸自己的步調。

「這就是張耀德事件的大略情形，相信大家都已經了解了。」主播在末尾以這句話作結，接著盯著鏡頭左下方的一角說：「目前距離議長舉行記者會還有十分鐘，議長目前還沒抵達記者會現場，我們先把畫面切過去。」

畫面切換到記者會現場，和一般抗爭的記者會不同，沒有斗大的標語，也沒有強烈的訴求，就是一張鋪著深色絨布桌巾的長桌，上面放著三架桌上型麥克風，地上鋪著紅毯，營造出莊重的氛圍。雖然畫面已經盡量拉遠，還是無法容納這個房間的天花板，樓層至少挑高三公尺以上，更顯出整個場面的莊嚴，一旁還擺著一座移動式講臺，一名男子西裝筆挺地站在那，因為前排空蕩蕩的，他顯得有些尷尬，不時調整著領帶的角度。

而在畫面之外，投影幕前的群眾也正屏息等待著，頓時少了先前訪談時的鼓譟，漸漸安靜了下來，他們像在等待著什麼神蹟，甚至都不敢竊竊私語，就像某種宗教儀式一般，只差沒有祝禱。這時候，遠方的太陽也漸漸西沉，周遭的環境一下暗了下來，讓投影幕相對清晰了起來，如同電影放映的序場，感覺正劇就將要在眼前開演。

然後，畫面忽然閃了幾下，大家過一會兒才意識過來是記者會現場的鎂光燈，接著畫面緩緩往左移動，拍攝到一名西裝筆挺的老者走了進來，那名老者髮際線退後得厲害，別著一條火紅色的領帶。他不疾不徐地走到長桌中央，對大家鞠躬後坐了下來，他的一舉一動是如此從容自得，不像是來向大家解釋的，反倒像是來報告什麼好消息。

「大家好，我是國會議長任火旺。」他首先說了第一句話，然後調整了一下座椅，調整了麥克風和自己的距離。

楊曉薇轉頭瞄了呂俊生一眼，他的表情顯得更加擔憂了。看任火旺的表情就知道，事情並沒有他們想像的那麼單純，他們還是太天真了。

我們玩不起，這是大人才能玩的遊戲。

但是楊曉薇什麼都沒辦法做，呂俊生也一點辦法都沒有，更糟糕的是，整個野風社都無計可施，他們只能看著眼前的事情發生。雖然他們還無法預料到即將面對的是什麼，然而他們都知道，這不會是什麼好結果。

「關於昨天晚上公布的錄音檔，我有一些話想說。」任火旺說完這句話，又微微一笑，那笑恰恰就像一把橫擺的刀。

第十二章　退場

任火旺望著鏡頭，彷彿他不是對著現場的媒體記者說話，而是透過鏡頭、這片投影幕，和國會議場前的這片群眾直接交談。

「相信這段錄音檔激起了公眾很多的討論，首先第一點，許子淵是否應該執行槍決。」任火旺甚至沒有拿演講稿，就能有條理地說出自己的論述：「這一點請大家不用擔心，我們是一個法治國家，許子淵目前還停留在二審判決的階段，目前上訴三審正在審理中，絕對沒有提早執行槍決的問題。至於許子淵是否有罪，我身為國會議長，也不適合針對個案評論，一切大家自有公評。」

「他的公評也不是真的公平。」黃妍萱不以為然地說：「既然都知道三審才能槍決，為什麼還要關說？他也真能扯，把關說的問題引導到許子淵是否有罪，根本是在模糊焦點。」

楊曉薇瞄了一眼身邊的呂俊生，他的表情仍舊十分凝重。楊曉薇又望向站得稍遠些的謝怡婷，她也是一臉嚴肅地望著投影幕。

「第二點，關於監聽國會的問題。」任火旺稍稍清了清喉嚨，接著說：「在一個民主法治的國家，我們絕對不容許任何人，在沒有正當理由的情況下，對國會進行非法監聽，因為這將會對民主制度造成重大的傷害。因此，如果真的出現監聽國會的事件，我們呼籲有關單位明察，找出是誰正在戕害民主，並杜絕未來類似情況的發生。」

「又在規避責任了，比起監聽，關說是更傷害民主的事吧！」這回換李仁傑抱怨：「口口聲聲說我們是民主法治的國家，自己卻做著傷害民主和法治的事。」

呂俊生仍舊一語不發，雙手交抱在胸前，沉默地望著前方。

「第三點，關於錄音檔的真實性。」任火旺在這裡稍做了停頓，底下的鎂光燈耐不住地閃了一下，任火旺只微微一笑後又繼續說：「我想告訴各位一個好消息，監聽國會並不是事實，因為這個錄音檔從頭到尾就是假造的。」

李仁傑忍不住罵道：「真是胡說八道！特調組的東西怎麼可能是假造的！」

楊曉薇不需要回頭，就感覺到呂俊生的身體顫了一下。呂俊生那不好的預感成真了，這遊戲他們玩不起，這是屬於大人的遊戲。

「根據我的助理調查發現，這段錄音檔是透過網路的公開影音拼接而成。」任火旺打了個手勢，立刻有工作人員推著小型投影幕進到畫面中，大家都正注意著投影幕上將會出現什麼畫面，雖然有幾個人像李仁傑那樣大聲罵幾聲，不過都只是零星的聲響，在這片廣闊的寂靜中顯得相當單薄。

「這段錄音主要的取材來源，是我去年對死刑公開發表的意見。大家都知道我對死刑的看法，我認為殺人就必須償命，這是千古不變的道理。」任火旺指著投影幕，那是去年影片當中的一張截圖。

鐵一般的證據，楊曉薇幾乎可以非常肯定，野風社這次全面潰敗了。

接著，觀眾才發現，投影幕上播放的是一段影片檔，零碎的影片經過一連串的蒙太奇混剪，成了觀眾們都熟悉的段落。

「他說會幫你處理啦！那個死刑他會快點幫你簽掉。」

「什麼人情，那種人就應該快點槍斃，那些學生真是腦子有問題。」

並不只是單純的文字上符合，而是咬字和語氣完全一模一樣，就好像是重複播放了那一段錄音檔。

「其中還包括了其他近期的新聞片段，比如胡正善議員先前對張耀德一案的評論。」任火旺又引導大家望向投影幕，這次是胡正善接受採訪的新聞畫面截圖，當然，這也同樣是一段影片檔，也同樣是零碎片段的蒙太奇。

「你說張耀德那件事喔！謝謝啦！海哥怎麼說？」

這段影音同樣展現了驚人的相似度，如果閉上眼睛，幾乎不可能對兩者進行區別，這實在太過天衣無縫。

「我相信大家還是會覺得，這只是巧合，簡單的幾句話並不代表全部。」任火旺自信地微微一笑，接著大手一揮，又引導大家的視線望向投影幕：「經過我的助理們一天的努力，我們終於拼湊出完整的檔案。證明整段對話都是經過剪接而成。」

楊曉薇感覺到前所未有的絕望，就如同考試公布正確答案的那一刻，一切已經都沒有轉圜的餘地，也沒有曖昧的空間，生死已成定局。答案已經很明顯了，他們手上拿到的錄音檔是假的。

這一切，都是大人在玩的遊戲。

楊曉薇轉頭望向呂俊生，但是這一次已經不抱任何期待了，儘管呂俊生曾經是希望的象徵，然而楊曉薇也理解，這一切都是無法挽回的。

「我還是太天真了。」呂俊生望著投影幕，露出苦澀的笑容：「我應該早點發現的，那段對話已經有所暗示了。」

「什麼暗示？」楊曉薇有氣無力地問。

「何弘正說這段聲音幾乎百分之百吻合。」呂俊生頹喪地回答。

「喔！我想起來了。」楊曉薇恍然大悟，何弘正的確曾經說過這句話，但是他們理解錯了，或者說，當時的他們沒有想那麼多：「他說他比對過網路上所有的公開影片，那兩個聲音的確就是他們兩個人，而且幾乎是百分之百吻合。」

「我們以為這代表錄音檔是對的，可是反過來說，這也代表這段錄音檔有可能是假造的。」呂俊生萎靡不振地說著：「有時候，一個東西太過完美，反倒有可能是有問題的。」

「究竟是誰？為什麼要這麼做？」楊曉薇不抱期待地問著。

「不會有別人，就是他們。」呂俊生指著投影幕。

「太卑鄙了！」李仁傑這時忿忿不平地走過來，和呂俊生一齊指著投影幕：「真的是太卑鄙了，居然要這種小手段。」

「對不知道的人來說，耍手段的可能是我們。」謝怡婷沉著一張臉說。

「怎麼可能是我們，能夠在這麼短的時間內做好影片，分明就是設計好的。」黃妍萱也氣憤難平地說，並焦躁地跺了幾下腳：「只有瞎了眼的人才看不明白，這是明顯的圈套。」

「可是連我們自己都看不明白了。」呂俊生陷入前所未有的意志消沉。

楊曉薇望著眼前的群眾。的確，他們當中的某些人動搖了，儘管有些人和李仁傑、黃妍萱一樣，義憤填膺地指著投影幕大罵，不過一些人投來了異樣的眼光，還有一些人，雖然沒有明顯的表態，卻也沒有站在野風社這邊。楊曉薇又看向投影幕，任火旺的個人秀結束了，接下來是媒體提問，鎂光燈不時閃爍著。因為天色漸漸晚了，畫面上的鎂光燈顯得特別刺眼，一次一次扎著野風社眾人的眼。

「請問議長會對野風社提告嗎？」一名記者問道。

「我並不想為難學生，如果這是學生個人的偏差行為，我希望他們知錯能改。」任火旺先是慈愛地笑著，接著忽然又話鋒一轉：「可是如果這是有心人士在背後操作，我一定會追究到底，畢竟我們不希望政治進入校園。」

「針對這些學生連日包圍國會議場，議長有什麼話想說？」另一名記者問。

「我認為，國會的一百多位議員，代表的是兩千萬人的民意；無論野風社聲稱自己動員了多少人，相對兩千萬人的民意，仍舊是少數。民主是少數服從多數的制度，我們不應該讓少數綁架了多數，所以我誠心勸告那些學生，請盡早歸還議場，讓民主得以有效運作。」彷彿事先草擬了演講稿，任火旺流暢地講完一長串話，接著，他稍稍停歇，有意無意地對鏡頭眨了眨眼，接著意味深長地說：「畢竟，我不希望這群學生成為自己討厭的大人。」

「真是太欺負人了！」李仁傑忍不住又罵，接著轉向呂俊生：「這句話從他嘴裡說出來，簡直就跟髒話一樣！」

「他說對了，我們不應該成為自己討厭的大人。」呂俊生提不起勁地說。

謝怡婷也絕望地喃喃自語。「完蛋了，風向完全變了。」

「不是還有影片嗎？曉薇不是有拍下跟對方見面的影片？」黃妍萱不甘心地問。

「沒用的，那段影片根本沒拍到臉。」

謝怡婷莫可奈何地搖搖頭。

「對不起。」楊曉薇因為幫不上忙而感到愧疚。

「她沒有錯，我們是被設計的，對方說不准攝影，如果發現偷拍他就不給檔案，所以我們根本找不到好的拍攝角度，能錄到聲音就已經很了不起了。」呂俊生揮了揮手：「是我錯了，我太一廂情願，沒有看清楚事實。」

「不是你一個人的錯。」謝怡婷頹然地說，望著投影幕前交頭接耳的群眾，以及時不時投來的目光：「現在最大的問題，是這件事情該如何收場，我們要怎麼對大家交代。」

「就實話實說吧！」呂俊生也跟著望向人群，深深地嘆了口氣：「畢竟，我們都不想成為自己討厭的大人。」

「騙子學生！」「騙子滾出議場！」

那天之後，就時常有好事者在圍牆外鬧場。有時候是一群人組成的隊列，拿著擴音器向牆內喊，有時候是吉普車上站著幾個人，從圍牆外呼嘯而過，他們稱之為「路過國會議場」的行動。

「胡正善下臺！」「釋放許子淵！」「反對黑金政治！」

在李仁傑的帶領下，牆內的人也不甘示弱地喊回去。不過可以明顯見到，牆內的群眾已經漸漸顯露出疲態，人數也有逐漸減少的趨勢，聲音也不再那麼有自信，一切都像強弩之末，大家只是徒勞地保護著終將熄滅的殘火。

「這些人根本就是憲政黨動員的人。」李仁傑心有不甘地對呂俊生說，儘管聲音因為連日的嘶吼而顯得沙啞，他還是逞強地繼續說著：「你看那幾個帶頭的人，哪個不是憲政黨的樁腳？」

「對他們來說，我們也不過是在野黨動員的人。」呂俊生已經失去了戰鬥的力氣，這幾天下來，他就是坐在花臺上滑手機。

「他們需要你，他們需要一個英雄。」李仁傑幾乎是哀求地對呂俊生說。

「可惜我不是，我一直都不是，我並不是大家想像的那種人。」呂俊生意志消沉地回應：「他們或許需要英雄，但是那不會是我。」

「那也不應該是我。」李仁傑嘆了口氣：「我卻一直做著你該做的事。」

李仁傑抱怨完，又跑去圍牆邊喊著，又有一輛吉普車從牆外呼嘯而過，一個人在車上拿著大聲公，向牆內喊著：「騙子滾出來！就是在說你！呂俊生！」

呂俊生了無生趣地抬起頭，不是為了反駁什麼，只是被叫了名字後的反射動作。連日來他的名字已經被提過無數次，隨著逐漸地習慣，他抬頭的動作也越來越緩慢，眼神也越來越渙散，幾乎像是在敷衍。

不過這一次，他多停留了半秒鐘，在重新低下頭的瞬間又抬起頭。

楊曉薇感受到這次反應的異常，她跟著望向聲音的方向，呂俊生不會單單為了那幾句話被勾起注意，一定是有更多的東西，她望著圍牆外，那不過是今天見到的另一輛吉普車，上面站著的也不過是大同小異的示威者，這不過就是今天的日常……但是當楊曉薇看得更仔細，站在吉普車上的人，並不是普通的示威者，他的嘴邊有一顆痣，而那顆痣是如此地似曾相識。

就在楊曉薇終於回憶起之前，呂俊生已經衝了出去。

「等一下！」楊曉薇想要阻止，但是已經來不及了。

呂俊生在群眾驚訝的目光下，如同草原上的獵豹那樣快速地奔馳著，如風一般穿過了議場圍牆的大門，像獵豹奔向獵物，緊咬住了即將呼嘯而過的吉普車，蹦跳到車上，將車上的人拽了下來。

李仁傑在圍牆內看著這一切，一開始也是驚訝得目瞪口呆，不過很快就醒悟過來，像是受到了鼓舞，振臂大聲吆喝：「打倒黑金政治！」

「打倒黑金政治！」群眾也受到了激勵，跟著高昂地吶喊。

楊曉薇這才終於能反應過來，她想跑上前去，但因原本靜坐的群眾紛紛站起身，遠望著牆外發生的事，楊曉薇被重重人群阻擋著，只能從偶然的縫隙間觀察著圍牆外正發生的事。

呂俊生把那人拽到地上，用自己身體的重量騎到那人的身上，然後一拳一拳地打向那人的臉，沒有人上前阻止。楊曉薇奮力地想擠上前，卻又覺得自己在原地踏步，甚至正在不斷往後退，如同在潮水中泅泳，漸漸地，楊曉薇連看也看不清了。

「打倒黑金政治！」「下架失能國會！」

群眾的叫喊聲震耳欲聾，如同雷聲陣陣，後來幾乎已經分不清他們在喊些什麼。

有些人甚至開始唱起了歌，不過在吶喊中失去了旋律，只能從歌詞內容分辨出是哪首歌：「試問誰還未發聲，都捨我其誰衞我城……」

這是《悲慘世界》那首著名的歌曲〈Do You Hear the People Sing?〉的中文改編版，因為旋律很熟悉，所以許多人也跟著哼唱著。只是中文的版本沒有統一，所以許多人就是各唱各的，甚至還有人唱起了英文。

楊曉薇已經分不清自己在人群中的什麼位置，她只能竭力將自己擠向前，可是她已經不確定這個方向是不是對的。在密不透風的人牆之中，她已經分不清前後左右，或許到頭來，自己努力的方向一直都是錯的。

所以，當她終於擠出人群的那一刻，她本來是不抱任何期待的。

她沒有看見呂俊生，然而她看見了議場的圍牆，看到圍牆外的人行道，她也確實被擠出了圍牆的大門，不過她就是沒看見呂俊生。原本呂俊生所在的位置，被一團人群所取代，那群人拉拉扯扯著，一時半會不知道在搞些什麼。

終於，她在人與人的縫隙之中，看見了呂俊生的臉。

呂俊生的身體被人拉著，但是那些拉著呂俊生的人，又被更外圍的人拉著，而那些更外圍的人，又被比他們更外圍的人拉著，他們互相拉扯著彼此，呈現一種詭異的景象，如同地獄的圖景。

楊曉薇想上前幫忙，可是又不知道該從何下手。她不確定之中每一隻手的目的分別是什麼，她甚至很懷疑，那些人知不知道自己正在做什麼，或許他們就只是互相拉扯著，然後就感到滿足了。

終於，那團交纏的人群就像被拉扯到臨界的網，最後還是崩解開了，他們如同煙火一般四散開來，以各種姿勢躺在人行道上。

楊曉薇先看了一眼呂俊生，呂俊生的身上並沒有受到什麼傷，除了拳頭有些發紅，還帶有一點瘆人的血跡，楊曉薇又立刻去看了另一個人的情況，那人的臉被打得滿臉血，幾乎看不清原本的樣子，除了嘴邊的那顆痣。

那不是特調組的鄭睿成，儘管被打成這樣，楊曉薇還是能很肯定地說絕對不是，雖然嘴角同樣有一顆小痣，雖然那顆痣的大小和位置出奇地相似，但是肯定不是同一個人。

可是這會是那天晚上他們所見到的人嗎？楊曉薇這下不確定了。

呂俊生肯定也知道這不是鄭睿成，因為差別實在太過明顯了，可是看呂俊生的反應，這極有可能就是呂俊生當晚見到的人。畢竟他們面對面談了許久，呂俊生理當記住了他的臉，不過因為先入為主的偏見，把他和鄭睿成視作同一個人。

呂俊生掙扎地還想站起身，立刻被旁邊的人壓制住，遠處傳來警車鳴笛的聲響。楊曉薇見到警車停到人行道旁，見到警察下車走來站到呂俊生身邊，沒有多問理由，也不顧其他人的反對，就把呂俊生拖起帶走。

楊曉薇望著這一幕，她感覺自己忽然失去了行動能力，只能眼睜睜地看著這一切在眼前發生，聽著警笛聲逐漸遠離，然後像是靜音的影像忽然恢復了聲音，周圍的吶喊聲又逐漸震耳欲聾。

「警察退後！」「打倒黑金政治！」「下架失能國會！」

呂俊生離開警局時，立刻得到英雄式的歡呼，不過呂俊生並沒有跟著起舞，而是冷著一張臉。陪同他一起出來的曾逸軒拍了拍他的肩，呂俊生也只含蓄地揮了揮手。最激動的莫過於李仁傑，他一個箭步衝上前，給了一個熱情的擁抱。

「你真的是我們的英雄、我們的神！」李仁傑在呂俊生耳邊高聲喊著。

「我說過了，我不是。」呂俊生有氣無力地回應。

「你重新激勵了大家，他們需要你來帶領他們。」李仁傑沒有被呂俊生的回應澆熄熱誠，他接著轉過身，對著包圍警局的群眾振臂高呼道：「我們的大英雄回來了！」

「打倒黑金政治！」群眾中的一個人忽然喊道。

「打倒黑金政治！」如同被施了魔法，其他人也跟著喊。

「下架失能國會！」群眾中的另一個人又喊。

「下架失能國會！」回應的喊聲益發熱烈。

「呂俊生無罪！」又有一個人喊。

「呂俊生無罪！」群眾此起彼落地喊著，人群將街角的警局重重包圍著，此刻的景象更像是跨年的派對。

「你們的行為已經違法，請立即解散！」一名中年男刑警身穿藏青色外套，頭上戴著警用圓盤帽，拿著擴音器向群眾喊話著，他站在警局的正門前，就站在呂俊生的身邊，形成一幅怪異的圖景。

「警察退後！」人群中忽然出現一個喊聲。

「警察退後！」「警察退後！」同樣的叫喊很快此起彼落。

那位中年刑警露出尷尬的表情，轉頭看向身旁的呂俊生，呂俊生對他點了點頭，接過他手上的擴音器，群眾瞬間爆出熱烈的歡呼聲響。然而呂俊生臉上依舊沒有一點熱切的表情，依舊冷漠地望著底下的群眾，接著慢慢地舉起話筒。

「各位朋友們，你們辛苦了。」呂俊生才剛打完招呼，底下立刻又爆出熱烈的歡呼，夾雜著幾聲刺耳的口哨。

「走到這一步，相信大家都累了，我累了，野風社的夥伴累了，警察也累了。」呂俊生沒有隨著群眾的熱情而升高音量，所以前面一小段必須很費勁才能聽清，群眾中的一些人也開始要大家安靜。

「這起運動，是要喚醒社會對張耀德案件的關注。我相信大家也看到連日來媒體對我們的報導，在喚起關注的這個部分，我們已經成功了。」呂俊生依舊語調平緩地說著，可是楊曉薇注意到，他身邊的曾逸軒漸漸露出怪異的眼神，好像正在擔心著什麼，不過卻一時說不上來，只能側耳聽呂俊生繼續說著：「所以我希望，既然已經達到目的了，大家就不要再繼續為難警察，因為我們的敵人並不是他們，而是更上面的人。」

群眾聽到這裡，也隱隱有些騷動，因為大家逐漸和曾逸軒有了相同的預感，他們過去所做的一切，和他們即將聽見的一切，或許是完全不同的，不過他們的心底終究還是抱著一絲希望，希望最終的結果會有所不同。

「我想告訴大家，這場抗爭結束了。」可是現實依舊是殘酷的，群眾眼睜睜地望著他們曾經的英雄、他們的神，說出完全不符合身份的話：「我們得到了我們所要的結果，也是時候退場了，這是我們旅程的……」

呂俊生說到一半，被曾逸軒拉到一旁，儘管後排的群眾可能沒聽見，聚在旁邊的楊曉薇和其他野風社成員，卻清楚聽見了曾逸軒氣憤地說著：「這是你和他們談好的條件嗎？你根本不需要這麼做，你應該相信我能讓你無罪。」

「我不是想要無罪，我是真的累了。」呂俊生轉頭回應，看他那雙渙散的眼神，就可以知道他說的是真的。

「你仔細想想，這不是你一個人的戰鬥。」曾逸軒又扯著呂俊生的肩膀說。

「我知道，所以我要把主導權交還給大家。」呂俊生虛弱地笑了笑，接著又拿起大聲公，對著警局前的群眾說：「我們已經成功喚起關注了，是時候歸還議場，讓我們的精神在全國上下遍地開花！」

尾句上揚的語調並沒有激起任何的反響，如同喜劇演員在臺上抖了一個失敗的包袱，連同情的掌聲都沒有，大家只感到錯愕。

「大家不要擔心！」曾逸軒乾脆搶過呂俊生的擴音器，對著茫然的群眾喊：「我們還在這裡！就算呂俊生要離開了，不代表這場抗爭就結束了，我們還在這裡！我是『草民互助會』的發起人，如果你想留下來，請加入我們。」

「野風社不會離開，我們還在這裡！」李仁傑也湊上前喊，但是沒有擴音器的加持，他的叫喊顯得單薄：「我們還會留下來，我們會一直陪大家到最後，請你們不要離開，如果你們支持我們，請加入我們！」

「我是第一分局的局長尤見清。」那位中年刑警不知道從哪裡又拿來一支擴音器，旁邊還多了一位年輕刑警舉著「警告行為違法」六個大字的牌子，中氣十足地對群眾喊著：「你們的行為已經違反集會遊行法，這是第一次舉牌警告。」

面對這樣再明顯不過的威脅，群眾卻完全失去了對抗的能力。

「請各位立即解散，不要再繼續違法，也不要回到國會議場。」因為沒有遇到一點阻礙，尤見清得以從容地繼續說著：「再說一次，現在是第一次舉牌警告，現在時間是……」

「警察退後！」人群中忽然爆出一聲喊。

在這聲叫喊之後，群眾陷入短暫的沉默，許多人面面相覷著，沒有先前那樣反射性的激情。大家沉默著、思考著，第一次，他們不確定自己做的是不是對的，不確定他們將要做的會不會是錯的。

「警察退後！」人群又爆出了另一聲喊，是在完全不同的方向。

「警察退後！」又是一聲喊。

「警察退後！」

「打倒黑金政治！」

「下架失能國會！」

再一次，人群重拾了他們的果敢，對著眼前這位中年警察大聲喊著。尤見清轉頭望向呂俊生，呂俊生只是面無表情地望著人群，看不出他偏向哪一方，甚至讀不出他心中的情緒，他就只是望著，像是一個旁觀者，甚至連旁觀者都不是。

曾逸軒的表情也很是複雜，他望著人群的吶喊，也顯得有些手足無措。只有李仁傑被重新點燃了熱情，他退到人海之中，隨著群眾一起激昂地喊著，儘管他仍舊沒有擴音器，但是在大家的助威之下，他的喊聲瞬間充滿著強勁的力量。

儘管一切看似回歸平常，不過這畫面看來還是有些詭異，不僅僅是呂俊生和這些群眾顯得格格不入，群眾間的氣氛也相當詭譎，儘管他們異口同聲喊著同樣的話，卻總感覺當中有著巨大的鴻溝。不過相比起來，呂俊生還是現場最尷尬的人，不過尷尬的不是他自己，他的心緒彷彿已經不在這裡，他又站在那裡愣了許久，然後毫無預期地，他離開了警局的正門，從群眾間擠了出去。

沒有人歡呼、沒有人簇擁、沒有人攔阻，他們就是毫無反應地讓呂俊生穿梭而過。群眾仍舊在吶喊著，彷彿呂俊生只是個無關的人，他們只有偶爾被碰撞到的時候，才會表現出一點點的情緒。

然後，曾逸軒也離開了，就剩下前面的尤見清與群眾中的李仁傑互相對峙，兩方互相叫喊著什麼，卻再也聽不清彼此在喊些什麼了。

第十三章　起點

「在那之後，妳還有跟他聯絡嗎？」

謝怡婷望著楊曉薇，兩人此刻在一間咖啡廳裡，就是她們曾和曾逸軒、呂俊生一起待過的咖啡廳。記得那是在呂俊生父親的快炒店被砸之後，他們一同在這裡討論之後的對策，儘管那時候的他們各有堅持，不過至少仍舊是聚在一起的。

「沒有，從那之後我就沒有再見過他，也沒有傳過訊息。」楊曉薇搖搖頭，為了掩飾尷尬，她輕啜了眼前的抹茶拿鐵，雙眼盯著謝怡婷的那杯卡布奇諾，過了一會兒才又抬起頭說：「聽說，他退學了。」

「妳也太遲鈍，退學都是半年前的事了。」謝怡婷雖然這麼說，卻沒有責備的意思，反倒多了些憐憫：「新聞已經報了那麼多天，妳不可能沒看到吧！他要參選國會議員了。」

「是嗎？」楊曉薇閃躲了眼神，又低頭啜了一口抹茶拿鐵。她原以為謝怡婷會繼續說些什麼，然而等待她的是一段漫長的沉默。楊曉薇禁不住好奇地抬起頭，發現謝怡婷此時正盯著她看。

「你們現在變得很尷尬嗎？」謝怡婷冷不防地問。

「我們本來就沒有很熟……」楊曉薇仍舊閃躲著。
「明眼人都看出來了，你們交往過吧？」謝怡婷望著楊曉薇說，可是那眼神沒有太激烈的質問，反倒像是心理治療師正在剖析一個病人。
「我也不確定那算不算是。」楊曉薇又盯著謝怡婷面前的卡布奇諾。
「妳會這麼說，代表妳真的愛上他了，不管妳自己願不願意承認。」謝怡婷側過臉，然後拿起桌上的卡布奇諾輕啜一口，接著感嘆道：「一個人最卑微的時候，莫過於當妳知道妳愛他。」
「對……」楊曉薇聽見這一句話，忍不住激動地想附和，但是又覺得不太適合：「我也不懂這種事情。」
「妳懂，我想呂俊生也懂。」謝怡婷肯定地說，並熱切地望著楊曉薇：「我想他也愛上妳了，所以當那件事發生後，他才會選擇躲起來，因為他覺得自己配不上妳。說穿了，愛情不過就是兩個卑微的人在同病相憐。」
「為什麼妳要對我說這些？」楊曉薇用手背試了試自己臉頰的溫度。
「妳知道呂俊生現在這場選舉吧！他對上的是胡正善。」謝怡婷稍稍把身子趨向前，比先前多了分緊張：「在野黨決定禮讓呂俊生，原本民調是五五波的，可是最近出了一點意外。」
「妳是說，打人的事情嗎？」楊曉薇也不再繼續裝傻了。

「對，就是我們在國會那個時候，他打人的影片完全被錄下來了。」謝怡婷拿出自己的手機，輸入了幾個關鍵字，讓楊曉薇看搜尋結果：「現在不只國會那段影片，他過去抗爭中打人的片段，都慢慢被爆出來了。」

謝怡婷點開了其中一個連結，那段影片似曾相識，楊曉薇想了一下才發現，那是呂俊生阻擋怪手的畫面，那也是楊曉薇和野風社初次認識他的影片。記得那時是李仁傑放給大家看的，呂俊生肉身擋在怪手面前，並在怪手停下時，把裡面的駕駛拖了出來，只不過，現在這段影片還有後續，楊曉薇見到駕駛被呂俊生壓在地上，然後就是一頓亂拳猛打，如同那天國會議場外的狀況一樣。呂俊生的眼神同樣帶著凶狠的氣息，就如同被惡靈附身。

就連楊曉薇現在看著，也覺得不寒而慄。

「這都是以前的事了。」楊曉薇只能這樣替呂俊生辯護，可是她內心知道，這並不是什麼久遠的事情，因為就在半年前，就發生了一樣的事，同樣的眼神、同樣的狂躁、同樣的讓人捉摸不定。

「當然，我們相信他，可是選民不相信。」謝怡婷收起手機，沉重地說：「對一般民眾來說，這種暴力是顯而易見的。像胡正善那樣的黑金政治，或是像任火旺那樣的密室協商，反而都是虛無縹緲的，沒有那麼具體的邪惡。」

「那我們能怎麼辦？大家都已經不相信我們了。」楊曉薇無奈地說。

「找出問題，永遠都是解決問題的第一步。」謝怡婷的臉上又出現往常的那種自信，這是在占領國會之後，楊曉薇第一次見到謝怡婷臉上再次出現那樣的表情：「所以妳願意幫忙嗎？」

「問題是，他願意接受幫忙嗎？」楊曉薇推託道。

「就我所知，仁傑和妍萱已經去幫忙了，小戴也正在學校招募人力。」謝怡婷回答：「畢竟這算是野風社未完成的抗爭，我們要把我們半年前累積的力量，反應到這次的選舉上。只有拉下胡正善，才是改革黑金政治的第一步。」

「我感覺，我可能幫不上什麼忙……」楊曉薇仍舊遲疑著。

「妳是我們的攝影組長呀！忘了嗎？」謝怡婷鼓勵道：「而且，野風社是一個整體，一個人累了，另一個人就來接替他，野火燒不盡，春風吹又生。」

野火燒不盡，春風吹又生。

儘管她加入野風社才剛要滿一年，其中甚至還脫離了半年之久，不過總覺得已經是很遙遠的事情了，記憶都已經模糊不清。

不過聽見了那句話，楊曉薇還是覺得全身流過了一陣暖流。

「我應該怎麼幫忙？」楊曉薇終於鬆口問。

「這就是我約妳來這裡的原因，」謝怡婷微微一笑：「因為這裡比較近。」

楊曉薇和謝怡婷站在呂俊生的競選總部前。雖然說是競選總部，可是並沒有像一般想像的那樣氣派，不過就是一間普通店鋪的大小，前面插著兩支和人等高的競選旗幟，上面印著呂俊生的半身照。

抬頭往上看，上面也是競選的宣傳看板，和過去穿著黑色野風社團服的形象不同，看板是以明亮的色彩作為主視覺。呂俊生穿著白淨的襯衫，雙手握拳擺出打氣的手勢，臉上還擺著和善的笑容，就像街邊隨處可見的代言廣告。

「嗨，怡婷！」呂俊生迎面走了出來，不過見到楊曉薇的瞬間便愣住了，他勉強移開視線看了看謝怡婷，後者只對他聳了聳肩。他又轉頭看向楊曉薇，楊曉薇不知道該說什麼，只能低下頭，呂俊生也只能困窘地說一聲：「嗨！」

「我來看看有什麼能幫忙的。」楊曉薇終於鼓起勇氣說。

「目前……還行。」呂俊生尷尬地轉頭望了競選總部一眼。

「人都到這裡了，就請曉薇進去坐坐吧！」謝怡婷無奈地嘆了口氣。

「沒關係，如果……」楊曉薇忙著推辭。

「進來吧！」呂俊生對她們招了下手，就轉身走進總部的正門，然而也沒有太過熱切地歡迎，比起真心邀請，更像是在敷衍虛應。

可是楊曉薇還是走進去了，經過了半年的沉澱，楊曉薇仍舊沒有辦法抗拒自己，總部內放著熱鬧的競選歌曲，裡面的工作人員微笑著望著每一個進門的人，楊曉薇忽然感到有些懷念，好像回到一開始進入野風社的樣子。
「我們上二樓吧！」呂俊生沒有多做停留，頭也不回地說。
於是他們三人繞過櫃檯，走到總部最裡側的樓梯，這個店面的空間比想像中要長上許多，相對外頭明淨的氛圍，櫃檯後的空間顯得相當陳舊，樓梯也建得又窄又陡，讓楊曉薇想起K書中心的樓梯。
他們三人小心翼翼地走上樓，才走到一半，就可以聽見樓上傳來的喧鬧聲。楊曉薇聽出了幾個熟悉的聲音，便不自覺地加快了腳步。
「我們這場選戰一定要贏得漂亮！」果不其然，楊曉薇才剛從樓梯間探出頭，就見到李仁傑正揮拳喊著：「不只要贏而已，而且還要大贏。我們要讓他們知道，傳統的樁腳已經沒有用了，人民的眼睛是雪亮的。」
「喊口號沒意義，重點是要怎麼贏？」黃妍萱在一旁潑了冷水。
他們幾個人圍坐在四張桌子併排而成的會議桌旁，桌上放著電腦和紙筆。除了李仁傑和黃妍萱，楊曉薇還見到了何弘正和戴佩芸，就連高天宇也在，只是他還是一如往常那樣，讓自己遠離風暴中心，坐在稍遠的地方看著自己的電腦。
「曉薇，妳來了！」戴佩芸見到楊曉薇，立刻興奮地撲過來。楊曉薇擋不住戴佩芸的熱情，差點從樓梯頂端摔下去，好在一旁的謝怡婷及時穩住。
「嗨，大家好。」穩住腳步後，帶著點生澀，楊曉薇向大家打招呼。

「歡迎回來！」黃妍萱對她微微一笑。

楊曉薇忽然覺得鼻酸，她沒想到自己是這麼想念這些人，她想好好抱一抱他們，可是又怕覺得尷尬，只好忍住這樣的衝動，也忍住了即將流下的淚水。她好好看過每一張臉，並給了他們同樣溫暖的笑容。

「回來真好。」楊曉薇最後這麼說。

「快來加入我們吧！我們才討論到一半而已。」李仁傑催促地對她招招手，並拉開旁邊的幾張椅子：「我們可不能讓胡正善那傢伙得逞。」

「大家想到什麼對策了嗎？」謝怡婷很快入座，並望著大家說。

「我們現在需要一支形象廣告，扭轉大家對俊生哥的印象。」李仁傑率先發言：「這附近不是有養老院和幼稚園嗎？我們需要塑造一個親民溫柔的形象，可以先從老年人和小孩下手。」

「這都是長期的東西，我們現在應該討論立即性的處置，比如面對記者要怎麼說。」黃妍萱轉頭看向呂俊生：「無意冒犯，但是我覺得應該要來個模擬。」

「我同意妍萱，我們應該要來做沙盤推演。」謝怡婷也附和道。

「那就開始吧！你們覺得我會碰到什麼問題？」呂俊生端正了自己的坐姿。

「首先第一個會碰到的問題，就是為什麼要打人？」黃妍萱很快地提問。

「如果是挖土機那次的話，我只是要阻止司機回去駕駛。」呂俊生回答。

「阻止他有其他方法，為什麼一定要打人？」黃姸萱又接著問。
「我那個時候沒有想那麼多，我只是……」呂俊生說到一半就被打斷。
「道歉，這個時候一定要道歉。」李仁傑插嘴說：「大家不喜歡看到公眾人物狡辯，就算你真的是對的，他們看到你打人，你一定是不對的，所以你不能講得好像自己完全沒錯，只是大錯和小錯的區別，反省和不反省的區別而已。」
「所以我應該道歉，說對不起不應該打人。」呂俊生喃喃自語，並沒有煩躁的感覺，反而像是小學生在默默反省。接著他沉澱了一會兒，修改了自己的回應：「我很抱歉，我不應該動手，對於那位司機所受到的傷害……」
「不行，你這樣的姿態又太低了。」李仁傑還是不滿意地搖搖頭：「我們雖然是在道歉，但是在道歉的同時，我們必須激發大家的同情心，才不會處於一直挨打的狀態。我們要以退為進，還是要表達出土地正義的議題。」
「好，我懂了。」呂俊生又低頭反省，過一會兒才又說：「對不起，我一時被情緒沖昏頭，因為熱愛這片土地，我因為衝動傷害了一個人，我對那位司機感到非常抱歉。如果可以，我願意做任何事來補償他們所受的傷害。」
「很接近了，不過文稿還要再磨一磨。」李仁傑勉為其難地接受了，他雙手交抱在胸前，看起來就像是一名嚴苛的面試官：「第一個問題算是勉強通過了，再來他們會問你，為什麼總是用暴力去處理事情。」

呂俊生這回很快反應過來：「對不起，我不應該用……」

「我覺得我們不應該總是在道歉，這樣姿態放太低了。」這次換黃妍萱打斷呂俊生：「而且我們這樣乾脆的道歉，那些跟我一起奮鬥的人情何以堪？就是那些和我們一起闖入國會圍牆，那些堅守陣地，那些抵抗警察的夥伴們。」

「那我應該怎麼說？」呂俊生漸漸煩躁了起來。

「我覺得還是應該肯定公民不服從的部分，我們必須肯定有些時候必須要做出一點犧牲。」黃妍萱回答。

「那我們要怎麼同時道歉，又肯定這些作為？」謝怡婷也有點不能理解了。

「我覺得應該要先釐清我們的受眾是誰。」何弘正這時開口說話了，聽到這個熟悉的名詞，楊曉薇感覺自己又回到港溪大橋的那個時候：「我們是要去說服那些本來就支持我們的人，還是那些本來就不支持我們的人？」

「本來就不支持我們的人，無論怎樣都不會支持我們吧！」楊曉薇忍不住加入討論，她原本想安靜地聽著，但是她覺得自己內心深處有什麼被激發了。

「對，我支持曉薇的想法。」謝怡婷對楊曉薇露出會心的微笑，然後望著大家說：「那些無論如何都支持胡正善的鐵票，我們沒有必要去說服他們，更不應該因為這樣而喪失我們原本的支持者。」

「所以，我們就什麼都不解釋了嗎？」戴佩芸疑惑地問。

「不對，俊生哥的民調還是降低了，代表一部分的支持者開始不信任我們了。」李仁傑搖搖頭：「所以現在的問題是，哪些人開始不信任我們了？」

「中間選民。」呂俊生很快回答。

「對，就是中間選民。」李仁傑拍了一下手，露出讚許的表情，不過很快又覺得這樣不太適當，畢竟呂俊生算是他的前輩，所以有些難堪地搔搔頭說：「俊生哥說得對。我們道歉的受眾，就應該是那些中間選民。」

「那我們來想想，中間選民有哪些特質？」謝怡婷替討論拉出了主線。

「膚淺、怕事、牆頭草。」何弘正有些刻薄地說。

「你是有多討厭中間選民？」黃妍萱忍不住笑出聲，不過又從容地分析著：「說得好聽一點，比起候選人的本質，他們更在意候選人的形象；比起偏激的作為，他們更傾向中庸的路線。此外，他們很容易受到輿論的影響。」

「所以，這次的打人影片流出來，幾乎打中了所有中間選民的痛點。」謝怡婷接續著說：「打人這件事本身就是不好的形象，同時又是偏激的作為。更重要的是，以目前的輿論看來，大家也都不認同這件事。」

「如果要反轉形象，就要從中間選民的這三個特質開始。」楊曉薇忍不住接話。

「對，那我們就從候選人的形象開始，我們要怎麼把形象扭轉過來？」謝怡婷彷彿又回到過去那個野風社社長的形象，開始主持著這次的討論會。

「去養老院和幼稚園嗎？」戴佩芸不確定地問。

「我覺得行不通，這兩件事情沒辦法連到一塊。」黃妍萱搖搖頭：「就算跑去拯救全宇宙，打人還是打人，這種壞印象還是會一直存在。如果要翻轉群眾的印象，必須從最根本的點開始。」

「那要怎麼做？」戴佩芸一臉疑惑：「打人不是錯的嗎？」

「看是為了什麼而打。」李仁傑回答：「就如同戰爭並不是全然都是非必要的，有時候，有些暴力是必須的。比如說在面對土地正義上，如果我們不靠肉身阻擋，我們還能依靠什麼呢？」

「像我們這樣沒權沒勢的人家，能憑什麼呢？」楊曉薇低頭沉吟著這句話，接著恍然大悟地說：「張文芳！」

「對，我們需要張文芳。」黃妍萱附和道：「我們需要更多像這樣的人，這些曾經被我們幫助過的人，被俊生幫助過的人，只有靠他們站出來，才能扭轉形象，他們現在是我們的希望。」

「看來我們今天晚上有事情做了，就是把那些人找回來。」謝怡婷欣慰地望著大家，接著說：「處理完形象的問題了，那再來呢？中間選民還希望我們走中庸的路線。」

「我真的好想說一說，明明胡正善他們一點都不中庸。」呂俊生終於耐不住地抱怨：「黑金政治、密室協商這種東西就中庸了嗎？明明這些就是直接侵害到公眾利益的啊！結果他們都不了解。」

「這種事情不能從你嘴巴出來，你不應該罵選民。」李仁傑趕忙阻止他，然後用萬分誠懇的語氣說：「你就做好你那個『神』的角色就好了。」

「感覺都不像我自己了。」呂俊生又抱怨了一句，不過也沒再多說什麼。

「關於中庸的部分，大家有什麼意見嗎？」謝怡婷試著把討論拉回來。

「我覺得這和候選人的形象相反，」黃妍萱回答：「我們應該找來那些我們曾經幫助過，可是沒有幫助成功的人，因為這樣就能顯示我們並不是偏激，反而是如果我們不這麼做，會讓事情往更壞的方向走去。」

「我覺得不錯，還有人有其他意見嗎？」謝怡婷環視了所有人一眼，接著繼續說：「那接下來就很簡單了，只要形象和路線能夠順利扭轉輿論的風向，那中間選民自然就會站到我們這邊了。」

「看來問題好像差不多解決了，」李仁傑愉悅地伸了個懶腰，然後看向楊曉薇：「今天感覺特別順利，曉薇真的是我們的福星。」

「事情怎樣還說不定呢！我們連稿子都還沒有擬好。」謝怡婷雖然這麼說，但是臉上也掛著笑容：「總之，先來分配工作吧！妍萱和小戴負責聯絡相關人物，仁傑和弘正負責擬稿，天宇負責規劃拍攝的場布。」

「咦?那曉薇呢?」戴佩芸很快注意到楊曉薇被遺漏了。
「還有俊生哥和社長……」李仁傑也接著問。
「曉薇明天要負責攝影，俊生則是被拍攝的人，所以兩人今天都先休息吧！」謝怡婷很快回答，然後偷偷對楊曉薇眨眨眼：「而我明天是總導演，也讓我稍微偷懶一下吧！」
「既然社長都這麼說了，大家就各自忙吧！」黃妍萱好像讀出了謝怡婷的暗示，所以幫著催促大家，然後轉頭給謝怡婷一個意味深長的眼神：「妳就別擔心我們了，我們會把事情做好的，妳就好好休息吧！」

楊曉薇、謝怡婷和呂俊生又來到「長生百元快炒」。招牌是同樣熟悉的黃底紅字，門口的左側櫃檯，同樣站著一名短髮及肩的年輕女性，身上套著同樣一條墨綠色的圍裙，胸口上也繡著「長生百元快炒」幾個字。
在更裡頭的料理區，呂爸爸仍舊在那裡賣力揮動著鏟子和炒鍋，從門口就可以聞見熟悉的香氣。楊曉薇忽然彷彿有種時光錯置的感覺，彷彿昨天才剛踏進這家店，她仍舊是那個懵懂的女孩，呂俊生仍舊是那個代表希望的少年。
「爸，我回來了。」呂俊生進門就對呂爸爸喊了聲。
「喔，好。」呂爸爸聞聲抬起頭，先是看見了呂俊生，又看了看身後的謝怡婷和楊曉薇，態度顯得相當冷漠，立刻轉移開了視線。

楊曉薇記得港溪大橋那時候，野風社一行人也遭受到呂俊生父親的冷眼。那時候她還不明白為什麼，也不敢問，直到後來聽呂俊生說了他母親的故事，楊曉薇才稍稍能夠理解。

如果我媽當年沒死，我也不會走上這條路，也不會遇見妳。

想到呂俊生的母親，楊曉薇又不自覺想起那句話，那句告白的開場。雖然是一件沉痛的事情，但是這樣沉痛的揭露，在甜蜜的告白之前出現，並不覺得煞風景，反而更拉近她與呂俊生的距離。那天就像魔法一樣，如今，魔法消失了。

「伯父好。」帶著點傷感，楊曉薇還是向呂爸爸打了聲招呼。

「妳們也知道，我爸就是那個性子。」呂俊生聳聳肩，找了張桌子坐下，並拉了兩張椅子給另外兩人，沒有上次的難為情和惱火，這回的他顯得淡然：「他只是不喜歡我碰政治，而見到妳們，他就會想起政治。」

「我去切幾盤小菜來，將就著吃吧！」呂俊生說著就站起身。

「那我去盛飯。」楊曉薇也連忙站起身。

「我去幫妳吧！順便也拿碗筷。」謝怡婷也跟著和楊曉薇一起走到店內角落的小桌。楊曉薇拿起碗盛飯，謝怡婷則是拿著杯子替大家倒了冬瓜茶。

「抱歉，沒什麼能招待的。」呂俊生端了一盤黑白切和一盤鵝肉過來，搔搔頭後說：「我再去炒一盤青菜和蛋。」

「不用了，我們吃不了這麼多。」楊曉薇趕忙阻止。

「沒關係，妳就讓他去吧！」謝怡婷則是拉住楊曉薇。

而呂俊生也真沒有聽進楊曉薇的話，進到櫃檯裡翻開冰箱，拿出幾顆雞蛋和一把空心菜，在他父親身邊炒了起來，父子倆的動作驚人地相似，看起來就像一對師徒似的，花不了多久，呂俊生就裝了一盤炒蛋放上櫃檯。

「我去幫忙端。」楊曉薇立刻站起身，謝怡婷這回沒有阻止，只是默默看著她跑上前去，小心翼翼地端了那盤炒蛋回來。

「我們真能吃得下那麼多東西嗎？」楊曉薇望著眼前的三大盤，尤其是那盤鵝肉，是整整半隻鵝下去切的，那盤黑白切也很豐盛，除了基本的豆皮、海帶之外，還有豬肚、大腸、五花肉、牛肚和牛腩。

「他真的不懂女生，這些東西已經夠他被甩一百次了。」謝怡婷望著眼前的三個大盤子搖搖頭，有些嫌棄地夾起一片鵝肉，那塊鵝肉滴下了一滴晶瑩飽滿的油滴：「真虧妳還能那麼喜歡他。」

「我……我現在沒有了。」楊曉薇心虛地說。

此刻呂俊生端著一盤沙茶炒空心菜回來。姑且不論熱量和健康，呂俊生炒出來的東西還是很香的。

「吃吧！」呂俊生一落座便招呼道。

「這些東西都是跟你爸學的吧！」謝怡婷首先開啟話題。

「對啊！我從小就跟著學這些。」呂俊生說著，夾起了一撮切絲的豆皮和海帶絲，配著飯一起扒進嘴裡：「雖然沒到我爸那麼熟，不過味道不會差太多，也算是有口碑的。」

「曉薇要不要跟著學啊！」謝怡婷用手肘頂了一下楊曉薇。

「她學這幹麼？她又不是要開快炒店的。」呂俊生替楊曉薇拒絕了：「她以後不是當律師，不然就是當檢察官或法官，哪需要這些東西。」

「回家可以煮給家人吃啊！」謝怡婷意有所指地說：「除非她的家人也會。」

楊曉薇不知道該怎麼接話，只好夾了一把空心菜塞入嘴。

「她可以自己慢慢學，現在網路上那麼多教學影片。」呂俊生不置可否地說著：「而且世界上那麼多好吃的菜，又不是僅此一家，她有很多選擇。」

「我喜歡這道菜。」楊曉薇吞下嘴裡的食物後說：「這很好吃。」

「妳不懂她在說什麼。」呂俊生無奈地搖搖頭。

「我懂。」楊曉薇想繼續說，但是忽然又說不下去了，尷尬地停格了許久後才又說：「我覺得很好吃。」

「妳不懂。」呂俊生也只回了這麼一句，又低頭開始扒飯。

「我們上次來這裡，是來港溪大橋的時候吧！」謝怡婷忙著打圓場：「那時候我們雖然剛認識，不過親近的感覺，俊生也是那時候說要加入野風社吧！」

「對啊！我記得我還想把她扔到橋下。」呂俊生看了楊曉薇一眼。

「對。」楊曉薇有些難為情地低下頭。

「對，我那時候真的嚇壞了，畢竟我們還不認識你。」謝怡婷又立刻把話圓了過來：「不過事實證明，你是沒有惡意的。」

「你們還是不了解我，我或許真的會傷害人。」呂俊生夾了一塊鵝肉。

「雖然我們只認識你一年，但是經歷過那麼多事，我覺得已經足夠了。」謝怡婷搖搖頭：「你那時候幫助了野風社，更重要是幫了楊曉薇和她哥哥，還有後來的許子淵，雖然一開始不願意，可是你還是……」

「許子淵還是沒有被釋放吧！」呂俊生放下碗筷抬起頭，他的眼神中混雜著憤怒和哀傷：「凶手還是沒有找到，什麼都沒有改變。」

「可是人心改變了。」謝怡婷堅定地說：「你也看到了，國會議場外聚集的那些人，人們不再畏懼挺身而出。而你離開警局時說的那句話，你說之後將要遍地開花，看到你參選，我相信了，這裡就是起點，改變的起點。」

「或許這只是妳的一廂情願。」呂俊生頹然地說。楊曉薇見到這一幕，感覺心裡的那團火又冷卻了，呂俊生或許沒有重新站起來，他還是像半年前那樣，持續躲避著那次的失敗，從來沒有走出來過。

「我們會成功的。」楊曉薇低著頭，像在探索著自己的內心，她輕輕閉上了眼睛：「這一次，請相信我們，野風社是一個整體。如果你累了，我們就會補上，無論是哪個人都一樣，因為……」

「野火燒不盡，春風吹又生。」呂俊生替她說出了那句話：「妳還是那麼的固執，但是很抱歉，我已經無法回應妳的期待了。」

「為什麼？為什麼我感覺自己永遠不了解你？」楊曉薇望著呂俊生，有些絕望地問：「有時候你充滿了希望，有時候卻又顯得很無助。我以為，你真的信守了那天在警局外的承諾，真的要遍地開花，但是為什麼現在又是這樣？」

「因為人都會變，我只是變得更快一些而已。」呂俊生夾起一口炒蛋放入嘴中，搖了搖頭：「我沒辦法一直是妳期待的那個樣子。」

「那你這次參選又是為了什麼？」楊曉薇問：「不是為了擊倒胡正善嗎？」

「或許，我只是在做無謂的掙扎。」呂俊生這句話說得很小聲，不像是在回答楊曉薇的提問，反倒像是在自言自語。接著他抬起頭，望著楊曉薇說：「你知道許子淵在法庭上承認所有罪行了嗎？」

「他只是壓力太大而已，我們之前不是討論過嗎？」楊曉薇不理解地反問。

「對，但是如果再這樣下去，他很快就會被判死刑，很快就會三審定讞，很快就會被槍決。」呂俊生的眼神裡充滿了哀傷：「這一切都沒有意義了，就算我真的選上國會議員，那又能改變什麼？」

「我們真的什麼都不能做了嗎？」楊曉薇沮喪地說。

「那不然這樣吧！」謝怡婷此刻又跳進來打圓場，抖擻地活絡氣氛道：「許子淵的那個案發地點，不就在這附近嗎？等我們吃完飯，去那裡散散心，說不定能找到什麼突破口。」

「也是，到了那裡，說不定什麼都明白了。」呂俊生敷衍地回應了一句，然後又夾起一塊鵝肉：「吃吧！再不吃的話，菜都要涼了。」

第十四章　神話終結

天色已經暗了，楊曉薇、謝怡婷和呂俊生三人走出了「長生百元快炒」。呂俊生從店裡搬了一箱空酒瓶，楊曉薇和謝怡婷則各自拎著一袋廚餘和一般垃圾，三人在街邊的騎樓走著，許久都沒有交談。

「是在哪個方向啊？」謝怡婷試著打破寂靜。

「在這裡。」然而呂俊生也只簡短回了三個字，就繼續往前走。

案發現場確實離這裡不遠，他們只繞過了幾個街角，就來到那個在後巷裡的垃圾集中區，儘管發生了命案，那附近仍舊沒有架起任何監視器，路燈也沒有提供足夠的照明，讓人感受到詭譎的氣氛。不過楊曉薇的膽子大了起來，因為她身邊有呂俊生和謝怡婷，所以儘管是這樣詭異的地方，她還是跟著走進去。

旁邊有一座施工中的工地，夜晚已經沒有工人在裡面施工，不過隱約可見房子裡頭有監工點起的燈火，然而除此之外，就是深不見底的黑暗。楊曉薇從小就不喜歡這樣的地方，總覺得黑暗中潛藏著什麼，一不留神就會蜂擁而上。

那片垃圾集中區就和相片上看到的一樣，那是半個教室大的空地，沿著牆邊擺著幾臺垃圾子母車，子母車旁堆著各式雜物，雜物的內容和現在景象有些微不同，不過其實也相去不遠，就是紙箱和一些大型家具。

楊曉薇很快把手上那袋一般垃圾扔進子母車，拿出了背包中的攝影機，將背帶掛到脖子上，仔細記錄下這個場景。儘管已經許久沒這麼做了，楊曉薇還是熟練地記錄下每個重要的細節，每個可能隱藏的關鍵。

「張耀德那天就是在這個地方出事的吧！」謝怡婷把廚餘倒進鐵桶中，然後把塑膠袋扔進其中一臺子母車裡，她繞著這片不算太大的空地踱方步：「這真的是一個容易發生犯罪的地方。」

「這真是個詭異的地方。」呂俊生的表情看來有些煩躁，他放下手上的那箱酒瓶後，踢了踢角落的紙箱，似乎是被勾起了不好的回憶，嘴裡嘟囔著：「我們不應該來這裡的。」

「黃妍萱來過這裡，可是什麼都沒發現。」謝怡婷繼續繞著空地踱方步，她偶而抬起頭，像在丈量著什麼，但是這裡不過就是幾棟建築的背側圍起來的小空間，實在沒有什麼特別：「後來她就去調查黑道的線索了，那時候如果多派一個人過來，或許會有不同的結果。」

「沒有用的，這裡沒有監視器，也沒有目擊者。」呂俊生坐在一張廢棄沙發椅的扶手上，刻意別開了視線，似乎是被謝怡婷的繞圈弄得有些氣惱：「而且證據已經不見了，每天都有人往這裡丟垃圾，每天都有人在清理這裡。」

「還原現場，這是很重要的功課。」謝怡婷這才終於停下來，不過卻開始東張西望：「想想看，張耀德是怎麼走進這裡的，他是在那裡遇害的？」

「他肯定是從那裡進來的。」呂俊生指著入口說。

「對，他從這裡走進來。」謝怡婷站到他指的方向，腳步有些飄忽，大概是在模仿張耀德酒醉的樣子，雖然看來有些滑稽，不過謝怡婷的表情是認真的：「然後呢？凶手是從哪裡走進來的？應該也是從這裡吧！」

楊曉薇的鏡頭跟隨著謝怡婷的步伐，緩緩移動著。

「對，也不能是其他地方了。」呂俊生無精打采地附和。

「然後，對，他拿起了酒瓶。」謝怡婷四處望了望，看到呂俊生搬來的那箱空酒瓶，便從裡面拿了一支酒瓶出來，在手上掂了掂重量，然後對著空氣揮擊：「接著他這樣用力揮了一下，把張耀德打倒在地上。」

謝怡婷隨後鬆開手，刻意讓酒瓶滾落到一旁的水溝裡，並指著水溝裡的酒瓶說：「凶器最後滾到水溝，水溝裡的水沖掉了指紋，和其他可辨識的犯罪證據，包括瓶口的唾液DNA，也查不到這支酒瓶可能的來歷。」

楊曉薇跟上前去，鏡頭對準水溝裡的酒瓶。

「所以，妳推理出了什麼？」呂俊生略帶揶揄地問。

「有點問題。」謝怡婷沒理會呂俊生的嘲弄，彎腰把水溝裡的酒瓶撿起：「這支酒瓶是怎麼來的？如果是計畫性的殺人，這支酒瓶肯定是凶手自己帶來的，可是他為什麼不帶走？如果是計畫性的殺人，他不會犯下這種低級錯誤。」

「所以，妳懷疑是衝動殺人？」楊曉薇不確定地問。

「如果是衝動殺人，代表酒瓶當時已經在這裡了。」謝怡婷望著角落那一箱空酒瓶，隨後搖了搖頭：「不對，我們看過現場的相片，現場沒有其他空酒瓶。」

「或許是張耀德自己帶來的，他那時喝得很醉。」楊曉薇推測。

「對，這是其中一種可能。」謝怡婷雖然這麼說，可是雙眼卻一直望著角落的那一箱空酒瓶，望得出神：「可是為什麼那天晚上沒有空酒瓶？」

「什麼意思？」楊曉薇忽然感到一股寒意，忍不住打了哆嗦。

「『長生百元快炒』每天都會產生不少的酒瓶，垃圾車要到隔天早上才會出現，而張耀德是晚上被襲擊，隔天早上才被發現，那為什麼現場沒有像這麼一箱空酒瓶？」

謝怡婷望著地上的箱子，然後，她緩緩抬起頭看向呂俊生。

呂俊生已經好長一段時間沒說話了，他只是雙眼空洞地望著謝怡婷。

「你怎麼了？」楊曉薇顫抖地問，她感覺自己要哭出來了。

「繼續說啊！」呂俊生冷冷一笑，那笑在楊曉薇心口劃了一刀，她感覺自己的世界已經崩毀了，她等著呂俊生的辯解，不過他並沒有這麼做：「繼續說啊！為什麼現場沒有來自快炒店的空酒瓶？」

「如果空酒瓶是在張耀德死前搬過來的，那它應該在。」謝怡婷繼續說著，不過同時也一步一步退後，但是她倒退的方向正是擺著空酒瓶的牆角：「如果是在張耀德死後，那麼把空酒瓶搬來的那個人，應該見到張耀德的屍體。」

「那答案呢？」呂俊生緩緩走向前，逼迫著謝怡婷。

「答案就是，那箱空酒瓶曾經在，然後又被搬走了。」謝怡婷說話止不住顫抖，原本握在手上的酒瓶也落到地面，摔成了碎片：「搬走酒瓶一定是在張耀德遇害後，那我也只能想到一個理由，那就是為了避免自己被連結到凶手。」

「那凶手為什麼不把真正的凶器拿走？」呂俊生還在緩緩向前走。

「因為太暗了，他找不到，而且他慌了。」謝怡婷回答：「這不是精心策劃的犯罪，一切都只是出於衝動，呂俊生，告訴我，那天是誰把空酒瓶搬來這裡？」

「是我。」呂俊生說出了那個讓人心碎的答案。

「為什麼？」楊曉薇崩潰地蹲坐下來：「真的是你嗎？」

「有時候我覺得不是我做的，有時候又覺得是我。」呂俊生的表情顯得殘酷：「我有那個動機，也有那個不堪的過去。我的確痛恨張耀德，因為他常常在我爸的快炒店鬧事，那天晚上他又來鬧，我真的忍耐了很久，也看著爸爸忍耐了很久。那不是一個特別的夜晚，只是一個同樣糟糕的晚上，可是一切都累積到了臨界點，就在那天一次爆發出來。」

楊曉薇想起國會議場外的那個畫面，呂俊生騎在那人的身上，把那人打得滿臉是血。楊曉薇又想到那段謝怡婷播放的影片，呂俊生幾乎像著魔一樣毆打著怪手司機，想到這裡，楊曉薇猛力搖了搖頭，想把這個想法趕出腦外。

「俊生，可能是你記錯了，或許那天快炒店根本就沒有來扔空酒瓶。」楊曉薇還懷抱有一絲希望，對呂俊生溫情喊話。

「妳真的這麼覺得嗎？」呂俊生的表情還是顯得相當疏離：「那天張耀德來快炒店喝了不少酒，有可能會沒有空酒瓶嗎？就那麼剛好，在張耀德遇害的那一天？妳會不會把世界想得太過美好了。」

這不是誤解，這當中也沒有任何誤會，結束了，一切的疑問都以這個答案收束，這次是真的再也沒有轉圜的餘地了。凶手已經爽快地承認了自己的罪行，沒有模糊的空間，也沒有解釋的餘地，一切都再也無法挽回。

「你半年前究竟是抱著怎樣的心情，在跟我們一起奮鬥？」謝怡婷不可置信地望著呂俊生：「難怪你一直說胡正善不可能是凶手，難怪你說我們不可能找到凶手，因為你一直知道答案，不是不可能找到，是不能被找到。」

「妳現在要去告發我嗎？妳現在想要毀了這一切嗎？」呂俊生冷冷笑著，不斷把謝怡婷逼向牆角。雖然他手上沒有拿著任何武器，但是他那笑就像一把銳利的刀，抵著謝怡婷一步一步向後退，直到退無可退，兩人就踩在剛剛碎落一地的酒瓶渣子上，呂俊生滿不在乎地磨了磨腳：「妳想毀了我？想毀了妳的野風社？大家已經不相信你們了，你們難道還要讓大家知道，你們所努力的一切都是假的？凶手不是他們一直追打的惡魔，而是他們捧在手上的英雄。」

「我願意，如果這就是真相的話。」謝怡婷儘管仍微微顫抖，不過依舊堅定地回答：「如果這能拯救許子淵，能夠拯救無辜的人，那我願意賭上野風社。」

「楊曉薇，妳也是嗎？」呂俊生轉過頭。

可是就在這個瞬間，呂俊生被一股巨大的力道推開。

「曉薇，跟我走。」是謝怡婷，她趁呂俊生不注意，用力推了他一把，在他踉蹌的瞬間逃離了牆角，拉起楊曉薇的手想往外跑。不過楊曉薇的雙腿像生根一樣，釘在地面上沒法動彈，謝怡婷只能又喊：「楊曉薇！」

可是已經來不及了，呂俊生已經站穩腳步，又朝她們兩人撲來，謝怡婷鬆開楊曉薇的手，抵抗呂俊生的攻勢，然而也讓楊曉薇一時重心不穩，跌落到一地的玻璃渣子上，扎得楊曉薇滿手血，攝影機也摔落到地上。

「快跑！」謝怡婷奮力擋著呂俊生，咬著牙喊著。

楊曉薇望著自己刺痛的手，小心翼翼地撥開酒瓶碎渣，然後，她看見不遠處的那箱空酒瓶，她望著那箱空酒瓶。又回頭看了還在勉強奮戰的謝怡婷，然後，她把攝影機背帶重新掛到脖子上，忍痛撐起身子，一跛一跛地跑了過去。

「曉薇，快跑！」謝怡婷又對她喊了聲。

楊曉薇很快從箱子裡抽出一只瓶子，一時間也想不了那麼多，卯足全力就往呂俊生的手臂打過去。酒瓶在打下的瞬間應聲碎裂，呂俊生也發出疼痛的嘶吼，謝怡婷趁勢把呂俊生推倒在地。

接著謝怡婷又來拉楊曉薇的手，楊曉薇這次很快跟了上去，只不過因為剛剛那麼一摔，雙腳沒辦法跑得太快，仍舊一跛一跛的。

呂俊生很快又站起身來，他像獵豹一樣跳了起來，然後迅速追上了謝怡婷和楊曉薇。他先撲向落後的楊曉薇，抓著她的肩膀想往後扯，楊曉薇一個重心不穩，就往呂俊生的方向跌去。

她的手上，還緊緊握著那支碎裂的酒瓶。

楊曉薇過了許久才意識到這件事，她見到血正一滴一滴滑落到她的手上，接著她緩緩抬起頭，強迫自己面對那個她最不願意面對的結果。她見到呂俊生的胸前被劃出一道傷痕，血液也正從那裡汩汩流出。

「你沒事吧？」楊曉薇顫抖地問。

呂俊生用手擦了擦那道傷口，在曖昧的路燈下看著手上的血，表情顯得異常平靜，他按壓住自己的傷口，然後默默蹲坐下來。

「走吧。」謝怡婷又拉了拉她。

「我們應該叫救護車。」楊曉薇把手上的酒瓶破片扔掉，也想跟著蹲下來：「怎麼辦？我不是故意的……」

呂俊生沉默地抬起頭，露出可怕的憤恨神情，緩緩站起身。

「曉薇，走了……」謝怡婷不死心地又拉了拉她。

呂俊生躍起，楊曉薇反射性地退後，但是呂俊生抓住了楊曉薇胸前的攝影機，奮力扯了下來，攝影機便摔到了地上。楊曉薇想要去撿，呂俊生卻充滿壓迫感地步步向前。

這次不需要謝怡婷的拉扯，楊曉薇就開始跑了起來。她跑出垃圾集中區，她跑過了那片詭譎的工地，她跑出這片陰森的後巷，接著，她失去了目標，在這片熟悉的大街上不停奔跑著。

謝怡婷不知道什麼時候已經不在身邊，楊曉薇感覺自己稍稍了解了呂俊生那天晚上的心情。在衝動打了張耀德之後，他或許也是這樣匆忙地跑出了暗巷，所以才會有那句證詞，說有一名年輕人匆忙地離開現場。

那不是許子淵，而是呂俊生。

楊曉薇忽然理解，呂俊生為什麼那麼不願意去碰張耀德的案子，並不是因為心裡有疙瘩，而是因為他就是凶手。這也是為什麼，呂俊生非常肯定這一切不是胡正善的陰謀。他極不願意去指控胡正善，因為那臺電車面臨的兩個選擇，從來就不是許子淵和胡正善，而是許子淵和他自己，他只能看著無辜的人受冤，或者是讓自己毀滅。

今天，命運讓他選擇了後者。

楊曉薇在夜色中持續奔跑著，她不知道自己跑了多久，也不知道自己即將到哪裡去，她只能不停地跑，無論哪裡都好。

直到楊曉薇被鬧鐘吵醒，她都以為這一切只是一場夢。

因為她記不清自己是怎麼回到宿舍的，然而手上的刺痛感提醒了她，昨晚發生的一切都是真實的。她把手舉到自己的面前，仔細端詳著，上面還印著玻璃渣留下的挫傷，和無法完全洗淨的髒汙。

此外，後頸傳來一陣痛楚，她伸手往那個地方探去，想起了昨天呂俊生扯掉她脖子上的攝影機，那大概就是當時所留下的傷。楊曉薇望著房間裡另外三名室友，她們還繼續睡著。

楊曉薇撐著疲倦的身體，慢慢爬下床鋪的階梯。

然後她聽見一陣急促的聲響，原以為是鬧鐘又響了起來，然而聲音明顯來自她的桌前，她見到桌上的手機螢幕亮了，來電顯示「謝怡婷」三個字。

「喂？」楊曉薇感覺自己的聲音模糊不清。

「曉薇，呂俊生出事了。」電話那頭焦急地說。

「我知道。」楊曉薇雖然這麼說，心中卻隱隱有個疑惑，因為謝怡婷昨晚應該和她在一起，應該也見到了那個場景，聽到呂俊生的自白，可是為什麼她會這麼驚訝：「妳是說昨天晚上的事嗎？」

「對……不對。」謝怡婷矛盾地回答，接著沉默了許久，像在斟酌自己的用詞，就在楊曉薇要開口問的同時，謝怡婷短促地說：「呂俊生死了。」

楊曉薇聽到這句話，一下支持不住自己的身體，跌落在在桌前。這時其中一名室友探出頭問了句「還好嗎」，楊曉薇只能虛弱地點頭回應，室友才把頭又縮了回去。

「別誤會，不是因為妳。」謝怡婷似乎也聽見了這邊的動靜，急切地說：「他不是因為妳才死的，他不是在那條巷子中死去的。他是在旁邊的那塊工地，他走到樓頂，在那邊割開頸動脈自殺。」

「割開頸動脈嗎？」楊曉薇想起，她昨晚劃傷的是呂俊生的胸口。

「對，是他父親發現他的。」謝怡婷繼續說：「他找了一整晚，伯父沒有我們的電話，他還曾跑到呂俊生的競選辦事處，可是那時候太晚，已經沒有人在了，他一直到早上才跑到工地的頂樓，在那裡發現了俊生。」

「他……死了？」

這反應已經有點慢了，這本來應該是幾分鐘前就應該提出的問題，然而楊曉薇先是聽完了細節，才終於漸漸醒悟過來，呂俊生走了，他已經不在她所在的這個世界。

「對，他離開了。」謝怡婷壓抑著情緒說。

「那……我們該怎麼辦？」楊曉薇蹲坐在桌子旁低聲問。

「我今天早上去了他家，俊生他爸在找妳。」謝怡婷忽然急促地說著：「他這次沒有趕我走，也沒有趕走野風社的其他夥伴，他一見到我，就說要找妳，說了妳的名字，楊曉薇，我不知道他為什麼知道。」

「他應該不會知道我的名字。」楊曉薇顯得疑惑。

「就像我說的，我也不知道。」謝怡婷沒有給她更多的安全感，只接著說：「總之，來快炒店一趟吧！妳也該來上個香。」

快炒店的門前搭起藍色的棚架，站到門前就能聽見念佛的聲音，店裡的大紅桌都撤走了，搭起了不算華麗的靈堂。靈堂上掛著呂俊生的相片，那張相片比本人看起來還要稚嫩許多，大概是許多年前拍的。

靈堂前擺著一張大紅桌，桌子旁圍了一群人，有些人折著元寶、有些人折著紙蓮花。一些是野風社的人、另一些是楊曉薇沒見過的生面孔，楊曉薇轉過身，對街站著一些拿著攝影機的人，鏡頭正對著這邊拍著。

「曉薇，妳終於來了。」戴佩芸發覺楊曉薇站在門前，便迎了上來，抱住了她的右手臂：「曉薇，俊生學長走了，好可怕。」

「我覺得這就是他殺，怎麼可能是自殺？」走進門後，就聽見李仁傑正氣憤地說：「我們昨天才好不容易替俊生哥想到對策，人好端端的，怎麼可能晚上就自殺？我覺得我們應該自己調查，替俊生哥討個公道！」

「其實，我覺得他昨天看起來就有些不對勁。」黃妍萱邊折著元寶邊說：「自殺的人就是這樣，早上還笑嘻嘻的，晚上說不定怎樣就走了。」

「妳怎麼幫那些人說話呢？」李仁傑不諒解地問。

「曉薇，妳來了。」謝怡婷在這話題中顯得尷尬，又碰巧看到楊曉薇，就站起來招呼道：「俊生他爸在裡面等妳。」

「我現在進去。」楊曉薇點點頭，立刻往店裡走去。

「為什麼俊生哥的爸爸要找曉薇啊？」楊曉薇才沒走幾步，李仁傑就低聲向謝怡婷探問：「而且，為什麼他爸爸會知道曉薇？」

「我也不清楚。」謝怡婷誠實地回答。

楊曉薇沒因為這樣停下腳步，而是繼續往裡面走去。靈堂後有一塊用簾幕圍起的小空間，在楊曉薇經過時，簾幕的一角隨風飄起，楊曉薇的眼角餘光瞄到簾幕內的景象，裡面擺著一張床，上面躺著呂俊生的遺體。

那簡直不像是遺體，呂俊生像是睡著了一樣。

楊曉薇不知怎地加快了腳步，一直往裡面走去。推開了快炒店的後門，進到一個類似客廳的空間，幾張椅子圍著一張方桌，牆邊還有一臺電視，呂俊生的父親就坐在其中一張椅子上，見楊曉薇進門，就抬起了頭。

「妳就是楊曉薇吧！」呂俊生的父親望著她，指著一張椅子要她坐下。

楊曉薇很快就猜到，呂爸爸為什麼要找她，也終於明白為什麼他會認得她，因為桌上放著那臺攝影機。那臺攝影機記錄下了昨晚發生的一切，還可以看見外殼留有摔落的挫痕，以及斷掉的背帶。

「伯父，對不起。」楊曉薇不知怎麼地就先開口道歉。

「妳沒有必要對不起，我看了裡面的東西，是俊生對不起妳。」呂爸爸有些疲憊地揮揮手：「俊生說，一定要把這臺攝影機還給妳。」

「還給我？」楊曉薇顯得有點驚訝：「他什麼時候說的？」

「在那之後，」呂爸爸指了指桌上的攝影機：「還有一段影片。」

「在他……」楊曉薇不敢說出那個字。

「沒錯，」呂爸爸倒吸了一口氣：「他在離開前錄了最後一段影片。」

「對不起。」楊曉薇低下頭。

「沒有什麼好對不起的，我剛剛就說過。」呂爸爸有些費力地安慰著她：「我看到這臺攝影機，就想到裡面應該有什麼重要的東西，所以在報警前把它撿起來了，沒有留給警察。這是我的壞習慣，這方面我總是自作主張。」

「壞習慣？」楊曉薇有些疑惑，她隱約猜到些什麼，可是又覺得事情不應該是如此：「為什麼這麼說？」

「我知道，妳們在猜誰把空酒瓶搬走了，那個人是我。」呂爸爸乾脆地回答：「俊生自己或許也不知道，可是我猜他這些年有慢慢猜到了，替他收拾善後的是我。那支酒瓶也不是意外滾到水溝的，是我刻意踢進去的，為的就是沖掉指紋。」

「為什麼不把它帶走？」不知道為什麼，楊曉薇還是想知道真相。

「如果帶走就太可疑了，警察會拚死拚活去找那支酒瓶，因為那是唯一的線索。」呂爸爸聳聳肩：「倒不如就讓它在那裡，以無害的方式繼續存在著。」

「所以，你才會討厭我們。」楊曉薇理解地點點頭。

「對，因為你們正把他帶到死路。」呂爸爸望著桌上的攝影機，眼神顯得相當哀戚：「這件案子不能追下去，因為最後一定會傷到他自己。我以為半年前已經能鬆一口氣了，沒想到他還要選舉，沒想到他又找了你們。」

「對不起。」楊曉薇又低下頭。

「我說了，妳不用對不起。」呂爸爸搖搖頭，有些傷感地打量著楊曉薇：「俊生曾經跟我說，他喜歡上一個女孩，那女孩能讓他做最好的自己，能讓他願意奮不顧身，他從來沒有那麼愛過一個人。」

「他是說……」楊曉薇有些不敢置信。

「我才應該說抱歉，在這種情況下認識妳。」呂爸爸沒有正面回答，接著就站起身，指了指桌上的攝影機說：「裡面的東西妳自己看一看吧！該怎麼做，就交給妳決定，我的兒子已經死了，剩下的，就是你們的事了。」

呂爸爸說著就離開了客廳，留下楊曉薇獨自一人。

你用你的正義對抗可憐、善變、虛偽的世界……

突然間的音樂聲把楊曉薇嚇了一跳，轉頭一看，才發現是呂俊生的手機響了。他昨晚出門沒有帶上手機，手機就一直放在樓梯旁的鞋櫃上。楊曉薇走上前去，那是不認識的號碼，於是楊曉薇掛上了電話。

接著楊曉薇坐回椅子上，擤了擤鼻子，伸手探向桌上的攝影機，儘管外殼看來傷痕累累，不過看來仍舊能夠正常開機。楊曉薇熟練地按幾個鍵，進到檔案清單，找到了最新的檔案，並按下了播放鍵。

畫面很暗，幾乎看不清任何東西，不過還是可以隱約見到呂俊生正倚坐在圍欄邊，看來應該就是那座工地的樓頂。呂俊生看著鏡頭旁的一個點，鏡頭劇烈晃動著，看起來像在調整著什麼，過了許久才終於停下。

「不管你是誰，看到這段影片之後，拜託交給楊曉薇，中部大學法律系二年級生楊曉薇，楊柳的楊、破曉的曉、草字頭再加上微笑的微。」呂俊生說完這段開場白，稍微調整了下坐姿：「楊曉薇，這段話是給妳的。」

楊曉薇也忍不住調整了自己的坐姿，心跳也快了起來。

「首先我要跟妳說，不管接下來發生了什麼，都不是妳的錯。」呂俊生說完，似乎覺得不滿意，又重複了一遍：「曉薇，聽我說，這不是妳的錯。」

楊曉薇輕輕擤了擤鼻子，感覺眼窩有點酸。

「我曾經以為，這一切都只是一場噩夢，我曾經以為，這一切都不曾發生過，我曾經以為現實是更加美好的。」呂俊生說著搖搖頭：「在我拿到那個錄音檔時，我自己都相信了，相信自己並不是凶手。」

呂俊生抿了抿下唇，感覺有著無盡的悔恨。

「可是，我是。很抱歉我真的是。」呂俊生接著說：「我以為我能繼續沉浸在那種假象中，但是我不行，許子淵替我揹下所有罪刑，我不能放任這種事情繼續下去，我不能讓一個無辜的人受到冤屈。」

楊曉薇搓著自己的臂膀，多希望這時有誰能擁抱她一下，又或者讓她抱一抱畫面中的那個呂俊生。

「所以，當人們在為我歡呼時，我不知道該怎麼面對他們，因為他們把我當作英雄、當作神，可是其實我什麼都不是，甚至，我是個罪人。所以我很氣自己，也很氣那個欺騙我的人，他曾經讓我以為這一切都只是一場噩夢，沒想到當我醒了，才發現我是在另一個夢裡。這也是為什麼，在國會的那時候，我會那麼生氣地打那個人。」

呂俊生望著鏡頭，雙眼顯得異常深沉。

「當神是很累的，尤其當我知道自己不是神，我有很多不可見人的事，要一直這樣假裝下去，是很痛苦的。」呂俊生像是在對誰強調似的，堅定地搖搖頭：「這世界並不需要一個英雄，或是一個神，而是更多的好人。」

說完，呂俊生傾身向前，畫面在一陣晃動之後倏地轉黑。

楊曉薇望著全黑的畫面，有好一段時間，她還在期待著什麼，期待呂俊生再度出現在畫面之中，可是很快她就理解到，這就是呂俊生在人世間留下的最後畫面了。從那之後所發生的事情，她也已經知道了。

楊曉薇瞬間迸出了淚水，像刻意擠搾出身體的水份一般，她把身體縮在一塊，劇烈地顫抖著。她張開嘴，想嚎啕出聲，卻發現一個字也喊不出來，他走了，永遠不會再回來了，無論尋遍天涯海角，也再找不著。

你用你的正義對抗可憐、善變、虛偽的世界……

呂俊生的手機又再度響起，楊曉薇卻已經沒有力氣站起身了。她擦拭了兩頰兩旁的淚水，愣愣地望著那支還在響著的手機，望著出神，彷彿那不是手機鈴聲，而是單純地在放著音樂。

曾經愛過以後，心痛、放手，人總要學會軟弱……

這段有些過分激昂的音樂，在這樣的時刻，卻顯得意外地適合，甚至慢慢撫平了楊曉薇悲慟的情緒，她像嬰兒聽著搖籃曲，平靜地聽著手機播放的樂音。

我用我的無賴遮掩謊言，從前我太好騙……

音樂還在放著，就當要結束的那刻，楊曉薇才恍然大悟般地站起身，走到鞋櫃前，這次她沒有研究上面的來電顯示，冥冥中有股力量推動著她接起了手機，對電話那頭說了聲：「喂？」

「請問……這是呂俊生的手機嗎？」電話那頭是沉穩的女性嗓音。

「是的，」楊曉薇清了清啞掉的喉嚨：「請問妳找他有什麼事？」

「我是章氏晚報的記者，」確認身份後，對方流暢地說出了準備好的臺詞：「很遺憾聽見呂俊生的消息，請問您是他的誰？」

「朋友，」楊曉薇遲疑了一下：「我剛好聽見他的手機響。」

「那請問您願意接受本報的採訪嗎？」對方沒有聽出楊曉薇的遲疑，也或者是刻意地忽略了這個細節，極為客氣地問：「又或者您願意把手機交給他的家人或是其他朋友？」

楊曉薇下意識走出客廳，不過眼角餘光掃到了桌上的攝影機，她遲疑了，她又重新坐到桌前，伸手探向那臺攝影機，撫摸著它坑疤的外殼，在桌上水平轉了轉，顯得猶豫不決，最後，她摸到了上面的那個S型標誌。

在他們的星球，那代表希望。

「喂？」電話那頭傳來疑問的聲音。

野火燒不盡，春風吹又生。

「喂，我在聽。」就在這個瞬間，楊曉薇做出了決定，她抓著攝影機站起。

那代表什麼？

「我願意接受採訪。」楊曉薇說著，走出了客廳的大門。

希望。

神所在的地方

楊曉薇從睡袋中探出頭來，望了望四周，此刻她正躺在國會議場的臺階前。天已經微微亮了，周遭發出時有時無的窸窣聲響，一些人已經醒了，可是還有一部分的人仍睡著，那些醒著的人體貼地不發出太大聲響，一舉一動都相當小心，交談也都是輕聲細語。一些人走到牆邊的水龍頭，用簡單的用具刷牙洗臉，水流聲也是輕輕的，就像山林間的小溪。

這樣的景象有著魔幻的感覺，剛來這裡的時候，楊曉薇總是會覺得不習慣，一下子搞不明白自己為什麼在這裡，醒來的瞬間會有種失重感，頭腦會因為大量的資訊而感到發脹。

不過，現在不一樣了，此刻的楊曉薇不再有那樣格格不入的感覺，反而像是回到家一樣。她甚至覺得有點擔心，當這一切結束之後，當她真的回歸正常生活時，會不會反而感到不習慣。

楊曉薇搔了搔臉頰，把視線望向稍遠的地方，呂俊生、謝怡婷、何弘正早就醒了，在花圃前的棚架下，搬著一個又一個紙箱，然後把紙箱裡面的東西一樣一樣拿到桌上擺好，有用紙袋裝著的、有用紙盒裝著的、有一杯杯手搖杯。沒有人上前搶，沒有人上前推擠，就是默默地等著，野風社的三人也顯得不疾不徐，沒有時間的壓力。

楊曉薇坐著看了一會兒，然後才決定從睡袋中鑽出來，清晨的階梯有點涼意，不過是舒服的感覺，楊曉薇就坐著把睡袋摺好、捲起、塞進睡袋套裡面束起，然後拎起睡袋，走向花圃前的棚架。

「曉薇，早安。」謝怡婷先看見了楊曉薇。

「早。」楊曉薇先回應了一聲，然後又跟抬起頭的另外兩人點頭致意。

「差不多好了，我去扔紙箱吧！」呂俊生把最後一個箱子裡面的食物拿出來，拆開底座封條把紙箱摺起來，然後疊到地上的一疊紙箱上。

「我也去！」楊曉薇聽了立刻上前，抱起了半疊的紙箱。

「好啊！你們兩個一起去吧！」謝怡婷說著，一邊動手把桌上餐點的位置做最後的調整：「也該放飯了，我先幫你們兩個留一份，你們要什麼？」

「有煎餃嗎？」楊曉薇探頭望了望桌上的餐點。

「有喔！」謝怡婷很快拿起一個紙盒：「飲料想要什麼？」

「豆漿。」楊曉薇開心地說：「有豆漿嗎？」

「也有喔！」謝怡婷拿起一杯飲料，接著望向呂俊生：「你呢？你要什麼？」

「和她一樣就好。」呂俊生想也沒想就回答，抱起地上剩下的半疊紙箱，沒等謝怡婷回應，就轉身往外走，向圍牆大門的方向走去。

「待會見囉！」楊曉薇跟謝怡婷打了聲招呼，就跟了上去。

兩人小心翼翼地走過擁擠的人群，因為還有一些人正睡著，所以又比白天更加寸步難行。兩人謹慎地避免踩到任何人，也當心著不要去踩壞任何東西，就這樣步步為營地走到大門前，然後走出了大門。

在這段路程當中，兩人都沒有說過任何一句話。

楊曉薇想起昨晚呂俊生的告白，那告白還是像夢一樣，她到現在還不確定那是不是真的，尤其是這樣沉默的時刻，更顯得這一切像是幻想。楊曉薇想開口問，又不知道該怎麼啟齒，她想裝作不在意，但是內心卻激烈翻滾著。

想了許久，楊曉薇才想到了一個折衷的試探方法：「你昨天晚上說，我們的相遇是因為一連串的悲劇，是什麼意思啊？」

「妳相信神嗎？」呂俊生沒有正面回答，反倒反問她。

「什麼？」楊曉薇一下被問懵了，不知道該如何接口，想了一會兒才說：「我從小就是跟著家人一起拜拜，也說不上信或不信。」

「是嗎？」

在楊曉薇絞盡腦汁回答之後，呂俊生只回應了兩個字。

「為什麼突然這麼問？」楊曉薇害怕這樣的沉默。畢竟，她還是不確定昨晚是不是真的。或許孝莊哥說的是對的，在愛情面前，她總是顯得特別卑微，她只能小心翼翼試探：「你是想要說，命運之類的東西嗎？」

「或許，是命運把妳帶來這裡，或許是命運讓我們相遇。」呂俊生的雙眼變得深沉，像在咀嚼著這句話：「老實說，我本來是不相信神。」

「是嗎？我有時候也會想，神是什麼呢？」楊曉薇說著，轉頭望向圍牆，從圍牆間隙望進圍牆裡頭，望著漸漸甦醒的人群，聽著圍牆內開始喧囂：「但是他們總說你是神，我想，神或許代表著希望吧！」

「在他們的星球，那代表希望。」呂俊生用充滿禪機的語氣推敲著這段句子，似懂非懂地說：「就像野風社。」

「其實，我也不信神的。」楊曉薇望著呂俊生，忽然覺得沒有那麼有距離感了，也不再有搆不著的挫敗感，此刻兩人是平起平坐的，是可以交心的：「不過如果神是希望的象徵，如果說那個神就是你，那麼我信。」

「我不喜歡當神，當神是很痛苦的。」呂俊生苦笑著搖搖頭：「應該是說，我不喜歡被人期望。尤其是當我知道自己不是那麼完美，知道自己有很多陰暗面，那種感覺是很煎熬的。」

「我不知道完美的定義是什麼，」楊曉薇望著呂俊生，眼神是真誠的：「但是我覺得現在的你，很好。」

「也只有妳這樣覺得。」呂俊生不冷不熱地回應。

「為什麼？」楊曉薇被這樣的反應搞迷糊了。

「因為妳喜歡我。」呂俊生繃著臉說著，卻又禁不住揚起嘴角。

「現在可以開這種玩笑了嗎？」楊曉薇被這樣的情緒感染，也忍不住笑了。

「可以啊！有什麼不可以的？」呂俊生也不再壓抑或掩飾，放鬆地咧嘴笑：「而且這又不是玩笑，這是事實，妳敢說不是嗎？」

「可是我剛剛說那句話，跟我喜歡你沒有關係，我說的也是事實。」楊曉薇一臉認真的回應，可是說完就覺得自己太過嚴肅了，於是有些尷尬地換了個話題：「你剛剛說你『本來』不相信神，為什麼？」

「字面意思。」呂俊生的話忽然又變得簡短。

「所以意思是現在相信嗎？」楊曉薇忍不住追問，她發現自己已經不會因為呂俊生的情緒改變而感到慌張了：「為什麼？因為相信你自己？」

「因為我遇見了妳。」可是呂俊生突如其來的這句話，還是讓楊曉薇凝固了。

「什麼？」楊曉薇有點費勁地擠出這兩個字。

「因為我遇見了妳。」呂俊生又重複了那句話，不過他明顯也知道，楊曉薇想問的並不只是字面上的東西而已，於是他轉過頭，望著楊曉薇，如同昨晚的告白，他斟酌著用詞，猶豫著下一步，最後，才終於把那幾個字說出口——

「因為妳，神存在。」

後記　一公里的生活圈

我一直都是一個不愛出門的人。

在大學的時候，甚至有同學計算我的行動範圍，如果以徐州路上的男二舍為圓心，我的日常行動範圍不超過一公里，原本我不信，但是打開google地圖一算，才發現真的是如此。

從徐州路向西走到底，遇到中山南路右轉，一直走到兒童醫院，在青島西路左轉，然後到中正一分局前，右轉到公園路，走一小段路，右手邊就會是不起眼的臺北車站八號出口，從那裡下到京站，接著坐上客運離開臺北。

從男二舍一直到八號出口，地圖上顯示的步行距離，正好就是一公里。

而故事，正是在這一公里的路上發生的。

好吧！你已經看到了中正一分局，那你應該也能猜到，我接下來要說些什麼。再給一個小提示，就在中山南路上，與兒童醫院遙遙相對的，正是立法院，也是整個故事主要發生的場景。

三一八學運的那晚，我並不在現場，甚至一直到四月十日退場的時候，我也不曾踏進立法院一步，但是那畢竟是發生在一公里的生活圈內，畢竟是在回家時必經的道路，不可避免的，還是在心中留下了影響。

在那段時間裡，忘了是哪堂課，一位老師在課程開始前意味深長地對我們說：「如果你們現在有更重要的事，不來上課也沒關係，你們懂我的意思。」

我不確定自己是不是真的懂了。

第一次接觸政治，大概是在小學的時候吧！那時我的導師是一名「扁迷」，就在二〇〇四年，藍綠總統大選打得正火熱的時候，這位導師不知為何一時興起，竟要全班舉手模擬投票，理所當然地，陳水扁以壓倒性多數通過。

而不到兩年的時間，因為國務機要費案和眾多弊案，「倒扁」頓時成了新聞上最常出現的詞彙。我忘記那位導師當時的感受，但是在我的心中，那是第一次政治神話的破滅。

舊有的神話消失了，就會有新的傳奇取而代之，然而，這也沒有維持太久，歷史總是不斷重演。就在馬英九上任的六年後，三一八學運的爆發，也標誌了第二次傳奇的崩毀。

因為這樣，幾乎讓我罹患了政治冷感症，也才會出現《伊卡洛斯的罪刑》裡的那句臺詞：「把現在的行政長官換成一群笨蛋，社會也不會有太大的區別。」

每當人民的生活陷入困頓，就會希望有個人挺身而出，來解決他們的困難。有時候他們選對了，然而，更多的時候所託非人，因此，就陷入一次又一次的輪迴之中。

也因為這樣，當陳為廷隨著三一八學運被拱上神座時，我也只是冷眼旁觀，而當他跌落神壇時，這也幾乎像是歷史的必然。

直到某一天，偶然在網路上看到一段宣傳片，宣傳的正是傅榆導演的紀錄片《完美墜地》，在宣傳片末尾，陳為廷是這麼說：「如果不要神的話，就試著不依靠神的力量，自生自滅吧！那就看看，如果沒有神，你們能達到什麼程度。」

這本小說的標題，沒有神的國度，正是來自這段話。

然而這並不是一個關於陳為廷的故事，在臺灣這片土地上，已經來來去去了許多神，從早期的陳水扁和馬英九，到後來的柯文哲和韓國瑜，每個人都曾經受到萬眾擁戴，到最後也免不了跌落神壇。

這又是一個關於伊卡洛斯的故事。

我們儘管都知道伊卡洛斯是個悲劇，但是當他揹著翅膀降臨在我們面前時，我們又何嘗不認為他是降臨人世間的天使呢？而伊卡洛斯自己，或許也被這對翅膀給迷惑了，真的以為自己是神選之人，甚至自己就是神，忘記自己終究是個凡夫俗子，忘記這對翅膀並不屬於他自己，因此越飛越高，最後燃燒了自己，然後釀成了悲劇。

為什麼人們總讓自己陷入這樣的困境裡？

因為人們渴求的並不是神，而是希望，神只不過是希望的象徵。

現在，我們可以試著給出「神」的操作型定義了，就是在那個退無可退的境地中，還能給出希望的人，他是我們的最後防線，也是最終解答。但是與此同時，當這道防線崩潰時，我們的世界也崩毀了。

沒有神的國度，說的也是一個沒有希望的國度。

這本小說，基本上是臺灣近十年社會的縮影，改編了臺灣這幾年來的幾件指標性的社會大事，其中包含有后豐大橋墜橋案、大埔事件、三一八學運、監聽國會事件、誰摔死了李新，以此鋪排主角呂俊生的英雄旅程。

這本小說能夠完成，要感謝尖端的呂尚燁編輯。他從大綱階段就開始參與了故事的發想，為這本小說奠定良好的基礎，後續的校稿看出了許多我原本沒注意到的細節，讓這個作品能以更好的狀態呈現給讀者。

不管你對政治懷有怎樣的傾向，對於這些議題抱有怎樣的立場，都歡迎看看這本書，儘管這個故事的靈感來源是真實的社會事件，但是其中已經添加了太多藝術加工的成分，書中角色也可以視為和現實完全不同的人。您可以隨著他們盡情歡笑，隨著他們陷入兩難的道德掙扎，隨著他們青春，隨著他們丟失理想，然後隨著他們失去希望。

或者，在失去神之後，我們還能懷抱新的希望。

二〇二〇年三月　楓雨

逆思流

沒有神的國度

作者／楓雨
發行人／黃鎮隆
副理／洪琇菁
執行編輯／呂尚燁
企劃宣傳／邱小祐
美術主編／方品舒
國際版權／黃令歡
副總經理／陳君平

出版／城邦文化事業股份有限公司 尖端出版
台北市中山區民生東路二段一四一號十樓
電話：(〇二)二五〇〇七六〇〇 傳真：(〇二)二五〇〇二六八三
E-mail：7novels@mail2.spp.com.tw
發行／英屬蓋曼群島商家庭傳媒股份有限公司城邦分公司 尖端出版
台北市中山區民生東路二段一四一號十樓
電話：(〇二)二五〇〇-七六〇〇(代表號)
傳真：(〇二)二五〇〇-一九七九
中彰投以北經銷(含宜花東)／楨彥有限公司
電話：(〇二)八九一九-三三六九
傳真：(〇二)八九一四-五五二四
雲嘉經銷／威信圖書有限公司 嘉義公司
電話：(〇五)二三三-三八五二
傳真：(〇五)二三三-三八六三
客服專線：〇八〇〇-〇二八-〇二八
南部經銷／威信圖書有限公司 高雄公司
電話：(〇七)三七三-〇〇七九
傳真：(〇七)三七三-〇〇八七
香港總經銷／城邦(香港)出版集團有限公司
香港灣仔駱克道193號東超商業中心1樓
電話：(八五二)二五〇八-六二三一
傳真：(八五二)二五七八-九三三七
E-mail：hkcite@biznetvigator.com
馬新經銷／城邦(馬新)出版集團 Cite(M)Sdn.Bhd.
E-mail：Cite@cite.com.my
法律顧問／王子文律師 元禾法律事務所
台北市羅斯福路三段三十七號十五樓
二〇二〇年六月一版一刷

郵購注意事項：
1. 填妥劃撥單資料：帳號：50003021戶名：英屬蓋曼群島商家庭傳媒(股)公司城邦分公司。2. 通信欄內註明訂購書名與冊數。3. 劃撥金額低於500元，請加附掛號郵資50元。如劃撥日起 10～14日，仍未收到書時，請洽劃撥組。劃撥專線TEL：(03) 312-4212 ・ FAX：(03) 322-4621。E-mail：marketing@spp.com.tw

國家圖書館出版品預行編目資料

沒有神的國度 / 楓雨 著. --初版.
--臺北市：尖端出版, 2020.06
面 ; 公分.--(逆思流)
ISBN 978-957-10-8920-1(平裝)

863.57　　109004791